一目五先生の孤島

大島清昭

光文社

一目五先生の孤島

目次

装画：ふすい
装丁：セキネシンイチ制作室

プロローグ

　二階に位置する十畳の和室の照明は、予《あらかじ》めすべて消してある。時刻は二十三時を回ったところ。当然ながら、室内は暗い。だが、真っ暗ではなかった。広縁《ひろえん》の障子を通して、外灯の冷たい光が、仄《ほの》かに室内に届いているからだ。

　中央には、大きなテーブルと座椅子が四つ。その内、入口に最も近い一つに座って、倭文文《しとりあや》は待機している。室内には、定点カメラが二台に、特殊な録音機材、電磁場メーターなどが設置され、物々しい雰囲気を醸し出している。エアコンを切っているため、テーブルの上の温度計は四度を示していた。

　四月に入ったとはいえ、栃木県北部は随分と寒い。倭文はトレンチコートを羽織ったままだった。指先が冷たい。手袋も用意しておけばよかったなぁと若干後悔しながら、コートのポケットで両手を温める。

　ここは那須塩原《なすしおばら》市にある保養所である。地味な外観だから、最初に目にした時は、宿泊施設というよりも、病院や老人ホームのように感じた。この保養所の最大の魅力は天然温泉で、内風呂だけではなく、小規模ながら風情のある露天風呂もある。所有しているのは、真岡《もおか》市にある大手食品会社カトーノフーズだ。一般客も宿泊は可能だが、従業員とその家族は格安でこの施設を利用することができる。近くには日帰り温泉を楽しめる旅館やホテルも多く、塩原温泉を堪能するには絶好の場所といえる。

カトーノフーズといえば、六年前の二〇一七年に、当時の社長であった上遠野峰明《かとうのみねあき》が連続猟奇殺人事件の被害者となったことで、全国的に有名になった。あの事件の犯人は、地羊鬼《ちようき》という中国の妖怪を模倣して、被害者たちから臓器の一部を摘出し、代わりに木製の臓器の模型を屍体の中に入れていた。稀《まれ》に見る怪奇極まる事件に、倭文は随分と興奮したのを覚えている。

また、その三年前には、先代社長で峰明の父親である峰雄《みねお》が、自宅の地下室で死亡していた。現場は峰雄が蒐集《しゆうしゆう》していた骨格標本のコレクションルームで、屍体の発見時には内側から施錠されていた。所謂《いわゆる》密室状況である。亡くなる少し前、峰雄は海外から悪魔の骨格標本という珍妙な代物を手に入れていたそうだ。峰雄の死は、その悪魔の呪いではないかという噂が密かに囁かれたらしい。

短期間で相次いで経営者を失ったカトーノフーズであったが、不幸はまだ終わらなかった。地羊鬼事件から半年が過ぎた頃、倭文が今いるこの部屋で峰明の妻の洋子《ようこ》が自殺した。夫が殺害されてから精神的に不安定な状態で、心療内科に通院もしていたそうだ。洋子は処方された睡眠薬を過剰摂取して死んだものと考えられている。

それ以来、この客室では不可解な現象が起こるようになった。照明や電気器具の異常のような些細《さい》なものから、女性の幽霊が出たという話まで、実に幅広い現象が確認されている。

暗い中でじっとしていると、まるで自分が人形になったかのような錯覚に陥る。倭文は肌が浅黒く、強《こわ》い髪を上部で纏《まと》めている。眉も濃く、彫りも深いから、我ながら仏像めいたビジュアルだと思う。そして、倭文はそんな自分の容姿が余り好きではない。

もう少し色が白ければ、もう少し髪がサラサラだったら、もう少し平たい顔だったら、そして、もう少し身長が低かったら、自分が求める理想の姿になれたような気がする。そうしたら、もっと周囲から愛されたのではないか。少なくとも心霊現象が起こる客室に、こんな時間に一人ぼっちで放置されることはなかったのではないかと思ってしまう。

倭文は本来小心な性格である。しかし、主張の強い見た目から、精神的にタフだと勘違いされることが多い。主に思春期以降は、同性にも異性にも雑に扱われてきた経験がある。まあ、過去のあれやこれやは被害妄想かもしれないが、現状は明らかに酷《ひど》い扱いを受けているといえるだろう。

一体どうして、こんなことになってしまったのか？


倭文は、小学生の頃からミステリが大好きだった。青山剛昌《あおやまごうしょう》『名探偵コナン』は、コミックスもアニメもチェックしていたことは当然だが、図書室に足繁く通って、江戸川乱歩《えどがわらんぽ》の「少年探偵」シリーズ、コナン・ドイル『シャーロック・ホームズ全集』、モーリス・ルブラン『怪盗ルパン全集』を全巻読み漁《あさ》った。六年生になった頃には少し背伸びをして、金田一耕助《きんだいちこうすけ》の活躍に胸を躍らせたのを覚えている。将来の夢は名探偵で、両親や担任教師を困惑させた。

中学生以降は、御手洗潔《みたらいきよし》や中禅寺秋彦《ちゅうぜんじあきひこ》、犀川創平《さいかわそうへい》、そして中村青司《なかむらせいじ》の建てた館に夢中になったものの、ミステリ作家になろうという気持ちは皆無で、ひたすら名探偵になりたいと思い続けてきた。倭文が求めているのは謎解きであって、謎を出題することではないのだ。とはいえ、ミステリ作品への深い愛情から、大学ではアメリカ文学を専攻し、卒業論文はエラリー・クイーンの国名シリーズを扱った。

大学を卒業した倭文が就職したのは、都内にあるファントム・リサーチという法人向けの調査会社である。この会社は巣鴨《すがも》の住宅街に自社ビルを構え、主に関東近郊の企業を顧客としている。採用されたのは調査部で、つまり、倭文は本当に探偵になったのだ。勿論《もちろん》、ミステリに登場する名探偵と現実の探偵では、業務内容に隔《へだ》たりがあるのは百も承知だった。しかし、どうしても探偵になりたいという夢は捨てられなかったのである。

ただ、多くの調査会社や探偵事務所から、敢えてファントム・リサーチを選んだのには、理由がある。倭文が就職先を調べている時、ＳＮＳを中心に、ある噂が囁かれていたのだ。それは、ファントム・リサーチには密かに警察に協力して難事件を幾つも解決した名探偵が在籍しているらしいというものだった。眉唾かもしれない。しかし、噂が本当だったら、リアルな名探偵とお近付きになれるチャンスだし、もしかしたら自分だって同じような名探偵になれるかもしれない。そんな淡い期待が、倭文をファントム・リサーチに誘《いざな》ったのである。

雲行きが怪しくなったのは、簡単な研修を受けて、現場に出てからのことだ。新人の倭文は先輩たちに同行し、調査の補助を行っていた。その際、現場で撮影された写真に妙な影が写り込んだ。それも一度や二度ではなく、何度も。ＩＣレコーダーには存在するはずのない男性の呻《うめ》き声が入っているし、死んだはずの女性に追いかけられたこともある。どれも倭文一人だけではなく、教育係の先輩も一緒に体験していた。

嗚呼《ああ》、またか。

先輩や上司はいちいちオーバーなリアクションをしていたが、正直、倭文はうんざりしていた。

実は、幼い頃から倭文の周囲では、こうした不可思議な現象が頻繁に起こっていた。電化製品の異常、家具が勝手に動くポルターガイスト現象、誰もいない部屋から聞こえる足音、そして、眼前に現れる人ではない何か……。

倭文がミステリを愛したのは、そうした理不尽に襲いかかる現象に対して、科学的論理的な解答を導き出してくれることを期待したからだ。ミステリの中では一見超常的と思われていた現象も、名探偵の推理によって稀有《けう》な自然現象や人為的に引き起こされた犯罪だと証明される。倭文は日常的に発生する奇妙な現象をいつか自分で解決したいとも思っていた。

しかし、現実はそんなに甘くはない。学生時代は霊媒体質と揶揄《やゆ》され、友人も少なかった。交際相手に「お前、完全に呪われてるよ」と悪態を吐《つ》かれた挙げ句、別れを切り出されたこともある。今回も同じだ。入社して一年後、倭文は別の部署に異動になった。まあ、使用していたパソコンが二台、カメラが四台も故障して、教育係の先輩には深いトラウマを残してしまったのだから仕方ない。解雇されないだけマシだろう。

てっきり事務関係の部署に回されるかと思っていたが、倭文が転属になったのは同じ調査部内の別の課だった。変則的現象調査課という、入社以来一度も耳にしたことのないその部署について、先輩たちに尋ねてみたが、「行けばわかるから」と誰一人詳細を教えてくれる者はいなかった。

変則的現象調査課は、地下二階の誰も足を運ばないような場所にあった。廊下は薄暗く、同じフロアには倉庫や資料室と思《おぼ》しき部屋がある。私物の入った段ボール箱を抱えながら、倭文は厭《いや》な予感がした。

これはもしかして窓際部署なのではないか？

自発的な退職を促すための人事なのではないか？

しかし、事態は予想の斜め上をいっていた。

「変調課へようこそ！」

課長の征木真円《まさきしんえん》は、大柄で筋肉質な男性だった。坊主頭で色白、目が小さく、鼻が高いから、雪だるまのようだ。

「三上《みかみ》さんからは期待の新星だと聞いているよ」

三上というのは、倭文の前の上司だった人物である。皮肉かよと不快に思っていると、征木は「どうやら何も聞いていないようだね」と苦笑した。

「この課はね、主に心霊現象を専門に調査する部署なんだよ。だからこそ、君にはうってつけってことさ」

何かの冗談だろうか。反応に困っていると、征木は「ここが君の席」といって、綺麗《きれい》に片付けられたデスクを示した。

「取り敢えず、荷物はこの上に」

「あ、はい」

それから征木は、変調課の業務内容について具体的な説明をはじめた。

ファントム・リサーチに寄せられる企業からの相談には、社屋内や所有する不動産で心霊現象らしきものが起こっていて困っているというものがある。これらは月に二、三件程の数で、主に宿泊業と建設業からの依頼が多い。彼らは心霊現象によって様々なレベルでの損失を被っており、一刻も早く事態を解決したいと希望している。

ファントム・リサーチの社長である枕谷果樹《まくらだにはてな》は顧客からの要望を受けて、自社にそうした現象を専門に扱う部署を立ち上げた。それが変則的現象調査課、略して変調課である。枕谷はわざわざアメリカの大学で講師をしていた超心理学者の征木を招聘《しょうへい》し、心霊現象について科学的に調査できる体制を整えた。この課では実際に現場に赴き、その現象を調べた上で、原因を明らかにすることを目的としている。そして、その結果によって、クライアントに適切な対処方法を提案する。

征木の話からわかったことは、自分がこの課に異動になったのは、これまでのトラブルによる処分ではないということだ。むしろ倭文の霊的な存在を引き寄せてしまう体質が評価された結果だったらしい。適材適所とはこのことである。しかも依然として調査部に所属しているため、肩書きは探偵のままだし、様々な手当が付くこともあって、給与も増えるようだった。

「当たり前だが、全部の現象が超常的なものってわけじゃない。大抵は施設の老朽化や周辺環境の変化によって、建物自体に問題が発生することが多い。あとは悪意ある人物の嫌がらせや悪戯《いたずら》ってこともある。でも、中には本当に霊的な存在が関わっている場合もある。そういう時は、知り合いの神社やお寺なんかを紹介している。まあ、うちの部署にも霊能者はいるんだけど、除霊はやってないんだ」

征木がそういうと、給湯室から出てきた長い黒髪の女性が、「当ったり前ですよ」といった。

「ここの月給で除霊までやるなんて、報酬がリスクに見合ってないですから」

切れ長の瞳にすうっと通った鼻梁《びりょう》、薄い唇。スレンダーな体型に、グレーのジレと白パンツのコーディネートがよく似合っている。二十代後半くらいだろうか。

「彼女がうち専属の霊能者。龍崎陽雨君《りゅうざきひさめ》」

「よろしくね」

そういって上品に微笑む龍崎は、これまで社内で出会った女性たちとは全く違う神秘的な雰囲気を醸し出していた。恐らく自分よりも身長は低いはずだが、遥かに大きな存在に感じた。稚拙な形容になってしまうが、オーラが違うと本気で思った。

変調課には征木と龍崎の他に三人のスタッフが所属している。

眼鏡に顎鬚《あごひげ》の青島群青《あおしまぐんじょう》は、メカニック担当だ。白シャツにジーンズの中年男性で、草臥《くたび》れた作業服を羽織っている。目つきが鋭く、最初は近寄り難い印象だったが、話をしてみると存外に気さくな人物だった。

「いやぁ、最初に君の名前を見た時は、『ワブンブン』って何者って思ったけど、倭文さんっていうんだな」

「はい。まあ、でも、学生の頃はずっと『ブンブン』って呼ばれてましたけど」

「あはは。ブンブンか。奇遇だなぁ。うちにも『ハッチ』がいるんだよ」

青島に「ハッチ」と呼ばれた葉月雪桜《はづきゆきお》は探偵であり、倭文の直近の先輩に当たる。ニックネームの由来は葉月＝八月の「八」だそうだ。若い男性なのだが、童顔であることと艶のある長い茶髪を後ろで束ねているせいで、中性的な容姿だった。身長も然程《さほど》高くない。恐らく服装によって男女どちらにも見えるだろう。葉月は倭文には興味がない様子で、素っ気ない挨拶をすると仕事に戻ってしまった。

花車蓮華《はなぐるまれんげ》は、この課の事務と庶務を一手に請け負う。ショートヘアーに眼鏡、紺色のパンツスーツを着た彼女は、余りにも普通過ぎて、この課では逆に浮いた存在だった。何処《どこ》かで会ったような気がすると思っていたら、「倭文さんと私、同期なんだよ」といわれた。どうやら入社式で一緒だったようだ。途端に親近感が湧いた。とはいえ、入社早々この部署に回されるというのは、なかなかハードだったのではないかと花車の心中を察する。

「私は現場には出ないけど、何か困ったことがあったらいってね」

そういうと、花車は早速課内の事務や備品の管理について細かい説明をはじめた。

当初は理想の名探偵から遠ざかってしまったかと思っていたが、心霊現象の科学的な調査というのは、企業の信用調査などより遥かにミステリに登場する探偵の仕事ではないかと思い直した。

これはひょっとして悪くない展開なのではないか。

その時はそう思っていたのだが……。

倭文にとっての初めての現場が、この保養所である。しかもいきなり問題の渦中にたった一人で投入されるとは思わなかった。

「ブンブン、状況は?」

無線から征木の声がした。いつの間にか課内では倭文の愛称は「ブンブン」に決まっていた。もっとも他のメンバーもニックネームで呼び合っているので、倭文だけが特別ではない。ちなみに征木は「課長」ではなく、「先生」と呼ばれている。

「今のところ異状はありません」

「了解した。引き続きその場で待機してくれ」

今回の調査方法は実験的なものだという。果たして倭文の霊的存在を引き寄せる体質がどれ程のものなのか、現場で調査をしながら確認するのだそうだ。ある意味で自分の能力が試されているわけだが、倭文自身はそれをコントロールできるわけではないので、複雑な心境だ。まるで獲物を捕獲するための餌にでもなったかのような気分である。

もしも霊的に危険が迫った時は「お龍さん」こと龍崎陽雨がすぐに助けに来てくれるという話だが、倭文としては不安でしかない。確かに幼い頃から超常的な現象に見舞われてきたが、倭文は怖いものが得意なわけでも、好きなわけでもない。むしろそうしたものを避けてきたので、耐性は低いのだ。できれば何も起こらないでほしいとさえ思う。

十五分程が経過した頃、天井から乾いた叩音《こうおん》がした。所謂ラップ音というやつだが、建材に由来するものなのか、霊的な存在が引き起こしているのか、現状では判断ができない。霊が出現する時は気温が下がることがあるそうだが、テーブルの上の温度計に変化はなかった。

「今の聞こえましたか？」

無線に向かって尋ねると、征木が「確認した」と答えた。

数秒後、再びラップ音。

倭文は掌《てのひら》に冷たい汗を掻《か》いていた。

いきなりテレビの電源が入ったかと思うと、すぐに消える。

無線からザザザザ……と雑音が聞こえる。

気が付くと、倭文は座った姿勢のまま、金縛りに遭っていた。

胸を圧迫されたように息が苦しい。これまで金縛りの経験は何度もあるが、座った状態というのは初めてだった。

ザザザザザ……という雑音に混じって、無線から女性の呟き声が聞こえる。途切れ途切れに聞こえるそれは、何をいっているのか全くわからない。ただ、少なくとも龍崎の声ではないことは認識できる。

相変わらず呼吸は苦しく、頭の天辺から何かが抜け出しそうな感覚がある。

このままだと意識を失うのではないかと思った刹那《せつな》、両足首を力強く握られた。

冷たい手の感触だ。

倭文の視線の先、テーブルの下からは、女性の生足が二本伸びている。それは薄闇の中で妙に白く浮き上がって見えた。

誰かが――否、何かがテーブルの下に潜っているのだ。

足首を握っていた手は、徐々に上に移動していく。

脛《すね》、膝、太腿《ふともも》と上がっていくにつれて、脚全体に体重がかかってくる。

ソレの手が腹部まで伸びて、青白い十本の指が見えた時、部屋に龍崎が飛び込んできた。

その瞬間、全身の硬直が解けて、身体に覆いかぶさっていたモノも消えた。

テーブルから覗いていた生足も、もう見えない。

「うん。大丈夫そうだね」

龍崎は倭文の顔を見てそういった。

全然大丈夫じゃないって。

そういいたかったのだが、余りにもショックが大きくて、倭文は声が出せなかった。

＊

一《ひと》つ目《め》五人《ごにん》1（足洗町《あしあらいまち》、五十代、男性）

祖父から聞いた話。今は無人島ですが、五福島《ごふくじま》にはかつて小さな集落があって、足洗とも交流があったそうです。ある時、島に虚舟《うつろぶね》が漂着しました。すると、村人たちは次々と原因不明の病で亡くなったといいます。実は、その虚舟には一つ目五人という妖怪が乗っていて、そいつらが村人を死に追いやったと聞いています。

私が子供の頃は、二月八日と十二月八日には、五福島から一つ目五人がやってくるからといって、軒先に目籠《めかご》を吊るして、夜はみんな家の中に閉じ籠もっていました。

一つ目五人2（足洗町、七十代、女性）

五福島には一つ目五人という妖怪が出ると伝わっています。一つ目五人は五人組の妖怪で、先頭を一つ目小僧が歩き、その後ろを四人ののっぺら坊が付き従っているのだそうです。のっぺら坊たちには目がないので自分たちだけでは動けず、一つ目小僧の指図に従うといいます。これに出会うと高熱を出して、間もなく死んでしまうというので、地元で五福島に近付く人間はいませんでした。

一つ目五人は、事八日《ことようか》には足洗までやってきて、集落を歩き回るので、その日は玄関に目籠を吊るして、みんなで家に閉じ籠もりました。

幽霊1（足洗町、八十代、男性）
昔から五福島には幽霊が出るといわれている。若い時に漁の帰りに五福島の近くを通ったら、岬に何人も人が立って、こちらに何か叫んでいた。皆、痩せ細って、ボロボロの着物を着ていた。遭難者かと思って近くに行くと、いつの間にか消えていた。

幽霊2（足洗町、五十代、女性）

前に五福島のお屋敷で殺人事件があったでしょ？（著者註・一九九三年、島で五人の男女が殺害される事件が発生している）あの事件が起こる直前まで、あたし、お屋敷の清掃アルバイトをしていたの。家主はリブラ財善《ざいぜん》先生っていう占い師の先生で、あたしたちは週に一度島に渡って、お屋敷やお庭の掃除をしていた。

そう、雇われてたのは、みんな足洗の人たち。えっと、あたしを含めて主婦が三人と漁師を引退したお年寄りが二人の計五人だったわね。島へ行く船は、お年寄りの一人が出してくれた。午前中から島に渡って、夕方の三時くらいに帰るんだけど、結構いいバイト料がもらえたのよ。

でね、ある日、いつものように部屋の掃除をしてた時にね、ふと窓の外を見たのね。一番上の階、三階だったから、割と見晴らしがいいの。お屋敷が高い位置にあったせいもあると思うけど。で、見ちゃったのよ。

お屋敷の前にはお寺みたいな大きな門があるの。うん、お屋敷自体もお寺みたいな見た目なんだけどね。で、その門の外に何人も人が立っていたの。みんなボロボロの薄汚れた着物で、骸骨みたいにガリガリで、というよりも、青白い肌をしたミイラって感じだったかな。わかる？　それが、こう、俯《うつむ》き加減でウロウロしてるわけ。門は開いたままだから、庭に入ろうとするんだけど、まるでそこに見えない壁があるみたいに、それ以上はこっちへ入って来れないみたいだった。

もうびっくりしちゃって、思わず別の部屋で仕事してた人のとこまで逃げて。そしたら、その人も前に同じモノを見たことあるっていうじゃない。あれはきっと昔島に住んでた人たちの幽霊なんだと思う。中に入れないのは、リブラ先生がバリアっていうか、そう、結界ね、それを張ってたからなんだと思う。

幽霊3（土浦《つちうら》市、六十代、女性）

私はかつて茨城県警の鑑識課に所属していました。

殺人事件の現場では、稀にですけど、不思議な体験をすることがありました。人がお亡くなりになった場所、それも無念の内に亡くなったのですから、大なり小なりそうしたことが起こっても仕方がないなと思っていました。え？　その辺の話も後で詳しくですか？　わかりました。でも、まずは五福島のお話でしたよね？

一九九三年に発生した五福島殺人事件で、私は現場の鑑識作業を行いました。私の担当は主に屋内で、腐敗が進んだご遺体も幾つも目にしました。本当に陰惨な現場でしたけれど、屋内の作業ではこれといって不思議な体験はしていません。

しかし、庭で作業をしていた時のことです。ふと顔を上げると、門の外にボロボロの着物を纏《まと》った女が立っていました。それはいつの間にか消えてしまったんですけど、同じようなものを見た同僚はたくさんいます。それから、これは私の体験ではないのですが、誰もいないはずの場所で衣擦《きぬず》れや足音を聞いたって話もありました。

私は実家が土浦なのでよく知らなかったのですが、その時、足洗町出身の同僚から五福島の伝説を聞きました。五福島はその昔に疫病で島民全員が死んだ場所で、今でも島民の幽霊や疫病の原因になった妖怪が出るといういい伝えがあるそうです。私や同僚が見た幽霊は殺人事件の被害者ではなくて、かつての島民の幽霊だったのだと思います。

あと、これは怪談ではないかもしれないですけれど、捜査に当たった人たちが次々と体調を崩したのを覚えています。急に風邪のような症状が出て、酷い人は四十度近い熱が出ていました。特に鑑識課に多くて、入院した人もいましたし、私の親しかった先輩は入院中に肺炎を発症して亡くなられました。一時は島特有の感染症ではないかって騒ぎになりましたけど、結局、原因はよくわからないままで、有耶無耶《うやむや》になってしまった感じです。入院した人たちの多くは、一週間から十日くらいで退院しました。足洗町出身の同僚は妖怪の仕業だっていっていましたけど、ホントのところはどうなんでしょうね。

足音（つくば市、三十代、男性）
これは警察官をしている叔父から聞いた話です。
だいぶ前に五福島で殺人事件があったのはご存じですか？　そうです。そうです。今も未解決の連続殺人事件。叔父はその事件の捜査で、五福島を訪れました。
叔父が島に到着して、同僚たちと一緒に海岸から事件現場の別荘へ向かう時のことです。自分が最後尾を歩いているはずなのに、背後から足音が聞こえてきたんだそうです。それも、一人や二人じゃなかったって言うんですね。こう、何人もが後ろからびたびたびたびた尾《つ》いてくる。驚いた叔父はすぐに後ろを振り返ったんですが、誰もいません。でも、顔を前に向けると、またびたびたびたびたって足音がするわけです。叔父の空耳ではない証拠に、前を歩く同僚たちも何人かが音の出所を探って、振り返っていたらしいです。

足音の他にも、人影が見えたと思って慌ててそちらを見ても誰もいなかったという体験もしたそうです。ただ、それは殺人事件が起きた別荘ではなくて、敷地の外を移動していた時のことみたいです。

あと、その時島に渡った警察関係者の何人かは高熱を出してしまって、入院したり、死亡したりした人もいたって話でした。

私は知らなかったのですが、五福島には昔から幽霊が出るとか、妖怪の棲《す》み処《か》だって怪談があったみたいで、叔父たちも死亡者まで出たのは祟《たた》りじゃないかって思っていたんだそうです。でも、警察官って職業上、あんまり表立って「祟りだ」って主張することはできなかったといっていました。

幽霊屋敷1（小美玉《おみたま》市、四十代、男性）

あれは一九九九年七月のことでした。当時、世の中はノストラダムスの大予言で盛り上がっていたのでよく覚えています。まあ、人類滅亡はなかったわけですけど。結局あの「恐怖の大王」って何だったんでしょうね。まあ、いいか。

えっと、そうです。僕は上司と一緒に、五福島にあるリブラ財善さんの別荘に行きました。解体工事を行うための下見です。実は社長が財善さんの信者で、経営に関して色々相談に乗ってもらっていたようなんです。そういう繋がりがあったから、うちで解体工事を請け負う話が出たみたいです。

財善さんは同行しませんでしたが、代理の女性が一緒でした。財善さんのこと「先生」って呼んでましたから、お弟子さんなんだと思います。財善さんの希望は、庭を含めた別荘の敷地すべてを更地にすることでした。全部綺麗にして、それから島ごと売りに出すと聞きました。五人も殺された現場ですからね、やっぱりそれくらいしないと買い手がつかないのかなって思いました。元々あの島って呪われてるって話でしたからね。財善さんもどうしてあんな島に別荘を建てたのか、本当に謎ですよね。

別荘に到着すると、お弟子さんが入口の鍵を開けてくれて、中に入りました。もう電気は止めてあったので、昼間でも薄暗くて不気味でした。エントランスを抜けて、上司が懐中電灯をつけた時です。螺旋《らせん》階段の前に、首のない幽霊が立っていました。

ホラー映画だと幽霊が出たら悲鳴を上げるじゃないですか。でも、ホントに見た時は、ちょっとの間、止まってしまうんです。多分、見ているモノを脳が処理できていないんでしょうね。少し遅れてから、慌てて外に逃げました。

時間を置いて恐る恐る中を覗くと、もう幽霊の姿はありませんでした。でも、そこからが大変でした。建物の中を見て回っている間、本当に色々なことがあるもんで、上司がビビっちゃって。例えば、男性が殺された部屋では呻き声が聞こえたり、屋敷のあちこちでパチパチ妙な音が聞こえたり、あと僕は見ませんでしたけど、上司は別の幽霊も見ちゃったみたいです。

その上司は、島から戻って三日後、突然、亡くなりました。原因はよくわかりません。僕も同じ日に現場で事故に遭って見ての通りです。他の社員が引き継ぎを嫌がったので、工事は中止になりました。

幽霊屋敷2（水戸《みと》市、四十代、男性）

もう二十年くらい前になるかな。俺が勤めてた会社に、五福島の幽霊屋敷の解体工事の話が来たんだ。そう、持ち主の占い師の先生の依頼で。事件から五年くらい経った頃だったかなぁ。本当はすぐにでも壊したかったみたいだけど、事件が未解決だったから、警察から取り壊しを待つように頼まれてたらしいよ。

それで、現場に担当者が下見に行ったんだけど、帰ってすぐに死んじゃって。その後、別の人が担当になったんだけど、やっぱり死んで。これは殺された人たちの祟りじゃないかって話になった。結局、社長が先方に断りを入れたんだけど、後で聞いたら、うちに仕事が来る前にも別の業者に頼んでて、やっぱり人死《ひとじ》にが出ていたらしいよ。

幽霊屋敷3（足洗町、四十代、男性）

十年くらい前だったかな。不動産会社に勤める友達に頼まれて、五福島に船を出したことがあるよ。知ってるだろうけど、この辺じゃ五福島は呪われた島っていわれてて、昔から妖怪だとか幽霊が出るって伝わっているんだ。特にあの殺人事件があってからは、近くを通った漁船が殺された人たちの霊を見たって噂も広がってた。

その日は朝から晴れて、波も穏やかだったな。島へ渡ったのは、俺、友達、友達の同僚、あと島を買いたいっていうお客さんの四人。一応、俺は船の中で待機してていいって話だったんだけど、こんな機会は滅多にないと思って、一緒に島を見学させてもらうことにしたんだ。

船着き場からは緩やかな坂道が続いていた。石畳が敷かれていて、その隙間から雑草が生えていたよ。道の両側は松林でさ、何だか神社とかお寺の参道みたいな雰囲気だったな。

友達とその同僚は移動しながらもお客さんに熱心に島の説明をしていたよ。どうも観光ホテルを建てるような計画だったらしい。俺はあんまり盗み聞きするのも気が引けて、少し離れて三人の後を尾いてった。

その時、松林の奥から誰かに見られてるような視線を感じた。島には俺たち四人しかいないはずなのに。俺はすぐに気配がした方を見たけど、勿論、人なんていない。でも、気のせいとも思えなくて、俺は誰かの視線を感じる度にその方向を見た。それで気付いたんだけど、五福島には鳥が全然飛んでないんだ。俺は小動物も、虫も見かけなかったよ。でも、ほったらかしにされた無人島で、そんなことあると思うか？　俺は何だか不気味な気がしたよ。

島には建物は一つだけ。しかもこれが結構デカい。有名な占い師が建てた中国風の建物で、やっぱりお寺みたいに見えた。大きな門を潜《くぐ》って敷地に入った時のことだ。今までで一番強い視線を感じた。思わず見上げると、建物の二階の窓から、女がこっちを見てたんだ。俺が思わず大きな声を出すと、友達が「どうした？」って訊《き》いてきた。

「今、二階に女がいた」

「まさか」

「あそこの窓……」

そういって俺が指差した時には、もう女の姿はなかった。

友達は「見間違いだろ」っていって、全然信じてなかったよ。

「変なことというなら、船に戻っていてくれ」

なんていわれちゃってね。俺も友達を怒らせるのは厭だし、このまま建物に入るのも気味が悪いと思ったから、一人で船に戻ったよ。

それから十五分くらい過ぎて、三人が血相を変えて戻ってきた。興奮した様子で、「すぐに船を出してくれ！」っていうんだ。俺は怪訝《けげん》に思ったけど、いわれた通りにした。

何があったのか尋ねると、お客さんがこういったんだ。

「顔の潰れたメイドがいた」

三人が一階を見て回っていると、部屋の中にメイド服を着た女がいて、刃物を振り回して追いかけてきたっていうんだよ。

でもな、俺が二階の窓にいるのを見た女は、メイド服じゃなかったんだ。その女は上半身裸だったんだから。


記録＝船井仲丸《ふないなかまる》「茨城県の怖い話　その5」『妖怪で世界を救う会会報』第十五号より

第一章　一目五先生

1

黄昏時《たそがれ》の都立公園には、疎《まば》らに人影があった。

ランニング中の若い男性や犬を連れた中年女性などが、時折カメラの脇を通り過ぎる。周囲はだいぶ暗く、肉眼では相手の顔はほとんど判別できないはずだが、レンズを通して見る景色は、存外に鮮明だ。倭文文は、やっぱりプロが使うカメラは性能が違うんだなぁと心の中で感心する。

今、倭文は公園の駐車場に停《と》められたワンボックスカーの後部座席にいる。頭部にはヘッドマウントディスプレイが装着されていて、先程から公園内の様子がリアルタイムで映し出されていた。撮影者は青島群青だ。隣の席には葉月雪桜も座っていて、倭文と同じ装置をつけているはずだった。

「新しく導入を考えてる装置があってな。ハッチとブンブンに試運転を頼みてぇんだ」

青島からそういわれたのは、今日の十六時のことだった。軽い気持ちで承諾したのだが、まさかテストの現場が社外だとは思わなかった。葉月は眉間に皺《しわ》を寄せて少し迷惑そうな表情を浮かべたものの、断ることはなかった。

「じゃあ、五時になったら出発な」

青島の運転する社用車で移動する途中、倭文たちは新しい装置について具体的な説明を受けた。

「新しいっつっても、スゲー単純なもんなんだけどよ。いつも調査で使ってるビデオカメラにヘッドマウントディスプレイをリンクさせた。カメラで撮ってる映像が、そのまま目の前に見えるってだけの代物だ」

　何故そんな装置を導入しようとしているのかというと、心霊現象の中にはカメラにしか収められないものがあるからだそうだ。写真にしろ、動画にしろ、大抵は撮影後に改めて確認した時に異常に気付く。だが、カメラ映像をリアルタイムできちんと確認できれば、その場で心霊現象を察知することが可能となり、原因の早期究明に繋がる。

　勿論、通常のモニターを使用しても、撮影映像をリアルタイムで確認することは可能である。しかし、余程注意深く見ていないと現象を見逃してしまう。これは単に観察者の集中力だけが問題ではないらしい。

「ほら、目撃抑制ってのがあるだろ？」

　青島のいう目撃抑制については、倭文は配属されて早々に、超心理学者である征木真円からレクチャーを受けた。目撃抑制とは、超常現象の多くが、人間の視線やカメラを避ける傾向を持っていることを表した用語である。約百四十年前にロンドンで心霊研究協会が創設される以前から、目撃抑制は知られていて、殊に大きなポルターガイスト現象などではその状況は顕著だといわれている。

「俺たちがどんなに気を付けてても、あっちが不意を突いて出てくるわけだから、見落としが出るのは仕方ねぇ。で、これを回避する簡単な解決策は、大型のモニターを用意して複数の人間が同時に監視するって方法だ。これは定点カメラを設置する場合も、手持ちで撮影する場合も有効だと考えられるが、はっきりいって実現性が低い」

「どうしてです？」

倭文の質問に答えたのは、青島ではなく葉月だった。

「そんな馬鹿デカいモニターを毎回毎回現場に運んでたら手間だろ。ただでさえ調査には幾つも機材が必要なんだから、荷物は少ない方がいい。それに現場にいつも電源があるとは限らない」

ファントム・リサーチが請け負う心霊現象の調査では、現在使用中の社屋や宿泊施設に赴《おもむ》くだけではない。既に廃業した施設や長年放置された廃墟を訪れることも少なくないのだ。だからこそ青島は大型モニターの代わりに、ヘッドマウントディスプレイを導入しようとしているのである。これなら運搬も容易だし、複数の人間が同時に広い視野で現場の映像を確認することができるというわけだ。

そして、そのテストに選ばれた場所が、N区の住宅街の中にある都立公園であった。ここは野球場や陸上競技場などのスポーツ施設の他、ドッグランや売店もあって、普段は近隣住民の憩いの場となっている。近くには小学校や中学校もあり、子供たちの利用も多い。しかし、そんな表の顔とは別に、ここには忌まわしい裏の顔がある。自殺の名所なのだ。

ネットの情報では、施設内のあちこちで首吊り屍体が見つかっているらしい。そのせいか自殺者の霊が出ると噂されて、心霊スポットとしても有名になっている。

青島はかつて自殺者が発見された雑木林へ向かっているようだ。歩調は比較的ゆっくりで、映像にもブレはない。ディスプレイに広がる光景には没入感があって、まるで自分が前に進んでいるかのような錯覚に陥る。

「今のところ問題はないか？」

青島の声が耳元で聞こえる。

「大丈夫です」

「問題ありません」

倭文と葉月の声が重なる。発した自分の音声もヘッドホンを通して聞こえるのは妙な心地だった。カラオケで歌う自分の声を聞いた時と同様の違和感がある。

カメラはどんどん林の中へ分け入って行く。

そして、何の前触れもなく、ソレは現れた。

視野の右端に男性のものらしき両足の先が揺れていた。スラックスの裾から白い靴下を穿《は》いた爪先が覗いている。

倭文は「青さん！」と声をかける。

カメラは一歩だけ前進して、すぐに止まる。

既に視界から足は消えていた。

「何か見えたのか？」

「一歩戻って、右手方向です」

倭文の指示通り、青島はカメラをそちらの方向に向ける。だが、案の定、そこには何もない。

「ブンブン、何が見えた？」

「足です。宙に浮かんで揺れていて……」

「首吊りしてるみたいな？」

「はい」

「ハッチは気付いたか？」

「いいえ」

「了解。もう少し撮影を続けるから、この調子で何か見えたら教えてくれ」

「わかりました」

それから三十分の間に、倭文はもう二回、奇妙なモノを目撃した。一回目は、人間が首を吊っているように見える影だった。十メートルくらい先の木々の間に、それが揺れているのが見えたのだが、青島が僅《わず》かにフレームをずらしただけで、矢庭《やにわ》に消えてしまった。二回目に見えたのは、やはり画面の端だった。一瞬だったが、女性の横顔の一部が現れた。すぐに青島に確認を求めたが、近くには女性は疎《おろ》か、誰もいないとのことだった。

ちなみに、どちらの時も、葉月は全く気が付かなかったそうだ。


会社に戻ってからは、征木真円と龍崎陽雨も交えて、映像の検証に入った。時刻は十九時を回っていて、花車蓮華は既に退社していた。

事務所の入口近くには、診療所の待合室で見かけるような古い長椅子が二つ、平行に並んでいる。その間に年季の入った卓袱台《ちゃぶだい》が置かれ、何となく応接スペースのような雰囲気になっていた。といっても、実際に依頼者と接客する際は、上階の調査部共通の応接室を使用するので、この場所を使うのは社内の人間、それも主に課内の人間に限られる。従って、談話スペースと表現した方が適切かもしれない。

長椅子から九十度の位置には三十二型のテレビが置かれていて、そこに青島がビデオカメラの映像を出力した。

テレビ画面の右側にある長椅子に、青島、葉月、倭文が座り、向かいに征木と龍崎が座っている。五人で映像を視聴しつつ、倭文が現場で見た霊らしきモノが映った箇所で一時停止する。

「確かにブンブンの指摘通りに映っているな」

征木が画面右端の男性の両足らしきモノを見ながらいった。改めて大画面で確認すると、それはしっかりした存在感を持っていた。別に透けているわけではないので、何も知らない人間が見たら、実際にそこに人間がぶら下がっているように思うだろう。

龍崎は右目を閉じて画面を見ている。彼女は霊的な存在を見る時は左目を使用するそうだ。

「このレベルだとあたしとブンブンなら肉眼でも見えると思う」

龍崎の言葉は、自分を評価してくれているようで、素直に嬉しかった。一方で青島は肩を竦《すく》めて
「手厳しいなぁ」と苦笑した。

透かさずフォローに入ったのは、征木である。

「だが、こうして録画されているなら、ヘッドマウントディスプレイがあれば君たちだけではなく全員がリアルタイムでコレを見ることが可能となるわけだ。そういう意味では、この装置は意義があると思うね」

「あ、でも、全員がコレに気付くかどうかはわからないですが」

青島はそういって隣の葉月を見る。

それを受けた葉月は無表情に「僕は駄目です。まるで自信がない」といった。

以前から感じていたが、葉月は超常現象に対して全く興味を持っていないように見える。霊を呼

び寄せてしまう自分とは違って、どうして彼がこの部署にいるのか、倭文はわからない。

征木は「まあまあ」と微笑む。

「気付かない人間がいること自体もデータとしては重要だ。ハッチは自然体でいてくれればいいさ」

映像を最後までチェックしたが、倭文が撮影中に見た異常はすべて録画されていた。加えて龍崎の指摘によって、もう二箇所奇妙なモノが映り込んでいることも判明した。

「うん。この分なら次回の調査で運用をはじめてもいいんじゃないかな。丁度電源の確保が難しい場所でもあることだし」

征木のその言葉に、青島は安堵《あんど》の表情を浮かべた。

「次は何処に？」

葉月が尋ねる。

そういえば、今日の午後、征木は相談者と面談だといって、上階へ行っていた。

「今度の調査地は、茨城県沖に浮かぶ無人島――五福島だ」

「五福島？」

残念ながら倭文は聞いたことのない名前だったが、隣の葉月は「ほう」と興味を持った様子だった。倭文がこの部署に配属されてから二箇月半が経過したが、葉月のそんな反応を見たのは初めてだった。

「依頼主は総合リゾート会社の宙野《そらの》観光だ」

宙野観光といえば、神奈川県に本社があり、関東地方を中心に全国各地で宿泊施設を展開する有名な企業である。近年は経営が悪化したホテルや旅館を買い取り、独自性のあるリニューアルをすることで知られている。比較的安価な宿から、高級志向のリゾート施設まで、手掛ける施設は幅広い。倭文も家族旅行で何度か宙野観光が経営する温泉旅館に宿泊したことがある。

「一昨年、宙野観光は新しいレジャー施設の建設のために、個人が所有していた五福島を買い取った。島には廃墟となった建物が残されていたから、早速付き合いのある建設会社に取り壊しを依頼したのだが、そこで異変が起こったらしい」

征木が聞いたところでは、廃墟の下見をしていた現場の責任者が霊らしきモノを目撃したそうだ。また、解体を行っていた作業員たちは、島に仮設した事務所で寝起きしていたのだが、体調不良を訴える者が相次いだという。中には高熱が出たために医療機関を受診した作業員もいたそうだが、原因はよくわからなかったらしい。その内、現場の責任者が死んだ。

「宙野観光でも最初からそこが曰《いわ》く付きなのは承知で購入したようだが、思った以上に事態が深刻化してこちらに相談に来たんだ」

「曰く付きってどういう？」

倭文が尋ねる。

「昔、五福島には集落があったらしいんだが、島に漂着した妖怪によって全員が死亡したという伝承が残っている。話の時代設定は江戸時代より前のようだから、昔話や伝説の類《たぐい》なんだろうが……、まあ、その辺りの詳細は、明日以降にお龍とブンブンに資料を集めてもらおうと思う。それとは別に、五福島では三十年前に五人の男女が殺害され、現在も真相がわからずに未解決事件になっているらしい。こっちに関しては私とハッチで調べることにしよう」

葉月は黙って頷《うなず》く。その表情は心なしかいつもより凜《りん》としているように見えた。

清流和泉《きよながいずみ》の手記1

誰にでも一つや二つは秘密があるだろう。

私にも墓場まで持っていく秘密がある。それはデビューから五年、これまで発表してきた作品の内容すべてを占いによって決めてきたことだ。私は基本的なストーリーから用いるトリック、登場人物の設定など、大枠のプロットをリブラ財善の占いに頼っている。とはいえ、リブラが与えてくれるのは断片的なアイディアだけだ。

例えば、作品の舞台については、孤島の洋館がよいとか、高層マンションの一室にするべきなど、かなり具体的なアドバイスをもらっている。また、こちらで予め選択肢を用意し、どれを選ぶのが最適なのかを彼女に尋ねることも多い。今回の物語のメインとなるのはフーダニットなのか、ハウダニットなのか、ホワイダニットなのかを決めてもらったり、作中で使用するトリックを密室トリック、アリバイトリック、叙述トリックなどから選んでもらったりする。

そして、示された舞台と選ばれた物語の要素を総合することで、作品が生まれる。当たり前だが、具体的なトリックの内容などの細部については自分で考えている。勿論、ヒントになるような事柄は、占ってもらうことはあったけれど。

この事実は担当編集者も知らない。

きっかけはデビュー前まで遡る。

ミステリ作家になりたいと思い立ったのが中学生の頃で、高校に入ってからは毎年作品を出版社主催の新人賞に応募していた。しかし、短編も長編も一次選考すら通らず、毎回悔しい思いをしていた。それでも学生時代は、文芸部やミステリ研究会で自分の作品を発表することができたし、仲間内ではそれなりに評価もされていたから、精神的には満ち足りていた。いつかはプロになれるという根拠のない自信もあった。

しかし、社会人になってからは、焦りばかりが募った。執筆時間の確保が難しい中、折角《せっかく》書いても全く相手にされない。もう諦めようかと思った矢先、ふと目にした雑誌に、リブラ財善のことが載っていた。誰かに悩みを聞いてほしいという思いから彼女の電話占いを利用したのである。そして、彼女のアドバイスに従って書き上げた長編が、有名なミステリの文学賞に選ばれ、デビューの運びとなった。

二作目は自分の力だけでプロットを仕上げようとしたが、編集者に六本もアイディアを送ったにも拘《かか》わらず、ＯＫを出してもらうことはできなかった。だが、再びリブラの力を借りた途端、即刻採用になった。三作目も同じような状況に陥り、私一人では編集者を満足させるプロットを作ることはできないのだと悟った。以降は無駄な努力はせずに、最初からリブラの助言に従って創作活動を続けている。

そんな私にリブラから招待状が届いたのは、先月のことだった。「神託によって選ばれた方々を別荘に招き、直接お会いして、更なる開運の手助けがしたい。日頃の感謝を込めて、特別な鑑定料は必要ない」そんな内容だった。一番驚いたのは、リブラ本人が直接私たちに会うと申し出ていることだ。

彼女は人前には滅多に姿を現さないことで有名だ。鑑定は電話や手紙によるものに限られ、対面での占いは一切行わない。テレビや雑誌の取材もすべて断っているようだ。例外は連載を持っている女性週刊誌で、そこには白い仮面で顔の上半分を覆ったオペラ座の怪人のような写真が掲げられている。

私は開運の手助けよりも、長年電話越しにアドバイスをもらっていたリブラに生で会えることに魅力を感じた。だから、すぐに出席の返事を送ったのである。

そして、今、私はリブラの別荘の開智楼《かいちろう》でこの文章を書いている。これは出発前から決めていたことで、滅多にない機会だから体験を記録しておこうと考えたのである。ここは茨城県沖に浮かぶ五福島という小島で、全体がリブラの所有地だ。開智楼は島の高台に位置し、中国の楼閣を思わせる建築物だった。三階建てで、上空から俯瞰《ふかん》すると、八角形をしているそうだ。その内部には神獣の置物や神仙を描いた掛け軸など、随所に吉祥をもたらす縁起物が置かれていた。きっと建設に当たっては風水が利用されているに違いない。

五福島までは地元の男性が操縦する小型船に乗って来た。片道三十分程だっただろうか。船主によれば、平生は釣り客を乗せているそうだが、時折、リブラに頼まれて五福島への送迎を行っているそうだ。生憎《あいにく》の梅雨空で、頭上は鈍色《にびいろ》の雲に覆われていたが、私の気分は晴れやかだった。

参加者は私の他に三人だった。中学の数学教師である風祭昇平《かざまつりしょうへい》、探偵の木場寅太《きばとらた》、そして、女優の壺井《つぼい》ルキである。

風祭は二十代半ばと思われる眼鏡をかけた実直そうな男性だった。紺色のスーツに皺一つない白いワイシャツを着ていたが、淡い黄色のネクタイだけが妙に浮いて見えた。もしかしたら、この色のネクタイはリブラのアドバイスによって選ばれた開運アイテムなのかもしれない。

木場は四十代後半から五十代くらいだろうか。身長は高くないが、頑強な体軀《たいく》をしている。服装は深緑のジャケットに茶色のコーデュロイのズボンだったが、風祭とは対照的に皺が目立っていた。ヘビースモーカーらしく、ずっと煙草《たばこ》を咥《くわ》えている。

二十代前半くらいの壺井は、白いブラウスにジーンズという四人の中では最もラフな服装だった。曇天だというのに、船の上ではサングラスを着用していた。もしかしたら素顔を隠すためなのかもしれない。手にした赤いスーツケースは、二泊三日の滞在にしてはやけに大きい。正直な話、私は壺井のことを知らなかった。壺井自身、自ら女優だと名乗ったわけではない。しかし、風祭が彼女のことを知っていて、手帳にサインを頼んでいたのだ。

「『クトゥルー対ハスター』本当に最高でした」

興奮した様子で風祭は壺井に話しかけていた。どうやら去年公開された特撮映画のヒロインを演じていたらしい。

ちなみに、三人とも私のことは全く知らないようだった。無理もないと思う。私が身内以外で、自作の読者と直接遭遇したことは皆無なのだから。自虐でも何でもなく、私の知名度はその程度なのだ。

見知らぬ男女と孤島を目指していると、なんだか自らがミステリ小説の冒頭に入り込んだようで、妙な高揚感があった。この経験は今後の作品を書く上で大きなヒントになるかもしれない。

「ようこそ、五福島へ」

島の船着き場で私たちを出迎えたのは、メイド服姿の若い女性だった。リブラの使用人で、不破《ふわ》茜《あかね》と名乗った。年齢は二十歳前後だろう。同年代の壺井よりも幼い顔立ちをしているが、凛とした眼差しが印象的だった。

船は私たちを降ろすと、逃げるように本土へ戻って行った。

「明後日のお昼にはお迎えの船が参りますが、それまでは島から出ることはできません」

不破はそう説明した。

船着き場から別荘までは、なだらかな坂道が続いていた。幅の広い路面には石畳が敷かれている。

「なんか神社みたい」

壺井が感想をいった。

確かにまるで寺社の参道を歩いているかの如き気分になる。ただ、湿った潮風が身体に纏わりついてきて、厳《おごそ》かな気分にはなれなかった。両脇一帯には松林が広がっているが、人影が皆無なので不気味な印象が拭えない。

五分程上ると、大きな門が現れた。一般的な住宅で見られるような門ではなく、寺院の山門の如きものである。私はまるで仙境に踏み込むような錯覚に陥った。門には扁額《へんがく》がかかっていて「開智楼」と金文字で記されていた。一見すると木造建築のようだったが、近くで観察するとコンクリート製だと判明。神田明神《かんだみょうじん》の社殿のようなものかと思う。尤《もつと》もこちらは漆《うるし》が塗られているわけではないが。

門を潜ると、正面に三階建ての楼閣が見えた。これが開智楼なのだろう。

背後に高い岩山を背負っているので、建物自体は然程大きなものには感じられなかったが、その異国情緒溢れる外観は、自分が日本にいることを忘れるくらいのインパクトがあった。

門から開智楼までも石畳が続き、庭には玉砂利が敷かれている。疎らに松の木が植えられているだけなので、別荘というよりはやはり寺院の境内のような印象だった。メイド服の不破が物凄く不釣り合いである。チャイナ服でも着ていた方が様になるだろう。

ただ、異様な雰囲気なのは外観だけだった。石段を上がって、観音開きの戸から内部に入ると、意外にも現代的な内装だった。広い玄関で靴を脱ぎ、用意されていたスリッパに履き替える。開け放たれていたガラス扉を抜けると、左右に湾曲した廊下だった。床は木目調で、壁はアイボリーである。眼前のキャビネットの上には大きな龍の置物が鎮座し、その後ろに金属製の螺旋階段が設置されている。

客室は二階だそうで、不破が先頭に立って階段を上っていく。風祭、木場と続いて、壺井は「エレベーターないの？」と呆然とした面持ちで天井を仰いだ。やはり相当荷物が重いらしい。

仕方がないので、私が手伝って二人でスーツケースを運ぶことにする。螺旋階段の幅は広く、スーツケースを間に挟んで二人が並んでも十分なスペースがあった。中に何が入っているのか知らないが、なかなかの重量である。

二階も一階同様に、緩やかに湾曲した廊下だった。どうやらドーナツ形に廊下が廻《めぐ》っているらしい。そこに赤、青、黒、白に塗られた四つの扉があった。壁の色は一階と同じアイボリーなので、白以外の扉は妙に浮いて見えた。

「今から客室の鍵をお渡しいたします」

赤い扉の前で不破がそういった。

「清流様は青の青龍《せいりゅう》の間、風祭様は白の白虎《びゃっこ》の間、壺井様は赤の朱雀《すざく》の間、木場様は黒の玄武《げんぶ》の間をお使いいただきます」

　不破から受け取った鍵には、青い龍のキーホルダーが付いていた。なるほど、この四つの部屋はそれぞれ東西南北を司る四神に対応しているらしい。恐らく、部屋の位置もそれぞれに対応した方位を向いているのだろう。確か開智楼の正面玄関が南向きだから、その真上が朱雀の間ということになる。

「夕食は六時からを予定しております。時間になりましたら、一階東側の食堂へお越しください。その席でリブラ先生が皆様にご挨拶なさいます。時間まではご自由にお過ごしいただいて構いませんが、三階へのお立ち入りはおやめください」

　風祭が眼鏡を上げながら「どうしてです？」と尋ねる。

「三階にはリブラ先生のお部屋がありまして、今も皆様の将来について鑑定をなさっておいでです。鑑定中の先生は非常に神経質で、気分を害されると面倒なことになるかと」

「面倒なこと？」

　木場が興味深そうに目を細める。

「はい。以前お客様の中に、面談のお約束の前に先生のお部屋を訪れた方がいらっしゃったらしいのですが、即刻建物から追い出されたと聞いております」

「どうなったんだ？　そいつ」

　木場の質問に、不破は苦笑する。

「迎えの船が来るまで、庭で野宿なさっていたと聞いております。一応、寝袋と飲み水、あと簡単な食料は先生がお渡ししたようですが……。ですので、皆様もくれぐれもお気を付けくださいませ。

トイレ、洗面所、浴室は一階にございます。お風呂は沸かしてありますので、いつでもご利用くださいませ」

不破は「何かございましたら、わたくしは一階の厨房におります」といい残して、階段を下りていった。

私たち四人もその場で解散し、それぞれが与えられた客間に引っ込んだ。

青い引き戸を開けて室内に入ると、正面には東向きの大きな窓が広がっていた。そのまま外のベランダの如き場所——廻縁《まわりえん》に出ることができる。廻縁には部屋ごとの仕切りはないので、他の客室との行き来も可能だ。とはいえ、よく知らない他人と交流する気はないので、こちらの窓の施錠はしっかりしておく方がよいだろう。

開智楼が八角形の建物のため、部屋は長方形ではなく、扇形に近い台形をしている。客室は二間続きで、入ってすぐの空間はソファーとローテーブルが置かれた居間、奥の南寄りの空間はベッドやクローゼットのある寝室だった。

私がこの文章を書いているのは、居間の片隅に置かれた小さなデスクである。余り座り心地のよくない椅子だから、長時間の執筆には向いていない。

取り敢えず夕食まではまだ時間があるから、周辺を散策してみようと思う。

2

翌日から倭文は龍崎と一緒に、五福島に関する情報の収集をはじめた。

手はじめに、ネットに上げられている基本的な情報を纏めてみる。五福島は、行政上は茨城県東茨城郡足洗町に属する無人島である。本土からは約十五キロメートル沖にあり、面積は〇・四四平方キロメートルだ。

「バチカン市国と同じくらいね」

龍崎はそういったが、倭文はピンとこなかった。

「バチカン行ったことないです」

「じゃあ、東京ディズニーランドは？」

「子供の頃に何度か」

「そのくらいの大きさよ」

と、いわれても、倭文が両親に連れられて最後に東京ディズニーランドに行ったのは、小学六年生のことである。あの頃と今とでは、身体の大きさが違い過ぎて、スケール感が全くイメージできない。

衛星写真で見ると、五福島の形状は、北を頂点とする二等辺三角形だった。周囲は四キロメートル程だが、北側が森になっているので、ぐるりと島を巡るのは難しそうだ。島の中央部は丘陵地で、今回解体工事が行われる別荘もそこに位置している。砂浜のある南側には、船着き場があった。島の南東から南西にかけては、比較的平坦な土地だ。征木の話では解体作業を請け負っているユンシー建設の仮設事務所は、島の南東にあるという。

宙野観光が買い取る前は、五福島はリブラ財善（本名・財前善美《ざいぜんよしみ》）という占い師が所有していた。倭文は知らなかったが、その道では伝説的な人物なのだそうだ。

「リブラは自分が天秤座《てんびん》だから、『リブラ財善』って名乗っていたけど、専門は西洋占星術じゃなくて、東洋の運命学なの。二十代の頃に台湾に渡って、あっちで色々と学んだみたい。特に、三式——つまり、太乙神数《たいおつしんすう》、六壬神課《りくじんしんか》、奇門遁甲《きもんとんこう》を極めていて、他にも四柱推命《しちゅうすいめい》、断易《だんえき》、紫微斗数《しびとすう》なんかもマスターしていたみたい」

四柱推命以外は聞いたことのない占いだった。

「お龍さん、詳しいですね」

「まあ、半分同業者みたいなものだからね。それなりにリサーチはしてるんだ。リブラは簡単な依頼には周易《しゅうえき》で対応していたみたいだけど……」

「あの、周易っていうのは？」

「一般的な易占いのこと。易者さんが使うやつ」

「ああ」

それなら倭文にもわかる。古代中国から伝わる占いで、確か筮竹《ぜいちく》という細い竹の棒を使ったり、骰子《さいころ》を振ったりして、六十四ある卦《け》を出し、吉凶を占うのだ。

「周易は東洋占術だと基本中の基本になる。でも、リブラといったら、やっぱり六壬神課が有名だね」

「何ですか、それ？」

先程も耳にしたが、全く馴染みがない響きだ。

「六壬神課も古代の中国で生まれた占い。でも、日本の歴史にも深い関わりがあって、平安時代に陰陽寮《おんみょうりょう》に所属する陰陽師たちが行っていた占いでもある。安倍晴明《あべのはるあきら》は知ってる？」

「はるあきら？」

「安倍晴明《あべのせいめい》のこと」

「あ、はい。マンガとか映画とかの知識ですけど」

「その晴明が使っていた占い。晴明の書いた『占事略决《せんじりゃくけつ》』も、六壬神課の解説書だよ」

「具体的にはどういう占いなんですか？」

「占いを行う際の月と日と時間から占う」

「それは占いを頼まれた時間から占うってことですか？」

「そう。その時間を占時っていって、運命を知る上で重要視するんだ。西洋でも似たようなホラリー占星術っていうのがあって、これも占いを行う時の天体の配置からホロスコープを作成して鑑定する。六壬神課の場合はちょっと複雑で、太陽の黄道《こうどう》上の位置と時刻の十二支から天地盤っていうのを作成するのね。その後、四課《しか》と三伝《さんでん》っていうのを導き出す。っていってもイメージ湧かないと思うから、太陽の位置と時刻から得られたデータを使って、延々と数式を解いていくみたいな感じかな」

「数式ですか？」

何となく占いとは対照的な単語に思えた。

「そうだよ。しかも数字じゃなくて基本は十二支を使った計算だからね、滅茶苦茶面倒臭い」

「十二支で時間を表すってことは、丑《うし》の刻《こく》とかそういう？」

「うん。今はパソコンで計算ソフトがあるからすぐに答えが出るし、入門書だと早見表がついてるのもあるから、わざわざその都度計算する必要はないんだけど、自分で天地盤作成した方が運勢の流れは読み易い」

「え、お龍さんもできるんですか？」

「ちょっと齧《かじ》った程度だけどね。あと六壬神課の面白いところは、十二天将っていうのを使うところかな。陰陽師の式神《しきがみ》のモデルにもなってるんだけど、貴人《きじん》、螣蛇《とうだ》、朱雀、六合《りくごう》、勾陳《こうちん》、青龍、天《てん》空《くう》、白虎、太常《たいじょう》、玄武、太陰《たいいん》、天后《てんこう》っていう」

「覚えてるんですね」

「覚えないと占えないからね。ちなみに、占いで使う時はさっきの順番じゃないと駄目なんだ。あと占時の代わりに生年月日と誕生時を使って、個人の運勢を鑑定することにも応用できる。これは六壬推命って呼ばれてるね。まあ、とにかく結果出すまでの計算が煩雑だし、出た結果から運勢を読み解くセンスも必要だから、あたしには向いてなかったな」

「私、占いってもっと霊感っていうか、超能力っていうか、そういうものを使うのかと思ってました」

「そういう占い師もいると思うけど、稀だよ。普通は筮竹やタロットカードみたいな道具を使ったり、さっきいったように、生年月日と誕生時から個人の運勢を算出したりする。だから、知識と技術を習得すれば誰でもできるんだ」

「誰でも？」

流石《さすが》にそれは冗談だろう。倭文はそう思ったが、龍崎は鹿爪《しかつめ》らしい表情で再び「誰でもできる」といった。

「しかも、きちんと理論通りに行えば、大抵は当たる」

「素人でも当たるんですか？」

「うん。あたしの経験だと、七割から八割くらいの的中率」

「それって結構凄くないですか？　あれ？　でも、それじゃ何でわざわざみんな占い師に見てもらうんです？」

「それはさ、ＦＰ《ファイナンシャルプランナー》にお金のこと相談するのと一緒だよ。勉強すれば誰でもＦＰの資格は取れるでしょ？　でも、相当勉強する時間は必要だし、教材代とかもかかる。占いも一緒。習得するにはそれなりに時間もお金もかかる。あと、向き不向きも多少はあるからね。数学が苦手だと、占いの勉強は厳しいと思う。その辺もＦＰと似てるね」

「ああ、そういうことですか」

「あとね、確かに占いって当たるんだけど、どうして当たるのかはわからないんだよね。九星気《きゅうせいき》学《がく》なんかは統計学なんだって説明するけど、タロットなんて完全に偶然性を利用してるのに当たるからね。だから、気持ち悪い」

「気持ち悪いって……」

　倭文は苦笑したが、龍崎は真顔だった。

「だって、原理がわからないのに、当たるんだから気持ち悪いじゃん」

「それは……確かに、そうですね」

「占い師の中には、自分の能力だって思い込んでる人もいるし、神様から授かった力だって思っている人もいるみたいだけど、あたしにはどっちもピンとこない。だってルールさえ守って訓練を続ければ、特別な力なんかなくても的中率を上げることができるんだから。それに自分のこと占って最悪な運勢が出た場合は、ホント凹むからね。余《よ》っ程《ぽど》精神力が強くないと、占いなんて続けられないよ。あたしには向いてなかったなぁ」

龍崎の話を聞いて、何となく占いへの認識が改まった気がする。これまで倭文は占い師に対して何となく胡散《うさん》臭いイメージを持っていた。否、今も若干はそうしたイメージを持っている。しかし、占い自体には長い歴史があり、洗練された理論が存在することはわかった。占い師とて、単に当てずっぽうで運勢を口にしているわけではないのだ。

ただ、どうして占いで未来を知ることができるのか、そのメカニズムに関しては明瞭な答えはないらしい。龍崎のいう「気持ち悪さ」だけではなく、倭文の感じる胡散臭さも、まさにそこにあるのだろう。

ともあれ、そんな難解な占いを何種類もマスターしていたのだから、リブラ財善はかなり優秀だったのだろう。倭文がそういうと、龍崎はあっさりと「そんな人は珍しくないよ」といった。

「へ？　そうなんですか？　えっと、じゃあ、リブラ財善ってどの辺が伝説的な占い師なんです？」

「とにかく的中率が凄まじかったらしいの」

リブラの名を一躍有名にしたのは、一九八三年に起きた日本海中部地震と三宅島《みやけじま》の噴火を予見していたことと、一九八五年の日本航空一二三便墜落事故について数年前から警鐘を鳴らしていたことだったという。これらの鑑定結果は、災害や事故が起こる数年前から雑誌を通じて世間に広められていたため、占いが当たっていることは誰でも確認することができたそうだ。

「当時から政財界との繋がりも深かったみたいだけど、一般人からの依頼の方を多く受けていて、かなりの数の信奉者がいたらしい。もう半分宗教みたいな感じだね」

しかし、そんな順風満帆なリブラの人生に大きな影を落としたのが、三十年前に五福島で起こった殺人事件である。リブラの所有する別荘から男女五人もの他殺体が発見されたのだ。当然、リブラ自身にも大きな影響があった。

「事件の後、リブラ財善は警察からかなり疑われたこともあって、表舞台からは消えちゃったんだ。でも、以前の信者たちを相手に、密かに占い師として活動してるって話。あと、これはあくまで噂なんだけど、ジャスミン早乙女《さおとめ》って知ってる？」

「はい」

ジャスミン早乙女は、朝の情報番組の星占いコーナーを担当している占い師である。顔は知らないが、名前は毎朝目にしている。

「彼女が実はリブラ財善の娘じゃないかって噂が流れてるんだ」

「へえ」

ジャスミン早乙女は現代を代表する占い師である。彼女が占いで的中させたのは、二〇一一年の東日本大震災、二〇一六年の熊本地震、二〇一九年の台風十九号の被害、そして、新型コロナウイルスの世界的な流行などがある。もしも噂が本当ならば、親子揃って才能に恵まれていることになる。

「ジャスミン早乙女の占いっていえば、花ちゃんが毎朝チェックしてますよね」

「へえ、そうなんだ」

龍崎はちらりとデスクワークをしている花車に視線を向ける。

「あの子、そういうのに関心あるんだ。なんか意外」

「星占いのランキングってあるじゃないですか。花ちゃん、蟹《かに》座なんですけど、最下位の日はずっと落ち込んでます。あと、花ちゃん、自分の星座以外の順位も把握してるんですよ」

「え？　ホントに？」

「はい。寝坊して占いの結果見られなかった時も、花ちゃんに訊いたら順位を教えてくれますよ。ちなみに、私は山羊《やぎ》座です」

龍崎は「それはさぁ……」と苦笑する。

「多分、花は全部の星座の順位を覚えてるわけじゃないと思う。蟹座と山羊座の結果だけ覚えてるんだよ」

「どうして、そんな……？」

龍崎は少しだけ声量を落とす。

「花の親しい相手――例えば、恋人が山羊座なんだと思う。だから、毎日蟹座と山羊座をチェックしているわけ」

「嗚呼、なるほど」

倭文はこれまで、花車は驚異的な記憶力があるか、ジャスミン早乙女の熱烈な支持者かと思っていたが、龍崎の考えの方が自然だ。名探偵を目指しているのに、そんな単純なことにも思い至らないとは、我ながら情けなくて泣けてくる。

「さてと、無駄話はこのくらいにして、そろそろ仕事に戻ろう」

「そうですね」

征木から倭文たちが受けた指示は、五福島の歴史や民俗を調査することだった。しかし、ネットで五福島を調べると、未解決の殺人事件に関する書き込みばかりがヒットし、肝心の島そのものについての情報に辿り着くのは困難だった。長年私有地であることも、ネット上に情報が乏しい理由なのだろう。

「まずは町史を調べよう」

龍崎にそういわれ、倭文は国立国会図書館へ『足洗町史』を閲覧しに行くように指示された。その間、龍崎は別の資料を当たってみるそうだ。彼女は大学時代に民俗学を専攻しており、こうした事前調査には慣れているという。

『足洗町史』によれば、元々五福島は五隠《ごおん》島と呼ばれ、五匹の鬼が棲《す》んでいると伝えられていたそうだ。しかし、中世に入って集落が形成されてからは、鬼を表す「隠」の字は不吉なので、縁起のよい「福」の字に島の名前を変えたという経緯がある。島民は本土から移り住んだ漁師や周辺海域で船が難破して島に流れ着いた人々であった。現在、足洗町の郷土資料館には、本土の集落と島との交易が記された文献資料が残っていて、活字化されたものは町史に収録されていた。

だが、町史において、五福島の記述は非常に少ない。というのも、近世初期に入って、島を取り巻く状況が一変するからだ。残された公文書には、島で疫病が流行《はや》り本土との往来が禁止されたこと、半年後に役人が島を訪れると全員が死に絶えていたことが言葉少なに記されていた。この時点では五福島の島民の死亡について、殊更に異常性は見受けられない。時代を考えても、流行病が島の中で蔓延してしまうことはあり得ただろう。以降、五福島には基本的に人が住むことはなくなったようだ。

一方、龍崎が見つけてきた資料には、もっと興味深いことが記されていた。夕方、国会図書館から戻った倭文は、テレビの前の長椅子に座り、龍崎と向かい合っていた。卓袱台の上には、龍崎が図書館から借りてきた資料が平積みになっている。

「五福島に関して奇妙な記述が見られるようになるのは、江戸時代の中頃になってからね」

最も早い時期の資料だと思われるのは、『閑窓奇談《かんそうきだん》』という奇談集だ。この資料には「常州沖ニ五福島ト云フ島アリ。無人也。足洗村ノ古老曰、昔、島ニ虚舟漂着シ、其内ヨリ五匹ノ化物出テ、島人ヲ襲フ。一匹ハ一ツ目、残リハ目無也。島人悉ク死ニ絶へ、無人ト成ニケリ」とある。即ち、五福島の島民が全滅した原因は、島に流れ着いた虚舟の中から出てきた五匹の化物に襲われたからだというのだ。

この時期の日記や随筆の類にも、断片的に五福島の記述が見られるようになる。例えば、水戸藩士の日記には「五福島は魔所なり。五人組の化物ありて、人を病にすると云」や「船より島を見候はゞ、亡魂さまよひ出て、手招きす」とある。また『常州波奈志《じょうしゅうばなし》』という随筆にも「一つ目五人といふ妖物、五福島にあり」や「五福島に上れば、総身痩せ細りたる老若男女何処にか出て、恨み言をいふ。此島人の幽霊なり」と書かれている。これらの資料からは、五福島には一つ目五人という妖怪が棲んでいることと、死んだ島民の幽霊が出現することが語られていたことがわかる。

「一つ目五人については、『足洗町史』にも書いてありました」

『足洗町史』によれば、海沿いの集落では、一つ目五人は二月八日と十二月八日に来訪する妖怪だといわれている。一つ目五人は、一つ目小僧が四人ののっぺら坊を引き連れた妖怪で、出会った者に疫病を齎《もたら》すそうだ。

ただ、龍崎がいうには、この伝承は他の地域と比較して、決して特異なものではないという。

「二月八日と十二月八日に日本各地で行われる行事を事八日っていうんだけど、東日本の広い範囲では、この日に厄病神や妖怪が到来するっていわれてて、物忌みを必要とする地域もあるの。例えば、栃木県ではダイマナコという一つ目の厄病神、東京周辺では一つ目小僧、神奈川県ではミカリ婆《ばばぁ》なんていう妖怪が来るって伝承されてる。これらの妖怪を防ぐために、家々では目籠を高く掲げたの」

「目籠って竹で編んだ籠ですよね？」

「うん」

そんなもので、どうして妖怪を防ぐことができるのだろうか？

「目籠には沢山の網目があるでしょ？」

「はい」

「来訪する妖怪は一つ目だから、沢山の目がある目籠を怖がるんだって。あとは柊《ひいらぎ》を戸口に刺すって場合もあって、これは一つ目を刺す呪《まじな》いなのね」

改めてコピーしてきた『足洗町史』の一部を見てみると、足洗町でもかつてはその日には漁に出ずに家に閉じ籠もり、軒先に目籠を吊るしたと書いてあった。

「足洗町の人たちにとっては、一つ目五人は事八日に来訪する厄病神の一種って思われていたって考えていいんですかね」

「うん」

「でも、一つ目小僧がのっぺら坊四人を従えてるって、ちょっと変わってませんか？」

倭文が同意を求めると、龍崎は「ああ、それ」と目を細めた。

「多分、一つ目五人って、元は一目五先生《いちもくごせんせい》だったんだと思うよ」

「いちもくごせんせい？」

初めて聞く名だ。龍崎は持っていたメモ帳に「一目五先生」と書いて見せてくれた。

「中国の妖怪。浙江省《せっこうしょう》に出たっていう疫鬼《えきき》――人を疫病にする鬼ね。一目五先生は、四人は目が見えなくて、一人だけが目を一つ持ってるの。で、行動する時は、その一つ目の鬼が全員を従える」

龍崎の話では、一目五先生は中国の志怪小説である袁枚《えんばい》の『子不語《しふご》』に載っている妖怪だそうだ。『子不語』という書名は、『論語《ろんご》』の「子不語怪力乱神（子、怪力乱神を語らず）」が由来なのだという。即ち、孔子《こうし》が語らなかった怪異談を敢えて集めたという意味が込められているらしい。ただ、袁枚は元《げん》の時代に同じ書名があることに気付いて、『新斉諧《せいかい》』と改めたのだが、『子不語』の方が広く知られているそうだ。

一目五先生は、疫病が流行する年に五人が連れ立って歩き、眠っている人間を鼻で嗅ぐという。一人に嗅がれるだけなら病気になるだけだが、五人全員に嗅がれたら死に至る。

「面白いのは、一目五先生は善人や福分《ふくぶん》のある人間、それに悪人は襲うことがないっていうの。だから犠牲になるのは、善でも悪でもなく、福も禄《ろく》もないフツーの人ってこと」

つまり、多数が占めるであろう凡人にとって、一目五先生は脅威といえる。

「でも、どうして中国の妖怪が五福島に？」

「日本の妖怪には中国から伝わって来たモノが少なくないんだよ。例えば、同じ茨城県の妖怪に、ウバメトリっていうのがあるの。夜に子供の着物を干しておくと、ウバメトリが自分の子供のものだと思って目印に自分の乳を搾るんだけど、それには毒があるって話。でね、この妖怪は中国の姑《こ》獲鳥《かくちょう》に由来しているみたい。姑獲鳥っていうのは、天帝少女、夜行遊女、隠飛鳥とも呼ばれる妖怪で、羽毛を着ると鳥の姿に、それを脱ぐと女の姿になる。姑獲鳥は自分に子供がいない時は、人間の子供を攫《さら》うんだけど、自分が好みに思った子供の服に自分の血を付けて目印にしたって話があるの。だから晋《しん》の時代には、夜には子供の服を外に出さなかったんだって。ね、この話ってウバメトリと凄く似てるでしょ？」

「そうですね」

ミステリ好きの倭文は、京極夏彦《きょうごくなつひこ》の『姑獲鳥の夏』を読んでいるから、漠然とは姑獲鳥についての知識はあった。確か姑獲鳥は出産で死んだ女性が化《か》したもので、同じように産褥死《さんじょくし》した女性が妖怪化した日本の産女《うぶめ》と混同されたという経緯があったはずだ。

「ウバメトリについては、中国の姑獲鳥の情報を茨城県に持ち込んだ知識人の影響があるっていう指摘があるのね。だから、一つ目五人の場合も同じように、知識人が関係しているのかもしれない。あとは島民の中に大陸出身の人がいたって可能性もあるよね。中国の船が難破して、乗っていた人が五福島に漂着したってことはあり得ると思うんだ。それに、そもそも五福っていうのが『書経《しょきょう》』に載ってる言葉なんだから、島に中国由来の文化があっても不思議じゃないよ」

「『書経』っていうのは、四書五経の内の一つの『書経』ですよね？」

「そうだよ」

四書五経とは、儒教の経典として重要視されたもので、四書は『大学《だいがく》』『中庸《ちゅうよう》』『論語』『孟子《もうし》』、五経は『易経《えききょう》』『書経』『詩経《しきょう》』『礼記《らいき》』『春秋《しゅんじゅう》』である。倭文は『論語』ならば古典の授業で読んだ経験があるものの、他の文献についてはまるで馴染みがない。『易経』は占いの話をした時に出た易占いについて書かれている書物だというのは知っているが、当然ながら中身を見たことはなかった。

「五福っていうのはさ、人生の五つの幸福のことをいうの。えっと……」

龍崎は視線を少し上に向ける。

「……長寿なこと、財力が豊かなこと、無病息災なこと、徳を好むこと、そして、天命をもって人生を終えること、だったかな」

「詳しいですね」

倭文は素直に感心してしまった。

「ん〜。師匠に無理矢理読まされたからね」

そういって龍崎は苦笑する。ここで彼女がいう師匠が、学生時代の指導教官なのか、霊能力者としての教えを受けた人なのかはわからない。倭文がそれを尋ねようとした時、龍崎が先に口を開いた。

「今日集めた情報を整理すると、五福島には少なくとも江戸時代中期には一つ目五人と島民の幽霊が出るっていう話があったことがわかる」

「『閑窓奇談』には古老から話を聞いたって書いてありますから、もう少し前から一つ目五人の話はあった可能性がありますね」

「うん。一つ目五人は三十年前の事件とも無関係じゃないから、ひと通り資料に纏めておかないと」

「そうですね」

実は、三十年前に五福島で起こった殺人事件では、五人の被害者の内、四人の顔が潰され、一人の被害者の片目が抉《えぐ》られていたという経緯がある。犯人が一つ目五人の伝承を意識していたのは確かだ。但し、遺体の状態はもっと複雑で、単に一つ目五人を模していたわけではない。詳しい情報については、後で征木や葉月が教えてくれるだろう。

「次に必要なのは、現代に入ってからの島の怪異についての情報になるね」

「はい。でも、どうやって探すんです？　ざっとネットで探しましたけど、具体的な話は見つかりませんでしたよ」

三十年前の殺人事件の情報に付随して、五福島には昔から幽霊が出るという噂があったというような書き込みは見たが、具体的な体験談のようなものを見つけることはできなかった。やはり島に渡れる人間が限られているからだろう。

「実はちょっと心当たりがあるんだ。あたしの記憶違いじゃなければ、だけどね」

翌日、倭文は龍崎から薄い冊子を渡された。『妖怪で世界を救う会会報』という珍妙な名前の代《しろ》物《もの》だ。

「学生の頃から入ってる研究会でね、主に民俗学専攻の学生や研究者が所属してて、二箇月に一回くらいの頻度で集まって、妖怪や怪談についてクソ真面目に議論するんだ。ま、ここ最近は行けてないんだけどね」

冊子は毎年発行される会報で、妖怪に関する論考や現地調査の報告が掲載されている。

「五福島って聞いてから、『あれ？　もしかして会報で読んだかも』って思って。昨日、実家に戻って取って来た。付箋《ふせん》が貼ってあるところ、見てみて」

いわれた通りにその箇所を開くと、船井仲丸という人物が記録した「茨城県の怖い話　その５」という記事の中程だった。そこには五福島に纏《まつ》わる怪談——しかも体験談が綴《つづ》られていた。本人が喋っているような文体だったから、もしかしたら録音したものを起こした文章なのかもしれない。

「船井さんは栃木に住んでる妖怪研究家で、オカルト雑誌に記事を書くだけじゃなくて、時々学会誌にも論文を投稿してるの。そういう意味では割と硬派な感じの人。だけど、いつもレザーのジャケット着てて色眼鏡かけてるから、ロックバンドのメンバーみたいなビジュアルなんだよね。で、船井さんに昨日の内にメールで問い合わせたんだけど、その調査を行ったのは二〇一五年の夏だったそうよ」

つまり、今から八年前ということか。

「これを見ると、一つ目五人は昔は怖がられてたみたいですけど、今は昔話っていうか、あくまで伝承の中の存在って感じですよね」

「うん。船井さんが調査した段階では、あんまりリアリティのある存在じゃなかったのかもね。でも、その代わり、島に出る幽霊はヤバいかも」

それは倭文も同感だった。船井の調査した時点で、解体工事を請け負う会社の関係者に何人もの死者が出ていたらしい。勿論、中には伝聞もあったようだからすべてを鵜呑《うの》みにはできないが、今回の宙野観光の現場責任者が死亡していることと考え合わせると、それなりに信憑《しんぴょう》性はあると思う。

「島民の幽霊よりも、殺人事件の被害者の霊の方が危険みたいですね」

「余っ程無念だったのかな。まあ、その辺りは先生とハッチが調べてくれると思うんだけど」

そういえば、今日は朝から二人の姿を見ていない。

ネットで見た限り、三十年前に起こった殺人事件には色々と謎が多いらしい。被害者の一人がミステリ作家であり、現場にはその人物が書いたと思われる手記が残されていたのだが、その内容を信じるのならば、被害者の内の二人は完全な密室状況で発見されたようだ。

自分もこんな怪談の調査なんかより、そっちの調査の方がよかったのに……。

ミステリ愛好家の倭文は切実にそう思った。

清流和泉の手記2

食堂は一階の東側、つまり、私の使っている部屋の真下に位置する。中央には中華料理店で見かける円形の回転テーブルと背凭《もた》れの高い椅子が四脚置かれていた。椅子はどの位置からも入口と窓が望める角度である。

私が食堂に入ったのは十八時十分前で、一番乗りだった。丁度不破がテーブルに料理を並べているところだった。大皿に盛られていたのは、麻婆豆腐、青椒肉絲《チンジャオロースー》、回鍋肉《ホイコーロー》、八宝菜、エビチリ、酢豚など、オーソドックスな中華料理であるが、どれも食欲をそそる香りだった。

「料理人の方もいるのですか？」

「いいえ」

「じゃあ、これ、全部不破さんが？」

「はい。でも、下拵《ごしら》えはリブラ先生もお手伝いくださいましたけど」

幾ら主人が手伝ったとはいえ、この分量を一人で調理するというのはなかなか骨が折れるのではないだろうか。不破は飲食店で働いた経験があるのかもしれない。

約束の五分前には、風祭と木場も現れた。そして、十八時になって、飲み物を乗せたワゴンを押す不破と共に、壺井も部屋に入って来た。先に待っていた私たち三人は、島に到着した時の服装だったが、壺井はワインレッドのドレスを身に纏っていた。ボリュームを抑えた上品なデザインである。洗練されたメイクも相俟《あいま》って、最初に会った時とは別人に見えた。彼女の変貌には風祭と木場も驚いている様子だった。

不破は全員の前で一礼する。

「リブラ先生からは、先にお食事を召し上がっていてほしいと承っております。わたくしは追加の料理の準備をいたしますので、皆様はご自由にお食事をお楽しみくださいませ。お飲み物はこちらにご用意いたしましたが、追加も用意してありますので、ご遠慮なくお飲みください」

テーブルの近くに寄せられたワゴンには、瓶ビールと紹興酒、それに冷たい烏龍《ウーロン》茶が用意されていた。

不破が部屋から出ていくと、私たちは飲み物を選んで席に戻った。一杯目は全員コップにビールを注ぎ、壺井の音頭で乾杯をした。

場の雰囲気は和やかだったが、内向的な性格の私は、初対面の人間との会食に居心地の悪さを感じていた。回転テーブルもいちいち気を遣うのが面倒なので、予めすべての料理を食べたい分だけ小皿に取ってしまった。

風祭と木場はずっと壺井に話しかけていたから、私はなるべく食事に集中することにした。船の上では木場は壺井に然程の興味を示さなかったくせに、急に鼻の下を伸ばして、機嫌を取るようなことをいっていた。滑稽《こっけい》である。壺井の内心はわからないが、男性二人の言葉に愛想笑いを浮かべつつ、適当な相槌《あいづち》を打っていた。

本当に無駄な時間だと思う。私が五福島へ来たのは、リブラ財善に会うためであって、彼らと親睦を深める必要は全くない。恐らく島を出たら二度と関わることもない相手だろう。

嗚呼、そうか。だからこそ、風祭と木場は壺井との距離を縮めようとしているのか。ここから出た後も彼女と接点を持ちたいという下心なのだろう。どうして彼らのような品性の卑しい奴らが選ばれたのか、私は疑問を感じた。リブラの顧客にはもっとこの特別な待遇に相応《ふさわ》しい人物がいるのではないだろうか。

苛立《いらだ》ちからコップに入ったビールを一気に呷《あお》った直後、入口に着物姿の女性が立っているのに気付いた。長い黒髪に、顔の上半分を覆う白い仮面。それは雑誌に掲載された写真で見たことのあるリブラ財善その人であった。私は興奮を抑えられず、立ち上がった。その姿に他の三人も入口を向いた。

「皆さん、今晩は」

生で聞くリブラの声は、電話越しに何度も耳にしたものと同じだった。リブラはゆっくりとテーブルの近くへやって来た。

「お待たせしてしまってごめんなさいね」

透かさず壺井が立ち上がる。

「この度はご招待ありがとうございます」

優雅な所作で頭を下げる彼女を見て、風祭も起立する。ガタンと椅子が音をたてた。上擦った声で礼をいう風祭に、リブラは「そんなに硬くならないで」と微笑んだ。

私も遅ればせながら心からの謝辞を伝えたが、木場は座ったままで鷹揚《おうよう》に会釈しただけだった。普段ならそんな無礼な態度を見たら憤慨するのだが、その時の私の意識はリブラにだけ向けられていた。やっと会えたという感動が大きかったのである。

「皆さん、どうぞお座りになって」

それから、リブラを含めた五人で、改めて乾杯を行った。

リブラは一口だけビールを飲むと、コップをワゴンの上に置いた。

「この場をお借りして、明日以降のスケジュールについてお伝えします。明日は皆さんと個別に面談をさせていただきます。以前伺った生年月日から今後の運勢を導き出しましたので、それを使って開運のお手伝いをさせていただきたいと考えています。午前中は九時から風祭さん、十時から木場さん、午後は一時半から壺井さん、二時半から清流さんでお願いしたいのですが、宜《よろ》しいかしら？」

全員が静かに頷く。

「恐らく、皆さんからもこの機会にご相談があるかと思います。それは明日の面談の時に申し出てください。それによって明後日のスケジュールを決めようと思います」

私は島に滞在している間に、次回の短編について相談したいと思っている。締切はまだ先だが、ミステリ界の重鎮である鮫川哲夫《さめかわてつお》が監修を務めるアンソロジーへの参加なので、いつもよりも緊張感のある仕事なのだ。

直近の占いで、リブラからは「次回作は茶室か水族館を舞台にした方がよい」といわれていたが、その時点ではまだ依頼を受けていない状況だった。今回は改めて作品についてアドバイスをもらい、島にいる内にプロットのアウトラインだけでも定めておきたい。

「それでは、まだ明日の準備がありますので、これで失礼いたします。皆さんはこのまま楽しい夜をお過ごしくださいね」

リブラはそういって、滑るように部屋から出て行った。

残された私たちは、少しの間、放心していた。リブラには周囲を巻き込むような魅力、否、魔力があって、私たちはその毒気のようなものに当てられたのだと思う。

五分程経過して、不破が蒸籠《せいろ》に入った点心を運んできたところで、漸《ようや》く風祭が「感激です！」と高揚した声を発した。

「あたしも！」

と壺井も同意する。

木場ははしゃいだ様子の若者二人に苦笑しながら、紹興酒の入ったコップを傾ける。

その間も、不破は慣れた手つきで空になったビール瓶や汚れた小皿をテーブルから下げていた。

少し酔いが回ってきたところで、私は折角本物の探偵が目の前にいるのなら、色々と話を聞くのも悪くないかもしれないと思いはじめた。それとなく木場に話題を振ってみたのだが、守秘義務があるといって、業務の内容は殆《ほとん》ど教えてくれなかった。しかも食事中もずっと煙草を吹かしているので、不快極まりない。私が部屋の換気のために、窓を開けに席を立った程だ。外は真っ暗だったが、小雨の降る音が聞こえていたのを覚えている。

食事が終わったのは、二十時のことだった。

「リブラ先生から隣の談話室の使用が許可されています。部屋にあるアルコール類もご自由にお飲みいただいて構わないとのことです」

ちらりと談話室を覗くと、ソファとローテーブルが置かれ、片隅にはバーカウンターもあった。並んでいるのは主に洋酒である。小さな冷蔵庫もあって、氷や簡単な酒の肴《さかな》はその中に用意されているという。

風祭と木場は飲み直すといって、そちらへ向かう。二人共既にかなりのアルコールを摂取していたが、足取りはしっかりしていた。

壺井は着替えのために一旦部屋に戻るというので、私も一緒に二階へ上がることにした。

「リブラ先生にお会いするのがあれだけだって知ってたなら、もっと楽な恰好《かっこう》したのになぁ」

螺旋階段を上りながら、壺井は後悔するようにいった。

「風祭さんと木場さんは、だいぶ喜んでましたよ」

私がそういうと、壺井は振り返って顔を顰《しか》めた。

「あの人たち喜ばせてもね」

「まあ、そうですね」

確かに彼らを喜ばせても、何の得もない。

「清流先生はもうお休みですか？　それともお仕事？」

「少し酔いを覚ましてから、お風呂をいただこうかと思います。滅多に遠出なんてしないから少し疲れました」

「あ、それじゃ、あたしもそうしようかな」

「下に飲みには行かれないんですか？」

「行きませんよ」

壺井はきっぱりといった。

「あたし、煙草の臭い嫌いなんですよね。それに、あの風祭って人、なんかねちっこくて気持ち悪くて」

どうやら二人の男性は相当嫌われたらしい。

「念のために部屋には鍵を掛けた方がいいですよ」

私がそう忠告すると、壺井は神妙に頷いた。

3

五福島行きの五日前、変則的現象調査課では事前準備のための全体ミーティングが行われた。申請すれば四階にある会議室を使用できるのだが、移動するのが億劫《おっくう》なので、変調課では入口近くの談話スペースを使用している。

二つの長椅子の一方には、征木、葉月、花車、もう一方には、青島、龍崎、そして倭文が座っている。手許《てもと》には各々が作成した資料を纏めたものが配布されていた。庶務担当の花車は現場に赴くことはないが、情報を共有して、必要な備品などを揃えるために、毎回全体ミーティングには参加している。

次回の五福島の調査は、倭文がこの部署に配属になって五度目の調査になる。しかし、最初に同行した栃木県の保養所以外は、調査地は都内のオフィスやビジネスホテルだったから、遠出は久々だった。それに加えて、倭文は島での調査も初めてだし、廃墟での調査も未経験なのだ。既に不安と緊張が頭を擡《もた》げていた。

ミーティングでは、最初に征木から五福島の現状について簡単な説明があった。以前もちらりと聞いたが、島にはユンシー建設が用意した仮設事務所があり、発電機やトイレ、飲み水や保存食などは用意されているそうだ。島への送迎は宙野観光の担当者が船を出してくれるらしい。

次に龍崎と倭文がここ数日で集めた情報の報告を行う。先に倭文が五福島の歴史と一つ目五人の伝承について具体的な資料を挙げながら説明した。事前に資料は読み込んでいたが、改まった席で話すとなると存外に緊張して、幾つか情報を取り零《こぼ》しそうになったが、龍崎が透かさずフォローしてくれた。一つ目五人の由来が中国妖怪の一目五先生である可能性が高いという話も、結局、龍崎が倭文に代わって詳しく解説した。やはり身に付いていない知識は、単に記憶しただけでは巧く他人に説明できないらしい。

現代の五福島に纏わる怪異については、龍崎がメインで報告を行った。あれから龍崎経由で再度船井に五福島の怪談についての情報提供を求めた結果、ネット上に幾つか散在していることを教えられた。どれも非常に短い書き込みで、そのほとんどは島を訪れた解体業者やその家族によるものだった。内容も似たり寄ったりで、仕事で島に渡った職場の仲間や家族が、その後すぐに厄災に見舞われたというものである。

ただ、少し毛色が違った投稿もあった。それは千葉県に住む男性がクルージングの途中で五福島に上陸した際の体験を記したものだ。彼らは私有地だとは知らずに、五福島に立ち寄ったらしい。男女四人で、島に建つ寺のような廃屋を訪れ、窓から屋内を覗くと、顔の潰れたメイド服の幽霊が立っていたという。体験自体には目新しいものはないのだが、この書き込みの興味深い点は、島を訪れた全員に目立った災いが起きていないことだった。

報告の最後に龍崎は次のように私見を述べた。

「現状では、島で起こっている心霊現象と思われるものの原因は特定できません。でも、集めた体験談から判断すると、やっぱり三十年前の殺人事件の被害者たちの霊が関わっている可能性が高いと思います。あと、それとは別に、作業員の体調不良については、心霊的なものではなくて、島特有の感染症の可能性も考慮した方がいいんじゃないかと思ったんですけど」

すると、征木が「それに関しては宙野観光も調べたらしい」といった。

「しかし、現状、島の水や土壌から感染源となるような細菌やウイルスは発見されていないそうだ」

「でも、未知の感染症の可能性もあるんじゃないっすか？」

そういったのは、青島だった。

「確かに、それは否定できない」

「だったら、今回の調査は感染症の予防対策もある程度考えといた方がいいと思いますよ」

倭文も青島には同感だった。少なくとも用心するに越したことはない。

征木も「そうだな。準備だけはしておいた方がいいか」と頷く。

「あ、じゃあ、マスクと除菌シート多めに用意しときますね」

花車はそういって、手許のプリントにメモをした。

次の報告は葉月が担当だった。彼は三十年前に五福島で発生した連続殺人事件についての詳しい説明をはじめる。

「事件が起こったのは、一九九三年六月のことです。十八日の金曜日の午後から五福島を訪れていた五人の男女が、何者かによって無惨に殺害されました。しかも、五人の被害者の内、四人は顔が識別できないくらいに潰され、一人からは眼球が一つ抉り取られていました。これは先程お龍さんとブンブンからの話に出た、一つ目五人という妖怪を模した犯行かと思われます。またそれとは別に、五人の被害者の遺体は中国神話に登場する悪神に見立てられてもいました。つまり、この殺人事件は被害者に二重の見立てが施されていたという異常な犯罪でした」

被害者は、埼玉県在住で中学教師の風祭昇平(二十六歳)、都内で探偵業を営む元刑事の木場寅太(四十五歳)、神奈川県在住のミステリ作家の清流和泉(三十二歳)、都内在住の女優の壺井ルキ(二十三歳)、都内の私立大学に通う不破茜(二十歳)の五人だった。

「彼らは皆、島の所有者であった占い師・リブラ財善の常連客であったことがわかっています」

当時、リブラ財善は四十三歳で、都内のマンションで暮らしていた。同居する家族は、四つ年上の夫・直人《なおと》と二十歳になる娘の茉莉《まつり》である。夫は大手商社に勤務する会社員で、基本的にリブラの仕事には無関係であった。一方、一人娘の茉莉は高校を卒業すると、リブラの仕事を手伝っていた。リブラは自宅の近くに事務所も借りていて、鑑定や弟子の育成はそちらで行っていたらしい。

「五福島の別荘を訪れる際は、リブラ一人ということは少なく、大抵は家族か弟子が同伴していたようです」

　さて、事件発覚のきっかけは、風祭昇平の無断欠勤だった。彼は十八日金曜日の午後から翌十九日土曜日の間、親戚の法事に出席するために休みを取っていた。しかし、月曜日になっても出勤しないことから、中学校から風祭のアパートへ連絡したが繋がらず、放課後に同僚が直接訪問したが留守のようだった。そこで風祭の実家に問い合わせたところ、親戚の法事など存在せず、本人の所在はわからないとのことだった。

「その日の内に、風祭の両親は風祭のアパートを訪れました。そこでカレンダーの六月十八日から二十日の間に矢印が記され、『五福島行き』と書かれているのを見つけます。翌日になっても風祭の消息が不明だったため、両親は警察に捜索願を出しました」

　これと時を同じくして、壺井ルキについても、その行方が問題になっていた。撮影現場に彼女が現れなかったのである。慌てたマネージャーは自宅マンションに電話をしたが、留守番電話に切り替わってしまい、本人が出ることはなかった。マネージャーは自宅の合鍵を持っていたので、壺井の部屋に入ったが、やはり彼女の姿はなかった。

「ただ、マネージャーは事前に壺井から、リブラの招待で十八日の午後から二十日の午後までは五福島に滞在することを聞いていました」

　自宅の片付いた様子から、壺井が未《いま》だに島から帰っていないのではないかと考えたマネージャーは、すぐにリブラの事務所へ連絡する。すると、驚くべき返答があった。リブラは五福島でそんな催しは開いていないというのだ。加えて十七日から二十一日まで、リブラは夫と娘の三人で京都に滞在していたらしい。この時点でマネージャーは事態の深刻さを認識し、警察に相談した。

その結果、茨城県警は、埼玉県警と警視庁から相次いで協力を要請されることになる。二十三日の朝には所轄署の警察官が五福島へ向かい、変わり果てた五人を発見するに至ったのである。

発見時の被害者たちは次のような状況だった。

まず、玄関から入ってすぐの廊下で、頭部を切断された清流和泉が仰向けの状態で発見される。頭部は左の眼球が抉り取られた上で、螺旋階段の手前にあった龍の置物に被せられていた。そして、遺体の近くの床には、ペンキで「共工」という文字が記されていた。

「この共工《きょうこう》というのは、中国神話に登場する神だそうです。これに関しては、僕よりもお龍さんの方が詳しいですよね」

葉月から指名された龍崎は苦笑する。

「そうかもね。細かい説明はややこしいから、必要な情報だけ伝えると、共工は人間の顔に蛇の体、赤い髪の毛って姿の水神です。ただ、水神っていっても水の恵みを与えるような神じゃなくて、洪水を引き起こす荒ぶる神って感じ」

「被害者の清流の頭部が龍の置物に組み合わされていたのは、その共工の姿に見立てていると考えられています。この他の四人の遺体についても、四凶《しきょう》という中国の邪悪な神々の姿を模した装飾がなされています」

葉月の説明に、龍崎が次のような補足をした。

「共工や四凶も広い意味では中国の妖怪といえます。更に一つ目五人の由来が一目五先生だとすると、被害者たちは二重に中国妖怪に見立てられていたともいえるんじゃないかしら」

一階の西側の部屋からは、不破茜の遺体が見つかっている。メイド服姿の不破は、胸にナイフの刺さった状態でベッドの上に横たわっていたが、その耳は削ぎ落とされ、顔面は激しく損傷していた。恐らくは鈍器で何度も叩かれ、顔が潰されたものと考えられる。枕元には犬のぬいぐるみが置かれ、部屋の壁に「渾沌」という文字が、やはりペンキで書かれていた。

残る三人の遺体はすべて二階から発見された。二階には東西南北に扉があり、四つの客室が存在する。西の白虎の間からは風祭、南の朱雀の間からは壺井、北の玄武の間からは木場の遺体がそれぞれ見つかっている。全員が刃物で胸を刺されて殺害され、死後に顔面が潰されていたが、不破のように耳は削ぎ落とされていない。また、壺井だけには生前に頭部を殴られた痕跡があった。

発見時に風祭と木場は共に虎柄のシャツを着用していたが、これは彼らの持ち物ではない。どうやら犯人が見立てのために、二人を殺害後に着せたものらしい。風祭の部屋には、羽毛が散らばり、壁には「窮奇」と記されていた。木場の遺体の顔面は口の部分だけ損傷が少なく、パーティーグッズで見かける吸血鬼の入れ歯が嵌《は》められていた。壁にはやはり「檮杌」の文字があった。そして、壺井の遺体は上半身が裸で、腹部に複雑な文様が描かれていた。それは壁に「饕餮」の文字があったことで、すぐに饕餮文《とうてつもん》であることが判明する。

「五人中、四人の遺体は顔が判別不可能な状況でしたが、指紋や血液型、身体的な特徴などから、それぞれ本人の遺体で間違いないことが証明されました」

「つまり、遺体が別人とすり替えられていたということはなかったということですね？」

倭文がそう確認すると、葉月は「その通りだ」と頷いた。

司法解剖の結果、最も腐敗が進んでいたのは風祭の遺体で、死後五日から一週間が経過していると推定された。南向きの部屋で放置されていた壺井の遺体も、風祭と同じ程度腐敗が進んでいたが、胃の内容物から判断して、彼女の方が後に亡くなっていたと考えられている。それから、木場、不破の順に遺体の腐敗の度合いが進み、最も後に殺害されたのは清流であるようだ。ちなみに、清流の頭部は死後間もなく切断されたものと考えられている。

現場からは更に興味深いものが見つかっていた。

清流和泉の手記である。

これは二階の青龍の間の書き物机の上に置かれていた。筆跡鑑定の結果、手記は確かに清流本人が書いたものだと証明されている。手記には島へ到着した時から不破茜の遺体を見つけるまでの経緯が記されていて、このことからも五人の被害者の中で、清流が最後まで生存していたことがわかる。

「手記を読むと、どうやら被害者たちは島の何処かにリブラ財善が潜んでいて、連続殺人を行っていると考えていたようです。興味深いのは、清流が四人の被害者たちの遺体を発見した時、不破茜以外の三人の顔は潰されていなかったという点です。これは遺体発見時の現場の状況とは矛盾しています。それから、内容がすべて真実だとすると、木場と壺井の遺体が発見された時、現場は完全な密室だということになります。手記には幽霊を目撃したなど、度々心霊現象についても言及がありました。こうしたことから、当時の捜査本部は手記の内容はあくまで参考に留めることにしたようです」

その後、清流の手記は出版されている。これには遺族の意向よりも、出版社側の商業的な戦略が大きかったものと推察される。清流の手記だけでは一冊の本にするには分量が足りなかったようで、心理学者、社会学者、中国文学者、ミステリ作家などの専門家による解説も収録されている。皮肉なことに『五福島の殺人』と題されたその本は、これまで出版された清流のどの小説よりも売れたそうだ。

遺体の発見当初、警察官たちは生存者がいないか別荘の中を捜索した。しかし、被害者たちの遺体以外は、人間の姿を発見することはできなかった。また、応援が到着すると、捜索の範囲は島中に及んだが、やはり怪しい人物は見つからなかったし、何者かが潜んでいた形跡も皆無であった。その上、別荘周辺から検出された指紋や毛髪は、五人の被害者たちのもの以外は、所有者であるリブラとその家族、それに弟子たちのものだけだった。また現場に残された凶器の刃物からは犯人の指紋は検出されていない。ちなみに、凶器は元々開智楼の厨房にあったもので、そこから犯人を辿ることも不可能だった。

「こうした現場の状況から、捜査本部が真っ先に疑いの矛先を向けたのは、リブラ財善でした」

当然といえば、当然である。現場はリブラの別荘であり、被害者たちは常連客なのだから。しかし、彼女は犯行への関与を否認した。更に、被害者たちの死亡推定時刻には自分は夫と娘と一緒に京都にいたと主張した。これについては、複数の人物がリブラを目撃していたし、宿泊していたホテルの防犯カメラにもしっかりと彼女の姿が映っていた。リブラのアリバイは確実なものだったのである。

「その上、リブラは別荘の鍵が自宅からなくなっていると証言しています」

リブラが自宅で保管していた鍵は、別荘の玄関と勝手口のものであり、それらは五福島の現場で発見されている。個室の鍵やマスターキーについては、元々別荘内で保管していたそうだ。従って、リブラの自宅から別荘の鍵さえ盗むことができれば、理論上は誰でも犯行は可能だったといえる。

「リブラには数人の弟子がいたことから、当時の捜査本部はリブラ本人が弟子を使って犯行に及んだ可能性も考慮していたそうです。実際にリブラの弟子の中には、アリバイのない者も数人確認されています」

葉月の話では、リブラのカリスマ性は非常に高く、周囲からは単なる占い師というよりも、恰《あたか》も新興宗教の教祖のように崇《あが》められていたらしい。確か龍崎も「もう半分宗教みたいな感じだね」といっていたが、改めて葉月が淡々とした口調で説明するのを聞くと、急にリアリティを帯びてきた。

「勿論、そうした疑似宗教的な様相を支えていたのは、リブラの占いの的中率の高さでした。殊に直接指導を受けていた弟子たちのリブラへの心酔は甚《はなは》だしいモノだったようです。このような状況から当時の捜査本部もリブラの弟子が事件に関与したのではないかと疑いました。何人かの弟子は執拗《しつよう》に取り調べを受けたようですが、犯行に関わったと自供した者は皆無でしたし、客観的な証拠も見つかっていません」

一方、被害者周辺の聞き込みから、事件の全容を知る上で重要な証言が出ている。それは不破茜が大学の友人たちに、「バイトで一週間程大学を休む」と告げていたことだ。不破は詳しいバイトの中身については口にしていなかったそうだが、「お世話になっている人の手伝いをする」といっていたようだ。

実際、生前の不破は、事件の起こる前に足洗町で度々目撃されている。彼女は食料の買い出しや当日の船の手配などを行っていたようだ。六月十八日に被害者四人を島に運んだ釣り船の所有者も、直接指示を受けたのは不破からだったと証言している。

「六月十八日の午後にお客さんを乗せて島に行ってほしいって話だったよ。帰りはどうするのか訊いたら、それは別の業者を頼んでいるっていわれたんだ。行きと帰りで別々の相手に船を頼むなんて、この辺じゃあんまりない話だけど、占い師の先生の考えることだから何か意味があるのかもしれないって思ったよ」

　しかし、警察の調べでは、帰りの船を頼まれた人物は、足洗町には存在していない。

「関係者たちの証言をすべて鵜呑みにするなら、何者かがリブラ財善になりすまし、使用人として不破茜を雇って、風祭昇平、木場寅太、清流和泉、壺井ルキの四人を別荘に招待したと考えられます。そして、全員を殺害後に現場から逃走した」

　では、そんな手の込んだ計画を立ててまで、五人を殺害する動機のある人物は存在するのだろうか？

「最初にお話ししたように、被害者たちは全員がリブラの顧客でした。ですから、リブラには全員との接点があったわけですが、表立って五人とトラブルを起こしていた様子は見つかっていません。むしろ常連客を五人も失ったことで、リブラの収益は大きく失われたといえます」

　それに、リブラと被害者たちは一度も会ったことがないのである。手紙のやり取りや電話越しでしか会話したことのない相手、それも重要な常連客に対して、リブラが殺意を抱くというのは、どう考えても不自然であった。

「また、仮にリブラが犯人だとすると、わざわざ自分の所有する島に被害者たちを招く理由がありません。リブラは全員の住所を把握していたようですから、彼らを殺害したければこっそり被害者たちの自宅周辺で待ち伏せでもすれば犯行は可能です。その方が自分に対する疑いも少なくて済む」

葉月のいう通り、リブラが犯人だとすると、五福島を犯行現場に設定することは、リスクを高めることにしか繋がらない。リブラが犯人ならば、警察から疑われるリスクを冒してまで、五人を一堂に集める必然性があったことになる。しかし、倭文はそんな理由を思いつくことはできなかった。

きっと当時の捜査本部も同じだったのだと思う。だからこそ、リブラへの疑いを一旦保留し、被害者たちの周囲に、彼らを殺害する動機のある人物はいないか、徹底的に聞き込みを行ったのだ。

「風祭昇平の職場での評価は好意的なものでした」

非常に真面目な勤務態度で、四月からは二年生のクラスを担任していた。またバレー部の副顧問でもあり、休日も練習のために出勤していた。ただ、一部の生徒たちにはその融通が利かない性格を疎ましく思う者もいたようだ。とはいえ、生徒との間でトラブルを起こした経歴はない。学校教育に熱心なためか、私生活での交友関係は僅かで、特に親しい友人や交際相手は存在しなかった。

「ホントに仕事一筋って感じなのね」

龍崎が呆れたようにいった。

風祭に関しては、家族関係も良好であったから、表立って彼に対して殺意を抱いていた人間は見つからなかった。

「風祭と対照的なのは木場寅太です。彼の周辺には殺害の動機を持った人間が多数存在しました」

木場は元警視庁捜査一課の警部補だった。検挙率は高いがスタンドプレイが目立ち、周囲とよく揉めていた。警察を辞める直接の原因は、新しく班長になった年下の上司とのトラブルである。当時、若い女性を狙った連続猟奇殺人事件を追っていた木場は、班長と捜査方針を巡って口論となり、危うく暴力沙汰に及ぶところだったらしい。探偵事務所を開業してからも、その捜査手腕は衰えず、警察の捜査にも協力することがあったそうだ。

しかし、木場は捜査員としては有能であったが、私生活ではろくでなしだった。警察官の頃から女性関係が派手で、不倫が原因で二度離婚している。それ以降も懲りた様子はなく、複数の女性と交際を続けていた。

「最悪ですね」

倭文が感想を漏らすと、征木が「それはどうかな」といった。

「これだけ女性に好意を寄せられていたということは、彼には何か特別な魅力があったのかもしれないよ」

とにかく、木場を怨んでいるのは、過去に検挙された人物、元同僚、元配偶者、元交際相手など、枚挙に暇《いとま》がない。

壺井ルキは五歳から劇団に所属して、子役として舞台やテレビに出演していた。もっともすべて端役であり、ずっと知名度も低いままだった。そんな彼女の転機は十九歳の時だった。有名な特撮映画でヒロインの妹役に抜擢されたのだ。作品がその後もシリーズ化されたことや確かな演技力が好評を博したことで、壺井ルキの名は特撮ファンの間ではよく知られるようになった。

その後は映画や舞台に活動の場を広げ、徐々に世間からの認知度も上がっていった。殺害される直前にはオーディションを勝ち抜いて、ようやく映画の主演を勝ち取ったばかりだった。子役時代からの下積みが長いこともあって、壺井には業界の知り合いが多い。しかし、俳優仲間は極めて少なく、親しい付き合いがあったのはスタッフばかりだった。しかも気難しいことで知られる照明や小道具を担当する年配のスタッフたちから、娘や孫のように扱われていたらしい。

「壺井は同業者から嫉妬されたり、疎まれたりする程、売れてはいませんでした。彼女の死によって得をした人物はいません」

「プライベートはどうだったんですか？」

倭文が尋ねる。

「密かに大部屋の若手俳優と交際していたらしいが、二人の関係は円満だったようだ。ただ、壺井の事務所はこれから大々的に売り出していこうとしていたから、二人の交際には反対だったらしい」

「ストーカーとかは？」

「熱狂的なファンの存在も確認されていない。こういってはなんだが、壺井ルキの人気ははっきりいって微妙だったんだよ」

被害者たちの中で最も謎が多いのは、清流和泉である。デビュー作の『影鬼亭の殺人』は、ミステリ小説の新人賞に選ばれた作品で、密室殺人を扱った本格ミステリだった。清流の作品の特徴は、ジョン・ディクスン・カーを彷彿《ほうふつ》とさせる怪奇趣味と非現実的とも思える大胆なトリック、そしてペダンチックな文章にある。こうした作風は現場で発見された手記にも表れていた。ペンネームの由来は泉《いずみ》鏡《きよう》花《か》だそうだ。周囲にも大の鏡花ファンであることは知られていたが、何故か学生時代から幻想文学ではなく、ミステリばかりを書いていた。

「清流の作品は難解で、読者を選ぶ傾向があったようです。ですから、当時のミステリ作家の中で

も マイナーな部類に属していました。ちなみに、清流の作品は現在コアなファンが存在していて、古本市場では高値で取引されています」

清流は川崎《かわさき》市の自宅マンションに引き籠もって執筆活動を行っていた。取材に出ることはなく、年に何度か担当編集者との打ち合わせのために都内に足を運ぶ以外は、ほとんど遠出はしなかったようだ。箱根町《はこねまち》にある実家にも、盆や正月も含めて滅多に帰ることはなかったというから、五福島への訪問は清流にとって余程重要なことであったと考えられる。

友人関係はほぼゼロに近い。個人的な交流のある作家仲間はいなかったので、専ら担当編集者と電話でやり取りをするくらいだった。勿論、学生時代にはサークルにも所属していたからそれなりに友人はいたようだが、社会人になった時点で付き合いを絶っていたようだ。清流の母親は「小説だけが友達みたいでした」と述懐している。従って、清流に殺意を抱く者がいたのか否かは不明である。

「不破茜は所謂苦学生でした」

大学生の不破は、弁護士を夢見る法学部二年生だった。飲食店でアルバイトをしながら、都内の下宿で一人暮らしをしていた。実家は群馬県の兼業農家で、祖父母と両親、それに高校生の弟と中学生の妹がいた。弟も大学進学を希望していたし、妹は幼い頃から持病があって医療費がかかったので、どうしても不破への仕送りは限られた金額になってしまったようだ。

多少陰のある性格だったそうだが、面倒見の良い友人に恵まれ、明るい学生生活を過ごしていたという。下宿先の人間関係は存外に親密で、大家を交えて月に何度か鍋を囲む間柄だったらしい。

不破に思いを寄せる男性は、大学、下宿、バイト先、それぞれに数人いたが、それはあくまで一方的なものだったようだ。不破が余りにもストイックにバイトと勉学に勤《いそ》しんでいたため、皆一様に気を遣って、自分の気持ちを口にすることができなかったらしい。やはり目立ったトラブルはなく、誰かに怨みを抱かれるようなことは考えられなかった。

「五人は確かにリブラの常連客でしたが、五福島を訪れるまで互いに接触していた形跡は一切ありませんでした。この点については、捜査本部がかなり念入りに調べています。もしかすると、リブラの常連客という繋がり以外に、彼らに何らかの接点があるかもしれないと疑ったからです」

恐らく、捜査本部はこう考えたはずだ。リブラの常連客ということ以外にも、被害者たちに何らかの共通点があったとすれば、そこから新たな容疑者が浮かんでくるのではないか、と。しかし、結果としてそうしたミッシングリンクを見つけることはできなかったようだ。

「五人もの被害者を出した事件でしたから、当時の捜査本部も様々な可能性を考慮して捜査に当たったと思われます。しかし、三十年が経過した今も、事件は未解決のままです。事件の後、リブラは警察から疑われたことで、マスコミからも執拗な追跡を受けています。それが原因で、夫も会社を辞めざるを得なくなり、一家は逃げるように都内から引っ越してしまいました。それ以降のリブラの所在は不明になっています。ただ、事件後も弟子や信奉者は彼女の許から去ることはなかったようです。ですから、リブラは表立っては姿を消しましたが、事件後も変わらずに占い師として活動を継続しています」

葉月の話では、リブラの占いによって急成長を遂げた企業や莫大な利益を得た経営者も少なくなかったそうだ。従って、そう簡単に彼女と縁を切ることは考えなかったのだろう。勿論、リブラが殺人犯として警察に逮捕されたのなら状況は変わったのだろうが、あくまで疑いをかけられた程度では、常連客たちは自身の利益を優先したはずだ。

とはいえ、リブラはもう積極的に新たな顧客の獲得をすることはできなかっただろうし、出版物の販売も不可能になった。彼女は自身が殺人犯であるという風評被害だけではなく、実質的な経済的打撃も被ったことになる。

仮にリブラが犯人だったとしたら、そこまでのリスクを覚悟の上で、五人の人間を殺害したことになる。だが、リブラを殺人の衝動に駆り立てるような動機は未だにわかっていない。だからこそ、捜査本部もリブラへの疑いを保留したのだろう。

更に葉月は、ジャスミン早乙女が、噂通りにリブラの娘の茉莉であることも突き止めたらしい。

「今回の調査に当たり、伝手《つて》を辿って先方に協力を要請してみたのですが、現時点で返答はありません」

そこで葉月は隣の花車を一瞥《いちべつ》する。彼女は肩を竦めてそれに応じた。どうやら先方へのコンタクトには、花車も関わっているらしい。変調課を代表して、手紙かメールを作成したのだろう。

倭文の考えでは、ジャスミン早乙女やリブラ財善が調査に協力することはないと思う。彼女たちにとって、三十年前の事件は生活を一変させるような出来事だったはずだ。リブラは明瞭なアリバイがあったにも拘わらずマスコミから犯人扱いされ、社会的な信用も失った。彼らにとってはもう思い出したくない過去だと思う。それに心霊現象が原因で長年島の売買に苦労したこともわかっている。折角宙野観光に厄介な代物を売り払えたのだから、これ以上関わり合いになりたくないと思う気持ちは理解できる。

倭文はミーティングの前に、『五福島の殺人』を読んでいた。そして、今日、葉月からの報告を聞いて、改めて三十年前に五福島で起きた事件は、アガサ・クリスティーの『そして誰もいなくなった』に似ているなと感じた。

クリスティーのあの作品では、互いに面識のない十人の男女が孤島に招かれ、不気味な童謡に見立てられて、次々と殺害されていく。その結果、島には誰もいなくなる。孤島、見立て、生存者が皆無……。『そして誰もいなくなった』と五福島の殺人事件の類似性は、果たして偶然の産物なのだろうか？

清流和泉の手記3

大変な事態になった。

これを書きながらも、私は甚だ混乱している。取り敢えず状況を整理するためにも、落ち着いて起床から今までのことを振り返りたいと思う。

私が目を覚ましたのは六時だった。寝室には電池式の小さな目覚まし時計があって、寝る前にセットしておいたのである。

朝食は七時からと聞いていたから、着替えを済ませると、一階の洗面所で身支度をした。一旦部屋に戻って、時間までは次回作について思いを巡らせていた。

私が参加するアンソロジーのテーマは「意外な凶器」である。前にも書いたが、リブラから次回作の舞台は茶室か水族館というアドバイスをもらっていた。そこで私は茶室で何かストーリーが浮かばないか考えてみた。茶室といえば、山村美紗《やまむらみさ》の傑作『花の棺』がある。あちらは密室を扱った作品ではあるが、同じ舞台を使用するとなると、監修者も編集者も『花の棺』を意識せざるを得ないだろう。流石にベストセラー作家に勝つことは無理だと思うが、何とか爪痕を残せるような作品は捻り出したいところだ。

折角日本的な要素を使うのだから、意外な凶器もそれに準ずる形が妥当だと思う。島に来る前からあれやこれやと試行錯誤を続けていて、被害者を外国人にしてはどうかと考えている。犯人は相手が日本文化について知識が乏しいことを利用して、不可能犯罪を行うわけだ。ただ、それと意外な凶器が巧く結びつかない。今朝も思索を続ける内に、何時《いつ》の間にか朝食の五分前になっていた。私はもやもやする気持ちを抱えたまま、食堂へ下りていった。

回転テーブルには、既に四人分の朝食が用意されていた。スクランブルエッグにカリカリのベーコン、それにレタスをメインとしたサラダが一皿に盛り付けられていた。テーブルの中央には籠に入ったパンとケチャップやドレッシングが並んでいる。飲み物は昨日と同じように近くのワゴンに置かれていて、氷水、お湯の入った魔法瓶、コーヒー、牛乳、そして数種類のティーバッグが用意されていた。

カップに白湯《さゆ》を注いでいると、不破が部屋に入って来た。挨拶を交わすと、不破は「今、スープを持って参ります」といって厨房に下がって行った。私は不破が戻る前に食事をはじめた。なるべく木場が来る前に、朝食を終えてしまいたかったのである。朝から煙草の臭気に塗《まみ》れながら食事をするのは苦痛だと思ったのだ。不破が運んできたのは、カップに入ったコーンポタージュだった。それから不破は部屋の隅で待機していた。

七時十五分になって、木場が咥え煙草で食堂に現れた。コーデュロイのズボンと皺の寄ったワイシャツは昨日と同じだったが、ジャケットは羽織っていなかった。幸いにして、私は食事を平らげていた。

　木場に僅かに遅れて部屋に入って来た壺井は、表面上は愛想がよかったが、内心は漂う紫煙が不快だったに違いない。彼女は島に来た時のようにブラウスにジーンズというラフな恰好だったものの、昨日とは違う服を着ていた。一体何着の衣裳を用意しているのだろうか？　私は彼女のスーツケースの大きさを思い出す。人が一人入れるくらいの大きさだった。もしもあの中身が殆ど衣服であったなら、相当な量だろう。

　煙草の煙を避けるため、私は談話室に移動した。そこで食後のコーヒーを飲みながら、ぼんやりと窓の外を眺めた。今日も相変わらずの雨だ。

　七時半を過ぎて、食事を終えた木場がこちらへやって来たので、私はコーヒーをお代わりするふりをして、食堂に戻った。壺井はまだ食事の最中で、皿には僅かに料理が残っていた。

「風祭さん、まだ起きて来ないですね」

　私は彼のために用意された手付かずの料理を見ていった。

「二日酔いなんじゃないですか？　教師なのに遅刻とか最悪」

　壺井の中で、また風祭の評価が下がったようだ。

　私たちの会話を聞いていた不破が「様子を見て参ります」といった。

「本日のスケジュールに差し障りがあるといけませんので」

　今日最初にリブラと面談予定なのは、風祭である。九時まではまだ一時間半あるが、このまま彼が面談時間まで寝坊する可能性も否定はできない。

私は丁度部屋に戻ろうと思っていたので、不破と一緒に風祭の部屋へ行くことにした。風祭の部屋は西側の白虎の間であり、私の部屋から最も遠い位置になる。

不破が白い扉をノックしたが、中から返事はない。

「おはようございます。不破です」

やはり風祭から返答はなかった。

「どう致しましょう?」

不破が尋ねてきた。

正直、私には何の権限もない。私もゲストの一人であり、寧《むし》ろ、この場は不破の判断の方が優先されるのではないかと思った。しかし、彼女は不測の事態に対して、明らかに狼狽《ろうばい》している様子だった。

「風祭さん、昨日の夜は木場さんと飲んでいたみたいですから、中で体調を崩しているかもしれませんよ」

そういうと、不破は「そうですね」と頷き、もう一度大きな声で風祭の名前を呼んだ。

「駄目ですね」

「鍵は掛かっているのですか?」

私が訊くと、不破は扉に手をかける。僅かに隙間が開いた。どうやら施錠はされていないらしい。不破が確認するようにこちらを見る。私は反射的に頷いた。この状況では室内の風祭の様子を確認した方がよいと判断したのだ。

「風祭様、失礼いたします!」

不破は大きな声でそういってから、白い扉を開いた。

部屋の様子は私の泊まっている青龍の間と同じように見えた。内装や家具に違いはない。入口から確認できる範囲には風祭の姿はなかった。

不破は風祭の名前を呼びながら、中に入っていく。私は一瞬迷ったが、不破の後を追った。もしも風祭が体調を崩して倒れているようなことがあれば、彼女一人で対応するのは難しいのではないかと思ったからだ。

不破は寝室の前まで行き、そこで硬直していた。

寝室との間の扉は開いている。

最初に見えたのは、床に散らばっている羽毛である。

不破の肩越しに室内を覗くと、至る所に羽毛が散らばっていた。

風祭はベッドの上に横たわっていた。

掛け蒲団《ぶとん》が捲《まく》られているので、上半身が見えた。何故か派手な虎柄のシャツを羽織っている。パジャマには見えない。風祭の趣味にしては違和感があった。もしかすると、女性ものかもしれない。その下には白いTシャツを着ていて、胸にはナイフが突き立てられている。周りに血が滲《にじ》んでいて、赤黒い。寝ているところを襲われたのだろうか。

「ここにいてください」

私は不破にそういって、なるべく羽毛を踏まないように、風祭に近付いた。「風祭さん」と呼び掛けてみたが、目を開けたまま全く動かない。ベッドの上も羽毛だらけだ。念のため呼吸や脈を確認してみたが、死亡しているようだった。屍体の傍らにある布切れを見て、私は漸く羽毛が枕の中身だということに気付いた。私の部屋にも同じ枕がある。

「不破さん」

「は、はい」

「風祭さんは亡くなっています。警察に連絡してください」

「リブラ先生に伺って参ります」

「わかりました。私は下の二人にこのことを伝えておきます」

不破は慌てた様子でリブラの許へ向かっていった。

残された私は僅かの間、どうするべきか考えた。私がこれまでに書いた名探偵たちならば、このまま何もせずに一階へ向かうことはないだろう。そう思って、指紋を残さないように注意しながら、クローゼットの中を確認してみた。風祭が昨日着ていたスーツ一式と皺のないワイシャツ、それにボストンバッグがあるだけで、特に変わったものはない。

隣の居間もざっと観察したところ異状は見当たらなかった。部屋を出る前に、念のため、窓も確認した。白虎の間のすべての窓には内側から鍵が掛かっていた。従って、殺人犯が逃走したのは、入口の扉で間違いないだろう。

一階へ行くと、食堂では壺井が木場に絡まれて、苦笑しながら紅茶を飲んでいた。二人に風祭のことを伝えると、壺井は「何の冗談です？」と引き攣《つ》った笑みを浮かべた。まあ、矢庭に信じられないのは無理もない。木場は表情を変えずに「通報は？」と尋ねた。

「今、不破さんがリブラ先生に状況を伝えています。それから警察に連絡してもらうことになると思います」

「あんた、ここの外部への連絡手段って知ってるか？」

「いいえ。でも、そうですね、電話は見てないかも」

「じゃあ、無線か……。今から連絡するなら、所轄が到着するのは昼くらいになるかな」

木場は顎に指を当てて、思案するようにそういった。

「ねぇ、清流先生。風祭さんが死んじゃったってホントなの？」

壺井は不安そうな声を出す。

私は「だから、さっきからそういっているでしょう」という言葉を飲み込んで、「ええ」と頷いた。ここで苛々《いらいら》しても何の得もないと判断したのだ。我ながら冷静だったと思う。却《かえ》ってこれを書いている今の方が、頭の中が混乱している。

そこへ取り乱した様子の不破が現れた。

「リブラ先生が何処にもいらっしゃいません！」

その言葉の意味を理解するまでに、私には少し時間が必要だった。

第二章　窮奇《きゅうき》

1

　船の上から五福島を目にした時、倭文文の胸の奥から、嘔吐《おうと》感に似た厭な感覚がせり上がってきた。ただ、船酔いもしているから、ずっと前から吐き気はあって、何処までが霊的なものを察知した感覚で、何処までが身体的な反応なのか、自分では区別がつき難《にく》い。だから、倭文は傍らの龍崎陽雨に「あの島どうですか？」と尋ねた。

「何か複雑」

　龍崎は険しい表情で、島を睨《にら》んでいる。今日の龍崎はボーダーのトップスにブルーのプリーツスカートである。他のメンバーも比較的ラフな装いだったが、倭文は服装の匙《さじ》加減がわからなかったので、ブラウスに細身のパンツというセミフォーマルな装いだった。

「色々いるのは確かだけど、こっからだと混ざっちゃってて、よくわからない。でも、一番強く感じるのは、あの山の天辺」

　五福島の一番高い場所に意識を集中してみたが、やはり不快感しか湧いてこなかった。倭文が霊的なモノを寄せ付けるのは無意識のことなので、意識的にそうした存在にチャンネルを合わせるのは得意ではない。龍崎と違って、霊的な感覚を磨くための修行もしたことはないから、どうすれば自分の能力を自在に扱えるのかもわからなかった。かといって、今から修練を積むつもりもないのだけれど。

梅雨時期ではあったが、青空の広がる晴天で、気温も高い。陽光を受けて輝く波が眩《まぶ》しかった。サングラスをかけている征木真円を見て、自分も用意すればよかったと後悔する。海面に反射する強い光が、頭痛を助長するからだ。

船を操縦しているのは、宙野観光の芹澤《せりざわ》という男性だ。三十代半ばくらいで、肩書きは「企画開発部開発推進課課長代理」である。如何《いか》にもサラリーマン然とした堅苦しい響きの役職名だ。

「島に滞在中に何かありましたら、ご遠慮なくお声がけください」

出港前の挨拶で、芹澤はそういっていた。

芹澤の爽やかな容姿と低姿勢な態度に、倭文は好感が持てた。向こうがクライアントであるはずなのに、こちらに対してホスピタリティを遺憾なく発揮してくれる。恐らくはサービス業に従事する人間の持つスキルの一つなのだと思う。都内のホテルで調査をした時も、似たような雰囲気の人物と出会ったことがあった。

午前十時少し前に島へ到着すると、倭文たち変則的現象調査課の五人は、示し合わせたかのように不織布のマスクを着用した。

戸惑いを見せる芹澤に、征木が「念のためです」といった。

「既に御社が島に危険な細菌やウイルスがないことを調べているのは存じ上げております。しかし、我々もあらゆる可能性を想定して調査に臨みたいと考えておりますので」

「は、はあ」

芹澤が納得したか否かはわからないが、取り敢えずその場はそれっきりだった。

五人で手分けして荷物を降ろすと、芹澤の案内でユンシー建設の仮設事務所へ向かう。そこは船着き場の近くで、事前の情報通りに島の南東に位置していた。

二階建てのプレハブ事務所は、倭文が思っていたよりもずっと大きかった。横長の外観はアパートを思わせる。変調課は三日間、五福島に滞在する予定だ。その間、倭文たちはこの事務所で寝起きすることになる。もっとも夜間も調査を行うので、ここでは仮眠程度の休息しか取らないだろう。

現在、作業員は全員島から退去している。事務所には今回の調査に際して、現場責任者が一人だけ滞在していた。まだ二十代半ばの茶髪の青年で、楢橋《ならはし》という名前だった。

「よろしくお願いしまっす」

社名の入ったポロシャツを着て、作業ズボンを穿いている。一応、正社員だそうだが、これといった役職はなく、明らかに貧乏籤《くじ》を引かされたのではないかと思われる。せめてもの救いは、楢橋が明朗な性格らしいところだ。倭文と同じ年代だが、何処か幼さの残る青年で、よく笑い、声が大きい。

事務所の一階には、会議室、食堂、トイレ、シャワー室などがあり、二階は主に作業員が寝泊まりするスペースだった。

「二階は自由に使ってもらって構わないっすよ。ちゃんと掃除しときましたから」

楢橋は軽い感じでそういった。

倭文たちは、男女別に二部屋を借りることにした。

早速、廃墟に入って調査するために、作業服に着替える。会社で一応試着してはいたが、現場でこの服に袖を通すのは初めてだ。カーキ色の繋ぎで、『ゴーストバスターズ』のファンである征木のチョイスだった。市販品なので、社名や個人名は入っていない。

新品の倭文のものに対して、龍崎のそれは身体に馴染んでいるように見える。一体何箇所くらい調査したら、自分の作業服もああなるのだろうか。きっと龍崎も散々大変な目に遭っているのではないだろうか。

「ブンブンは廃墟で肝試ししたことある?」

「ありません。っていうか、廃墟でっていう前に、肝試し自体経験ないです」

「それは賢明な判断だったね」

龍崎の言葉の意味は、倭文も理解できた。倭文のような中途半端な霊媒体質の人間が迂闊《うかつ》に肝試しに参加したら、自分だけではなく、周りの人間も巻き込んで、恐ろしい現象に見舞われる可能性が高い。だからこそ、倭文はずっとその手のイベントは避けてきたのである。

「廃墟での調査はね、霊的な存在だけじゃなく、現実的な危険を察知するのが大切になるの。あたしたちみたいな人間は、ついつい心霊現象に意識が持っていかれちゃうから、足場とか天井とか自分の置かれた状況に目が向かない時がある。でも、ホントに気を付けないと、生命に関わる事故に繋がるからね」

「はい」

「あと、霊もそういうあたしたちの弱点を狙ってくることもあるから」

「どういうことです?」

「故意に事故を起こして、危害を加えようとするんだよ。上から瓦礫《がれき》を落としたり、穴に誘い込んだり」

「それはヤバいですね」

「今回の現場は築三十五年だけど、鉄筋コンクリート製で、破損もないみたいだから、大丈夫だとは思うけど」

現場の建物の安全性については、ユンシー建設によって事前の点検が行われているらしい。しかし、取り壊し予定の物件である。点検も簡単なものだった可能性はあるから、用心するに越したことはないだろう。

装備を整えた変調課のメンバー五人は、リブラ財善の別荘である開智楼へ向かった。

全員が機材の入ったリュックサックを背負っている。小型の計測機材が多いので、然程重くはない。青島群青はリュックの他に、一眼レフのカメラを首から下げていた。

芹澤と楢橋は事務所で待機している。二人にはトランシーバーを一台預けているので、もしもこちらに非常事態が起こった場合は、すぐに連絡を取ることができる。

開智楼へ続く坂道の石畳は、ほとんどが砕けていた。

「なんかボロボロですね」

倭文が感想を漏らすと、葉月雪桜が「重機が通った跡だろう」といった。

今日の葉月には緊張感が漲《みなぎ》っている。現場ではいつも淡々とした態度だったから、妙に新鮮に思えた。

「お龍、現時点で何か感じることは?」

征木が尋ねる。

「あたしたちを遠巻きに囲むように、何人かが見てます。青さん、一応、左右の松林の写真を何枚か撮ってくれる？」

「了解」

青島は何度か立ち止まって、道の両脇の松林を撮影する。

「ブンブンはどうだ？」

征木にそう問われて、倭文は僅かに感覚を集中する。

「えっと、私はそんなにはっきりとは。ただ、ずっと軽い頭痛と吐き気があるので、近くに何かいるのは確かだと思います」

開智楼の門は、既に半分以上が取り壊されていた。剝き出しになったコンクリートの断面から、鉄筋が覗いている。瓦礫の山には首のない仏像のようなものもあった。注意深く観察すると、あちこちに木製の腕や首が落ちている。そういえば、清流の手記にも門の中に仏像のようなものがあると書かれていた。それらが今にも動き出しそうな気がして、倭文は目を逸らした。

傍らには薄汚れたショベルカーがある。どうやら解体作業中に何かがあって、そのまま放置されているようだ。見たところ存外長い期間雨曝《あまざら》しになっている。きっと作業員がショベルカーを移動することすら拒否するような事態が発生したのだろう。

倭文たちは散乱するコンクリート片を踏みながら、開智楼の敷地内に入った。

リブラ財善の建てた別荘は、創建から三十五年の歳月を経て尚、圧倒的な存在感でそこに鎮座していた。事前に聞いていた通り、それは中国風の楼閣で、別荘としては明らかに異質な外観である。

開智楼を見た瞬間、倭文は身体が震えた。

見た目は寺院のようだが、明らかに禍々《まがまが》しい気配を発散させている。倭文は視線を二階の窓に向けた。船井が蒐集した怪談に、そこに女の霊が立っているという話があったからだ。しかし、今は窓の向こうは暗く、何も見えない。

「最初に庭を調べて、それから中へ入ってみよう」

そういって、征木が一歩踏み出す。

彼一人しか動いていないのに、玉砂利の鳴る音があちこちから聞こえた。

龍崎は右目を閉じて、何もない方向を睨んでいる。

どうやら早くも心霊現象が起こっているらしい。

清流和泉の手記4

リブラが開智楼から消えた。

不破は三階にリブラの姿がなかったので、一階の部屋もすべて見回ったという。しかし、何処にも主人はいなかった。それだけではない。外部との唯一の通信手段である無線機が、何者かの手によって壊されていたそうだ。

「どういうこと？」

壺井は困惑した表情を浮かべた。きっと私も同じような顔をしていたに違いない。

「この島に船はないのですか？」

私が尋ねると、不破は「手漕ぎのビニールボートしかないです」と答えた。流石にそんなものでは本土まで渡るのは無理だろう。

木場は咥えていた煙草を灰皿で揉み消した。

「つまり、俺たちはこの島に閉じ込められたってわけだ」

「と、閉じ込められたって、誰に？」

壺井が慌てた様子で立ち上がる。

「殺人犯だ。まあ、今のところ、一番可能性が高いのはリブラ先生だろうよ」

「先生がどうしてあたしたちを閉じ込めるの？」

「それは知らねぇよ。嬢ちゃん、取り敢えず無線機まで案内してくれ。修理できるかどうか見てみる」

「はい。こちらです」

食堂から不破と木場が出ていくと、壺井は再び椅子に腰を下ろした。

「清流先生はどう思います？」

「どう、とは？」

「さっき木場さんがいってたことですよ。本当にリブラ先生があたしたちを島に閉じ込めようとしてると思います？」

「まだ何とも……」

「リブラ先生が風祭さんを殺したんでしょうか？」

「そう決めつけるのは、早計だと思います。もしかしたら、リブラ先生も被害に遭われているかもしれません」

「え！　それってリブラ先生も殺されちゃってるってことですか？」

「あくまでも仮定の話です」

私は会話しながらも、壺井の挙動を観察した。一見すると怯《おび》えているようだったが、相手は女優である。彼女が風祭を殺害した可能性だってあるのだ。その上、リブラを昏倒させるか、殺害するかして、あの大きなスーツケースに隠すことだってできるのではないか。

「早く帰りたい」

壺井のその言葉に、「そうですね」と同意を示したものの、実際、私の頭の中はもっと違うことで一杯だった。

リブラが犯人でも、殺害されていても、私にとっては大問題だ。彼女抜きで、一体これからどうやって作品を書いたらよいのか。途方に暮れるとは、まさにこのことだ。次の短編の締切まではまだ間があるものの、先行してプロットを担当編集者に送らなければならない。

「本格的にめんどくせぇことになったぞ」

食堂に戻ってきた木場と不破の表情は暗かった。木場は椅子にどっかりと座って、新しい煙草に火をつける。

「無線は駄目だった。ケーブルが切られてるだけじゃなくて、あちこち部品も壊されてる。ありゃ金槌《かなづち》みてぇなもんでぶっ叩いたんじゃねぇかな」

私も後で確認したが、無線機は木場のいう通り、完全に破壊されていた。

「それから、ガイシャも見てきた。ありゃどう見ても他殺だな。死後五時間か六時間ってとこか」

「そこまでわかるんですか？」

名探偵を気取ってみたものの、残念ながら私は木場程の観察眼は持ち合わせていなかった。

「まあ、こちとら元警察官だからな。殺しの現場は慣れてるんだ」

木場は元警視庁捜査一課の刑事だったそうだ。そう聞くと、途端に貫禄があるように見えるから不思議だ。

「胸の刺し傷以外、目立った外傷はなかった。出血量から見ても、刺殺で間違いない。遺体を見つけた時、白虎の間には鍵は掛かってなかったんだよな？」

不破が「はい」と答えてこちらを見る。私も「間違いありません」と頷いた。

「だったら、酔っ払ったガイシャが部屋の施錠を忘れて寝てたところを、何者かに襲われたんだろうよ。抵抗した跡もなかったからな」

或いは、犯人は最初から白虎の間で風祭と一緒だった可能性もあるのではないか。相手が女性だったら、風祭も油断して部屋に招き入れたとは考えられないだろうか。

「誰が風祭さんを殺したんですか？」

壺井はストレートな質問を木場にぶつけた。

「さあな。でも、まあ、雲隠れしちまってるとこ見ると、やっぱりリブラ先生が怪しいとは思うぜ」

「根拠は何ですか？」

私はリブラも被害者の一人だという可能性もあると考えていたので、木場がそこまで彼女を疑う理由を知りたかった。

「さっきそこの嬢ちゃんと三階の部屋を調べてきたが、リブラ先生の使ってた部屋には争った形跡は見られなかった。勿論、血痕や不自然な傷もなかったよ。それに寝室の蒲団《ふとん》も使われてねぇようだった」

「なるほど。だとしたら、先生は自分の意思で姿を消したのかもしれませんね」

「だろ？」

「木場さんは白虎の間の様子を見て、どう思われました？」

「ん？　あのガイシャが変なシャツ着てたり、部屋中に枕の中身がぶち撒《ま》けられてたやつのことか？」

「そうです。何か意味があるのではないかと思うのですが」

風祭が虎柄のシャツを着用させられていた理由として、私は遺体のあった場所が白虎の間だったからかとも考えたのだが、そうなると犯人の意図は不明である。そこで元刑事であり、現職の探偵でもある木場の意見を聞きたいと思ったのだ。

しかし、彼は「さあな」と全く興味を示さなかった。煙草を燻《くゆ》らせながら、「そんなことより……」と不破を見る。

「迎えの船は明日の午後には来るんだよな？」

「は、はい。その筈《はず》ですけど」

「何だ？　煮え切らねぇ答えだな」

「皆様をお迎えする船は、わたくしが手配しましたが、帰りの船はリブラ先生が……」

「じゃあ、明日、船が来ねぇってこともあり得るのかよ」

木場は呆れたような顔をした。

「そもそもリブラ先生はいつまで島に滞在する予定だったのですか？」

私は不破に尋ねたが、「知りません」と即答された。

「え？」

「あの、こんなことになってしまったんでお話ししますけど、わたしも皆さんと同じリブラ先生の顧客なんです」

急に不破の口調が砕けたものになった。

「どういうことですか？」

「わたしは元々、月に一度か二度先生に占ってもらっていました。そのご縁で、『アルバイトをしないか？』と誘われたんです。五福島に神様がお選びになった四人の常連客を招くから、そのお世話をしてほしいという内容でした」

不破は現役の大学生だという。実家からの仕送りが不十分なため、アルバイトをして学費を稼いでいるそうだ。

「リブラ先生はわたしの境遇をご存じでした。比較的高いバイト料をご提示してくださったのも、そのためだと思います」

不破はリブラからの申し出を善意と捉えた。そして、先週から開智楼に寝泊まりし、今回の会合の準備をしていた。時には足洗町に買い出しにも出かけていたらしい。

「その時の船はどうしたんです？」

「リブラ先生が手配してくださっていました」

「じゃあ、リブラ先生もずっとここに？」

「いいえ。初日はいらっしゃいましたけど、あとはお仕事があるということで、一旦東京へ戻られました。こちらにいらっしゃったのは、皆様の来られる前日になります」

「不破さんは、帰りはどうする予定だったのですか？」

「後片づけが終わったら、リブラ先生が船を呼んでくださる、と」

「じゃあ、やっぱり船は来ねぇって考えた方がいいな」

木場は落胆した表情を浮かべた。

絶望感が漂う中、壺井が予想外の発言をした。

「少し遅くなるけど、船は来ますよ」

「何で断言できる？」

「あたし、月曜から撮影なんです。現場にあたしが行かなかったら、大騒ぎになりますよ。マネージャーには行き先を告げて来たんで、早ければ月曜の午後、遅くても火曜には、誰かが探しに来ると思います」

つまり、最長でもあと三日乗り切れば、本土に戻れるということだ。これは吉報だった。

「食料は大丈夫ですか？」

私が不破に確認する。

「はい。非常食も含めれば、二週間程度は問題ありません」

今のところ発電機も動いているから、助けが来るまでの間、大きな不便はないだろう。

「マスターキーは何処にある？」

不意に木場が尋ねた。

「わたしが持ってますけど……」

そう不破が答えると、木場は「それを預からせてくれ」といった。不破は何の疑いもなく、マスターキーを木場に渡す。

私が「変だ」と思う前に、木場は咥え煙草のままさっさと食堂から出て行った。

「これからどうしましょう」

不破は不安げな表情だった。

「もしもリブラ先生が風祭さんを殺して何処かに隠れているのなら、わたしたちも危険じゃないでしょうか」

「怖いこといわないでよ」

「いや、不破さんの心配には一理あります。犯人がリブラ先生にしろ、別人にしろ、無線機を壊した時点で、私たちを島から帰さないという意図は明白です。それが脱走のための時間稼ぎなのか、我々を狙うためなのかはわかりませんが」

「脱走ってどうやって?」

「犯行が計画的なものだったとしたら、逃走用のボートを用意しておいた可能性はあります」

但し、私はモーターボートの動く音を聞いたわけではないので、これは仮説の域を出ない。

「清流先生は、犯人がまだ島にいるとしたら、あたしたち全員を殺すってこともあると思います?」

「その可能性は否定できません。ただ、もしも犯人がリブラ先生だったとしたら、少し変なんですよ」

「どの辺りが？」

「リブラ先生が私たちを集めて全員殺害するつもりだったのなら、食べ物や飲み物に毒物を混入すれば、一気に目的を達成できた筈です。その方が集団で自殺したように見えなくもない」

「それは……ええ、そうですね。料理するのはリブラ先生も手伝ったんだもんね」

壺井がそういうと、不破は「そうです」と頷いた。

「わたしの目を盗んで、リブラ先生が料理に毒を入れるのは簡単だったと思います」

「ですから、安易にリブラ先生が犯人だと断定するわけにはいきません。しかし、他に犯人がいるとしても、私たちは自分で自分の身を……あ」

そこで私は木場がどうしてマスターキーを手に入れたかったのか悟った。

壺井が期待を込めた眼差しで「何か気付きましたか？」と尋ねるので、私は「違うんです」といって溜息《ためいき》を吐いた。

「木場さんは、恐らく玄武の間に籠城して身を守るつもりです。自分でマスターキーを持っていれば、部屋には誰も入れませんから」

「あいつ……」

壺井は視線を天井に向ける。二階の木場を睨んでいるのだろうが、私には大袈裟なジェスチャーに見えた。女優故の過剰な反応なのか、それとも演技なのか、私には判断がつかなかった。

「先生！」

刹那、不破が窓を見て大きな声を出した。

「え？」

「い、今、リブラ先生が外に！」

慌ててそちらを向いたが、既に遅かったようだ。

窓の向こうの雨に濡れた庭には、誰の姿も見えなかった。

2

変調課の調査は地味で退屈な作業が多い。

最初に取りかかるのは、計測作業である。現場の温度、風、電磁波、放射線量など、それぞれ専用の機材で計測し、異常な数値を示す地点がないかを調べる。誰にでもできる簡単な作業だが、今回のように敷地面積が広いと存外に時間がかかる。

敷地は、高さ二メートル程の塀に囲まれた南北に延びる長方形だ。建物は北寄りにある。庭には疎らに松が生えているものの、岩や石燈籠《いしどうろう》などは皆無だ。この荒涼とした印象は、きっと歳月とは無関係で、ここが造られた当初からのものだと思う。

開智楼の真裏には、やはりコンクリート造りの小屋が建っている。中には老朽化した発電機が今でもそのままになっていた。宙野観光からの情報では、既に故障してから十数年が経過していて、もう修理も不可能なのだそうだ。

庭の計測は二手に分かれて行われた。A班は征木、葉月、倭文の三人、B班は龍崎と青島の二人だ。一人で作業を行わないのは、計器の読み間違えや記録する際の誤りを極力防ぐためである。

倭文が本格的な計測作業を任されるのは初めてだった。征木が一つ一つの計器を見せながら、計測方法について丁寧にレクチャーしてくれる。どれも扱い方は難しくはなかったから、計測方法を習得するのに時間はかからなかった。征木や倭文が読み上げる数値を葉月がタブレット端末に入力していく。

島に渡る前の事前調査で、庭で不可思議なことが起こったという体験談は皆無であった。しかし、計器はあちこちで通常とは異なる値を示した。一部だけ気温が低い。電磁波が強い。放射線量が明らかに高い。しかも作業中に誰もいない場所から玉砂利を踏む音が何度も聞こえた。倭文は背後から視線を感じることが度々あったので、その都度征木に報告した。

一時間半程度で計測を終えた倭文たちは、A班とB班の調査結果のデータを統合した。

青島がタブレットを操作して、庭の平面図にそのデータを反映させる。すると、ディスプレイには斑模様が浮かび上がった。どうやら異常な数値を示した場所に、これといって規則性はないらしい。

「この結果を踏まえた上で、お龍から現場で見えるモノについて報告してくれ」

征木がそういうと、龍崎は右目を閉じて、視線を右から左にゆっくりと移動させる。

「ボロボロの着物を着た大人の霊が三人、子供の霊が一人、庭の中を歩き回ってる」

倭文にはそこまで明瞭に霊の姿は見えない。しかし、複数人が庭を徘徊しているというのは、感覚的に理解できた。

「着物姿ってことは、殺人事件の被害者たちではないな」

「ええ。建物の中から数人分の気配がしますから、庭にいるのは島民の霊だと思います」

すると、青島が疑問を呈する。

「でも、島の連中の幽霊は、この敷地内に入れねぇって話じゃなかったっけ？」

確かに船井仲丸が集めた怪談の中に、そうした記述があった。

龍崎は既に半壊した門を指差す。

「原因はあれ。あそこに外部の霊が入って来られない結界を生み出す何かがあったんだと思います」

しかし、それが壊された今、島民の霊たちは自由に開智楼の敷地内に出入りできるようになってしまったようだ。だが、倭文は庭にいる霊たちから殊更に危険性を感じることはなかった。じゃりっと誰もいないところから音が聞こえるのは不気味だが、ここに比べれば普通の墓地の方が質《たち》の悪い霊が出現する。とはいえ、レジャー施設として整備することを考えると、島民の霊の存在は厄介だと思う。

「霊が移動しているので、その影響で計測結果が斑模様になったんだと思います。試しに、さっき数値に異常があった場所でもう一度計測してみてくれませんか？」

龍崎の指示に従って、青島と葉月が異常の見られたポイントに再度温度と電磁波を計りに行った。戻ってきた彼らは、今度は数値に異常がなかったことを報告する。

征木はこれらの状況を踏まえて、庭に何箇所か定点カメラを置くことを提案した。

「運がよければ、彼らの姿を捉えられるかもしれない」

次はいよいよ建物内の調査だ。計測作業に入る前に、念のため全員で危険箇所がないかチェックする。

玄関から入ってすぐに気付いたが、開智楼は所謂廃墟ではなかった。空き家という表現が適当だろう。床には埃《ほこり》が積もり、多少黴《かび》臭さもあったが、目立った破損は見受けられなかった。恐らく離島にあるので、第三者が勝手に侵入することがなく、室内が荒らされることがなかったためだろう。加えて不動産会社の管理も行き届いていたのだと思う。ハウスクリーニング業者を入れれば、容易に人が住める状態に戻すことができそうだ。

凄惨な殺人事件の現場だと聞いていたから、大量の血痕でも残っているのかと想像していたが、そうしたものは見当たらなかった。ただ、玄関から入ってすぐの廊下には、ペンキで書かれた「共工」の文字が未だにくっきりと記されていた。

この場所でミステリ作家の清流和泉の遺体は発見された。螺旋階段の前のキャビネットの上には、今も龍の置物がある。そこに片目を抉られた清流の生首が掲げられていたという。気味が悪いとは思ったものの、三十年という歳月に隔てられているせいか、現実感は稀薄《きはく》である。今は霊的な存在の気配もしない。

五人は玄関脇にある談話室に入った。テーブルやソファーなどの家具は置かれたままだ。保護するような布やビニールはなく、剝き出しのままだったから、埃が物凄い。破損箇所はないが、座るのは抵抗がある。

「天井も問題なさそうっすね」

青島が室内を撮影しながらいった。

「そうだな。思っていた以上に状態はいいようだ」

征木は室内を見回して満足そうに頷く。

談話室と食堂の間には扉があって、廊下に出なくても直接移動できる。中央には円形の回転テーブルと四脚の椅子、壁には山水画がかかり、高価そうな壺も飾られていた。宛《さなが》ら中華料理店の個室のような雰囲気だ。

それからは一階の部屋を反時計回りに回った。使用人部屋、厨房、トイレ、風呂場、洗面所、そして居間と全員で点検したが、特に危険な場所は存在しなかった。

再び玄関前の廊下に戻ると、青島が「なんか勿体ないっすね」といった。

「これだけの建物だったら、リフォームしてホテルとして営業できるんじゃねぇかな」

それに対して、葉月が「無理ですよ」と無表情にいい放つ。

「物理的な問題はクリアできても、心理的な問題はクリアできません。五人も死んでいるんですから、泊まりたいと思うのは余程の物好きでしょう」

「でも、最近事故物件も流行ってるじゃねぇか」

「だから、それは一部の愛好家だけですよ。宿泊施設として整備しても、採算が取れるとは思えません」

二階は三人もの遺体が見つかっていたから、倭文は若干身構えながら螺旋階段を上った。しかし、四人の後を追うように二階の客室を巡ったが、危惧するような心霊現象は何も起こらなかった。

一応、何かがいるような感覚はある。しかし、明瞭なイメージに収束することはなく、曖昧模糊《もこ》とした不穏な空気だけが漂っていた。鈍い頭痛と吐き気だけが継続している。

遺体が発見された時、玄武の間と朱雀の間の窓ガラスは一部が割られていたそうだが、今はすっかり修理されていた。屋内も整然としていて、壁に四凶の名前さえなければ、ついついここで殺人があったことを忘れてしまいそうになる。

葉月は玄武の間と朱雀の間の扉を入念に調べていた。横にスライドさせるタイプの引き戸で、鍵が掛かるだけではなく、金属製の閂《かんぬき》も付属していた。

「やっぱりハッチは密室の謎が気になるみたいだな。流石は名探偵」

征木が苦笑しながらいう。

「名探偵ってどういう？」

「あれ？　ブンブンは知らなかったのか？　ハッチは調査部でナンバーワンの名探偵なんだよ。警察に協力して、幾つも難事件を解決した実績もある。今だって、時々警視庁から捜査協力の要請があるくらいだ」

「それって……」

まさか倭文が憧れていた噂の名探偵こそが、葉月雪桜だったとは！　今まで何となく感じの悪い先輩としか思っていなかったので、正直、感情が追いつかない。

「でも、どうしてそんな凄い人が変調課に？」

きっと複雑な事情があるのだと思って、倭文は小声で尋ねた。だが、征木は殊更に声量を落とすことなく「単純な話だよ」といった。

「ハッチは有名になり過ぎた。警察関係者だけではなく、これまでに関わった事件関係者にも面が割れている。ファントム・リサーチで扱う案件は信用調査が多いからね。ハッチは秘密裏に調査をするような依頼を受けることができなくなった。マスコミもハッチのことを嗅ぎつけて密かに探っていたらしい。そこで厄介なことになる前に、うちの課に転属になったんだよ」

その経緯を聞いて、葉月の仕事に対する態度が冷淡なわけが理解できた。きっと彼は変調課へ異動になったことが釈然としなかったのだろう。葉月が心霊現象についてどう思っているかはわからない。調査では映像や写真に霊的な存在だと思われるモノが映っていることもあるから、完全に否定するのは難しいと思う。しかし、彼が常に懐疑的な立ち位置なのは間違いない。

葉月は自分のことをどう思っているのだろうか？

ふと倭文はそんなことが気になった。

霊を寄せ付ける体質なんて、名探偵から見たら胡散臭いことこの上ないと思う。平生から葉月は自分に冷たい気がする。薄々感じてはいたが、嫌われているのだろうか？

それは……何となく厭だな。

いや、待て待て。

そもそも自分は葉月に好かれようが、好かれまいが、どちらでもいいではないか。倭文は名探偵になりたいのであって、名探偵と仲良くなりたいわけではない。むしろうっかり名探偵と親しい間柄になってしまったら、助手まっしぐらではないか。

今、重要なのは、ネット上の噂だと思っていた名探偵が、ファントム・リサーチに実際に在籍していたという事実である。これは自分もまた名探偵になれるチャンスがあることを意味しているのではないだろうか。

そうだ。いっそのこと三十年前にここで起こった事件を自分が解決してはどうだろう。勿論、葉月よりも早くだ。そうすれば変調課のメンバーだけではなく、枕谷社長にも探偵としての自分の能力を見せつけることができる。

三階の安全点検をしている間、倭文の頭の中は清流の手記の内容で一杯になっていた。

既に頭痛や嘔吐感は気にならない。

そう、事件の謎を解くのは、この名探偵・倭文文なのだ！

清流和泉の手記5

不破が食堂の窓の向こうにリブラを目撃した直後、私は咄嗟《とっさ》に玄関から外に飛び出した。

建物を一周して、それらしい人影を捜してみたが、残念ながらリブラを発見することはできなかった。庭には玉砂利が敷かれているので、足跡なども残されていない。

裏庭には発電機の設置された小屋があったが、表の扉には大きな南京錠が掛かっていた。実際に触れて確認もしたけれど、きちんと施錠されていた。窓の類はないので、小屋の中にリブラが潜むことはできない。更にその後ろには岩山が迫っている。予めロープを用意したとしても、この短時間で濡れた岩壁を登ることは無理だろう。

その時は必死になってリブラの姿を捜したが、今考えると私の行動は無謀だったと反省している。もしも相手が凶器を持っていたとしたら、こちらに危害を加えるのは容易だっただろう。もう少し慎重に行動しなければ、生命が幾つあっても足りない。

小雨に濡れた私が食堂に戻ると、不破がタオルを用意してくれていた。礼をいって、髪を拭いていると、壺井が「どうでしたか？」と身を乗り出して訊いてきた。

「駄目ですね。どっちに逃げたのかもわからない」

「そうですか……」

「でも、これでリブラ先生が犯人で決まりですよね？」

不破がそういった。

壺井は「どういうこと？」と尋ねる。

「だって、疚《やま》しいことがなかったら、普通逃げないじゃないですか」

「それはそうね」

私も不破の意見には同意する。そう、確かにもしもリブラが殺人犯ではないのならば、わざわざ逃げ隠れする必要はないのだ。窓からこそこそ窺《うかが》っていたところを見ると、こちらを襲う隙を狙っていたのかもしれない。これは真剣に身を守る術《すべ》を考えねばならないだろう。

「これからどうするんです？」

壺井は甘えるような眼差しを送ってくる。きっとその魅力で、これまでも困難に直面した時に、誰かに助けてもらってきたのだと思う。私は殊更に彼女に幻惑されたわけではないが、この中では一番年長者であるから、これからの行動について指示を出すことにした。

「先《ま》ずは建物の施錠を確認しましょう。リブラ先生が外にいるなら、鍵を掛けておけば中には入れないはずです」

「でも、スペアキーがあったらどうするんです？」

しかし、壺井のその危惧は杞憂《きゆう》であった。不破によれば、開智楼の出入口は玄関と厨房の勝手口の二箇所だが、それらには金属製の閂が付属しているそうだ。従って、リブラがスペアキーを持っていても、閂を掛けておけば、中に入ることはできない。

それからの私たちの行動は素早かった。敵に襲われる可能性を考慮して、三人で一階を回り、窓に鍵が掛かっているのを確認した。

勿論、玄関と勝手口に閂を下ろすのも忘れなかった。風呂場とトイレの窓には金属製の格子がついていて、鍵が掛かっていなくても人間が通ることはできない。それ以外の窓は大抵大人一人なら通り抜けられるサイズである。殊に南西に位置する居間の窓は、直接外のテラスに出られるように大きな造りになっている。

ひと通り見たところ、一階のすべての窓は点検前から施錠されていたようだ。尤も私たちの目を盗んで既にリブラが楼内に侵入し、内側から施錠した可能性もゼロではない。だから、引き続き気を抜くことはできないだろう。

私と壺井は二階の自分の部屋の窓をそれぞれ点検し、その後、三人で三階へ上がった。

三階へ行くのは、この時が初めてだった。そこは基本的にリブラとその家族のプライベートな空間だ。公にはされていないが、リブラには夫と娘がいるのだと、不破は教えてくれた。

三階も下の階と同様の構造をしている。ドーナツ形の廊下に面して、部屋の扉が並んでいる。南から時計回りに、書斎、資料室、納戸、トイレ、そして三つの寝室の七部屋があった。一番大きいのは南西から西に位置する資料室で、室内には無線機が設置されていた。木場がいっていた通り、あちこち壊されていて、とても使用できる状態ではない。納戸には窓はなく、その他の部屋の窓はきちんと鍵が掛けられていた。

「これで全部確認しましたね」

不破が少し安心したような表情を浮かべた。

下に戻ろうとする彼女を私が止めた。

「ちょっと待ってください」

「どうかなさいましたか？」

「リブラ先生の部屋を詳しく調べておきませんか？」

「え？」

「今回の事件について何か手掛かりがあるかもしれません」

壺井も私の考えに賛同した。

「うん。いい考えかも。先生の目的がわかんないと、あたしたちが本当に危険なのかどうかもわかんないし」

リブラの書斎は、南向きに窓のある明るい部屋だった。中央に大きな木製のデスクがあり、椅子は窓を背にしている。デスクの上には筮竹と算木《さんぎ》が置かれ、ブックスタンドには『万年暦』『天文暦』『易経』など、占いに関する書籍が並んでいた。怖いくらいに整理整頓が行き届いている。抽斗《ひきだし》の中も一般的な文房具の他、骰子、アクリル製の方位盤、数種類のタロットカードなどの占いの道具が入っているが、使用感が薄いように感じた。

壁際に置かれた棚の上には水晶クラスターが置かれ、その下に翡翠《ひすい》でできた神獣の置物が並び、風水で使用する羅盤《らばん》も飾られていた。一方で、本棚は見当たらない。恐らく必要な文献は資料室に取りに行くのだろう。

次に私たちはリブラの寝室を調べた。三つの寝室の内、リブラが使用しているのは真ん中で、丁度東に位置する。私の使っている青龍の間の真上である。向かって左右の部屋は夫と娘の寝室で、蒲団は用意されていなかった。

寝室は書斎以上に整然としていた。

「木場さんがいってた通り、リブラ先生が寝た形跡はありませんね」

私は蒲団を見ながらいった。

「でも、起きてから自分でベッドを整えたってこともあるんじゃないですか？」

壺井のその言葉に、私は頷く。

「勿論、あり得ます。でも、それならやはりリブラ先生は睡眠中に襲われたのではなく、自分の意思で消えたことになるのではないでしょうか」

クローゼットの中には、黒いキャリーケースがあった。壺井のものよりは一回り小さい。子供なら中には入れるが、成人女性では難しいだろう。私は中を見ようとしたが、生憎鍵が掛かっていて開けることはできなかった。持ち上げたところ然程重量はない。大部分は衣類なのではないだろうか。

一応資料室もひと通り調べてみたが、不審なものは発見できなかった。若干気になったのは、資料の数の少なさだろうか。恐らく別荘だからだと思うが、書棚にはまだまだ余裕があるように見受けられた。

昼食は私と不破が用意した。

厨房には壺井も一緒に来たが、彼女は料理の経験がないそうで、玉葱《たまねぎ》の皮剝きすら満足にできなかった。献立は材料の関係で、当初の予定通りに、魚介のパスタとサラダである。調理中に不破に「バイト先は飲食店ですか?」と問うと、「はい」と頷いた。

「平日は大学近くの居酒屋で、土日は下宿の近くの定食屋で働いています」

「じゃあ、毎日バイトなんですね」

「ええ」

それでは学業が疎《おろそ》かになりはしないだろうか。専攻を尋ねると、法学部で弁護士志望だという。それなら勉強時間は幾らあっても足りないだろうに。不破の境遇に比べたら、私の学生時代はなんとお気楽だったことだろう。

私は大学時代の四年間、一度もアルバイトをしたことがなかった。実家からは十分に仕送りを得ていたし、祖父母からも少なからず援助があった。それに、私にとって最も優先すべきは小説の執筆であり、その時間が削られることは耐えられなかったのだ。今思えば、随分と甘ったれた学生生活だった。振り返ると本当に恥ずかしいばかりで、不破の姿が眩しく見えた。

正午になると、呼んでもいないのに木場が食堂に現れた。

この時、私、壺井、不破の三人は既にテーブルに座っていた。木場の分の昼食も用意してはいたが、こんなに早くやって来るとは思っていなかった。相変わらずの咥え煙草を見て、遂に壺井が激高した。

「ゴハンの時くらい煙草やめてよ！」

その剣幕に気圧《けお》されて、木場は吸っていた煙草を慌てて灰皿で消した。

「これは誰が作ったんだ？」

木場は訝《いぶか》しげに料理を眺める。すると、何故か壺井が「厭なら食べなくて結構です」といった。私と不破は顔を見合わせて苦笑した。

食事中に、木場がマスターキーを持っている件は話題に出なかった。彼一人がそれを独占しているのは、フェアではない。だが、私は不用意な発言で木場の機嫌を損ねるのは避けたかった。もしも彼が力で訴えるような事態が起これば、私たち三人に勝ち目はないだろう。そうしたことを危惧して黙っていたのだが、他の二人にどういう意図があったのかは不明だ。

「木場さんがいなかった時、そこの窓にリブラ先生がいたんですよ」

そういったのは不破だ。

「何時《いつ》？」

「木場さんが上に行ってから、そんなに時間は経っていなかったと思います」

「それで？」

「清流さんが追いかけたんですけど、見失ってしまったそうです」

私は外に出て開智楼を一周したが、リブラを見つけることはできなかったと報告した。木場は眉間に皺を寄せながら、胸ポケットから煙草を取り出す。

「だ・か・ら、食事中は禁煙だって！」

透かさず壺井が注意する。

「わりぃわりぃ。考え事してると、ついな」

「何か気になることでも？」

私が訊くと、木場は唸りながら顎を撫でる。やはり手持ち無沙汰のようだ。

「リブラが外にいたってことは、やっぱり近くに潜伏できる場所があるってことだよな」

何時の間にか、木場はリブラを呼び捨てにしていた。矢張り犯人として疑っているのだろう。

「少なくとも雨はしのげねぇとつれぇだろ」

「そうですね」

島に到着してからずっと天候は芳《かんば》しくない。土砂降りではないものの、常に雨は降り続いている。屋根のない場所で夜を明かすのは、現実的ではないだろう。

「まさか裏山に洞穴《ほらあな》でもあるのか？」

「門の中ではないでしょうか」

不意に不破がそういった。

「門ってのは、あの入口の？」

「そうです。あそこは二階に上れると聞いています」

「なるほどな。確かに隠れるにはもってこいの場所だ。先生、メシが終わったら、一緒に調べに行かねぇか？」

木場のその誘いに、私は「全員で見に行きましょう」と答えた。

まだこの探偵を信用するわけにはいかないし、建物の中に壺井と不破を二人きりにするのも不安だったからだ。

3

一旦仮設事務所に戻って昼食を摂《と》ると、倭文たちは再び開智楼に戻った。

屋内に危険箇所がないことが確認できたので、二班に分かれて計測作業に入る。午前中とはメンバーを入れ替えて、A班が征木、龍崎、葉月の三人、B班は倭文と青島である。A班は一階から、

B班は三階から計測を行い、二階で合流する段取りだった。

午前中の作業で、倭文も計器の扱い方にはだいぶ慣れた。三階は不快な空気もほとんどなく、かなり早いペースで作業は進む。しかし、何気なく南向きの書斎から庭を見下ろした時は、思わず息を呑んだ。

玉砂利の敷かれた殺風景な場所に、二十人近い霊が見えたからだ。大人が多数を占めていたが、子供の姿もちらほら窺える。皆一様に襤褸《ぼろ》切れのような衣服を纏い、微動だにせずこちらを見上げている。

「うそ……」

午前中は、霊の数は四人だったはずだ。それが何故か今は増えている。昼食後にここに戻って庭を通過した時は、こんなに沢山の霊の存在を感じることはなかった。仮に倭文の感覚が鈍っていても、龍崎なら敏感に察知できたはずである。島民の霊たちは、倭文たちの作業に関心があるのだろうか。

「青さん、庭の写真撮ってもらえますか？」

「お、おう」

青島は計測を中断すると、窓から外に向けてカメラを構え、何度かシャッターを切った。しかし、撮影した画像をすぐに確認したが、何も映っていなかった。

「動画も撮ってみるか？」

「はい」

そう返事はしたものの、既に倭文の目でも彼らの姿は見えなくなっている。

倭文はトランシーバーでA班のメンバーに自分が見たものを伝えた。何も知らなかった青島は「マジかよ」といって、もう一度自分の撮影した画像を見返していた。

すぐに龍崎から応答がある。

「了解。こっちでも確認するね」

倭文と青島が作業を再開していると、龍崎から「確かに増えてる」という報告が入った。やはり倭文の勘違いではなかった。

一時間強の作業の結果、三階では計器が異常な数値を示すことはなかった。倭文たちはA班に、三階の計測が終わったことと、二階へ移動することを報告した。

「了解」

答えたのは征木だ。

「こちらも間もなく合流できると思う」

倭文たちは青龍の間から作業をはじめた。この部屋は二階で唯一、遺体が遺棄されていない。そうした意味で最もリスクが低い場所といえる。とはいえ、犯行現場であった可能性は完全には排除できない。当時の警察が把握していないだけで、ここで被害者が危害を加えられた場合もあるからだ。

「遺体が見つかった場所じゃなくても、誰かが殺された場所では大抵数値が可怪《おか》しなことになる」

青島がいった。

「前から気になってたんですけど、青さんっていつから幽霊信じるようになったんですか？」

素朴な疑問だった。メカニック担当である彼が、霊魂などという胡乱《うろん》な存在を信じるようになった契機とは、一体何だったのだろう？

「別に俺は幽霊を信じてるわけじゃねぇぞ」

意外な返答だった。日頃から青島は霊的な存在に対して肯定的と思える言動を取っていたので、てっきり信奉者だとばかり思っていた。倭文が戸惑っていると、青島は苦笑する。

「いいか、俺だって何年も変調課にいるんだから、心霊現象そのものは否定しねぇよ。例えば、死んだ人間が視覚的に出現する現象があるってことは認識してる。映像にも記録されてるからな。でも、それが霊なのかどうかは別の話だ。ブンブンは超ＥＳＰ仮説って知ってるか？」

「いいえ」

「詳しいことは後で先生に聞いた方がいいと思うが、簡単にいえば、死後も人間の意識が残ってるってことを示す証拠――霊魂が存在するって証拠は、ぜーんぶ生きてる人間のＥＳＰで説明できちまうって仮説だ」

ＥＳＰとはExtrasensory Perceptionの略称であり、日本語に訳すと超感覚的知覚となる。これは透視、テレパシー、予知の総称――通俗的にいえば超能力のことである。

「例えば、幽霊について超ＥＳＰ仮説で説明するとな、それは霊が実体を持ったものじゃなくて、目撃者がテレパシーを基に周囲から情報を得て、事実に沿った霊の姿を心の中で作り上げたに過ぎないってことになる」

確かに目撃者本人に霊の姿が見えているとしても、そこに霊魂がいるのか、テレパシーによって映し出されたものなのかは、判断ができないだろう。

「結局、霊魂が現れるって現象は、死んだ人間の能力なのか、生きてる人間の能力なのか、どっちにも取れちまう。だがな、正直、俺にとってはどっちでもいいんだ」

「え？」

「俺は先生と違って、心霊現象の原因についてはあんまり関心がねぇんだわ。俺が興味あるのは、心霊現象とされるもんをどうやったら客観的に記録できるのかってことだ。おっと無駄口が過ぎたな、さっさと作業をはじめるぞ」

青龍の間では、居間の壁際に置かれたデスクの周辺でのみ、異常な電磁波が検出された。警察の現場検証では、この場所に血痕や争ったような痕跡は見つかっていない。しかし、この場所は清流が手記を執筆した場所である。従って、生前の清流の強い残留思念が、デスク周辺に存在している可能性がある。

以前、征木から聞いたが、人間の強い意識は、時として死者の霊魂と類似した働きを齎すらしい。一番わかり易いのは、ポルターガイスト現象である。家具を動かしたり、屋敷を揺らしたりするのは、死者だけではない。否、むしろポルターガイスト現象の事例では、死者よりも生者が原因であるとされるものの方が数多く報告されている。

人間の意識にはそうした強い力が内包されているらしいのだ。極限状態の中で、あれだけの分量の手記を残しているのだから、ここに清流の思いが残留していても不自然ではないように思えた。

次に倭文たちは朱雀の間に移動した。

この部屋の居間で、壺井ルキの遺体が発見されている。遺体は上半身が裸で、腹部に饕餮文《とうてつもん》という複雑な文様が描かれていた。しかも顔面は潰されていたのだ。一般人にとっても顔は特別なものだと思うが、俳優ともなればそれ以上に重要なものだっただろう。死後とはいえ、それを文字通り叩き潰されたのだから、壺井の無念はさぞ強いものであろうと推察できる。

東側の壁には、今でも「饕餮」というやたらと画数の多い文字が書かれている。これをペンキで書くだけでも、犯人は随分と苦労したのではないだろうか。

船井仲丸の蒐集した怪談には、窓際で佇《たたず》む壺井の霊らしき存在が目撃されている。

幽霊の目撃された場所を調査する際には、計測作業と並行して、壁やインテリアをチェックすることが重要だ。室内にある何かを目撃者が誤認して、幽霊だと思い込んでいる可能性があるからだ。

朱雀の間には、人物を描いた絵画やポスターの類は一切ない。しかし、幽霊だと誤認されるのは、そうしたわかりやすいものだけではない。何でもない模様や染みが、時に人間の顔に見えてしまうこともあるのだ。天井や床の木目がよい例だろう。この性質はパレイドリア効果と呼ばれ、時として人間に幽霊を目撃したと錯覚させることがある。

「パレイドリア効果を起こすようなもんはなさそうだな」

青島が部屋をぐるりと見回していう。

倭文もざっと部屋の中を観察したが、人間の顔や人影に見えるようなものは見当たらなかった。

居間の計測をしている途中で、A班も二階に上がってきた。

一度葉月が顔を見せて、「僕らは白虎の間から計測します」といった。

朱雀の間からは異常な計測結果が出るかと思われたが、期待は裏切られた。

一応、居間の真ん中ではガイガーカウンターが周囲よりも若干高い数値を示した。しかし、この程度の差は、霊的な存在が関与していなくても起こり得る。

「何か見えるか？」

青島にそう問われたものの、倭文には霊の姿は捉えられなかった。何かがいるような気はする。だが、確信は持てない。

人間の感覚なんてあやふやなものだ。だから、機械を使って細かくデータを取るのだろう。誰の目にも明らかになるように、一つ一つのデータを積み上げ、不可解な現象が起こる原因を探っていくのだ。倭文は変調課のそうした客観性を求める姿勢が好きだ。

「この部屋、密室だったんだよな」

ひと通り計測が済むと、青島がいった。

「そうです。清流和泉の手記によれば、被害者の遺体が発見された時、部屋の扉と窓には鍵が掛かっていたそうです。この部屋の鍵は、居間のローテーブルの上にあったと書いてありました」

「マスターキーは何処にあったんだっけ？」

「マスターキーは玄武の間から見つかっています。でも、そっちも扉と窓が施錠された密室状態だったんです。しかもこっちの部屋より厳重な」

玄武の間の扉には、内側から鍵が掛かっていただけではなく、金属製の閂も下ろされていた。玄武の間の鍵は室内の小さなデスクの上にあり、マスターキーは被害者のズボンのポケットの中から発見されている。

三十年前、警察が開智楼に到着した時、確かに朱雀の間と玄武の間の扉には鍵が掛かっていた。しかし、それぞれの部屋の窓ガラスが一部割られ、クレセント錠は掛かっていなかった。ガラス片は内側に飛び散っていて、何者かが外から室内に侵入しようと試みたことがわかる。

清流の手記では、壺井と木場の遺体を発見した時に、清流自身がガラスを割ったと記されている。

だが、捜査本部の最終的な判断は、犯人が施錠された部屋に入るために、窓ガラスを壊して鍵を開けたというものだったようだ。

「まあ、警察がそう考えたのもわかる気はするな。被害者たちが密室で殺されたって考えるよりは、遥かに現実的だもんな」

「でも、私は清流の手記に偽りはないと思っています。密室殺人は起きた。それを前提に考えないと、事件の謎は解けないのではないかと思うんです」

「だけどな、それなら犯人はどうやって鍵の掛かった二つの部屋から脱出したんだ？」

「それは……まだわかりません」

「ハッチならサクッと解いちまうのかな」

それは困る。三十年前の事件の真相は、自分が明らかにするのだ。

だが、そのためには幾つもの難問を解かねばならない。青島のいう通り、犯人がどうやって密室殺人を実行したのかも不明だが、何故、現場を密室にする必要があったのかも謎である。

清流の手記では、風祭が殺された時、白虎の間の扉に鍵は掛かっていなかった。しかし、朱雀の間と玄武の間は密室だった。この差は何だろうか？　三人とも明らかに他殺と見られる状況なのだから、自殺に偽装する意図はなかったはずだ。風祭と他の二人にはどんな違いがあったのだろう？

それからもう一つ……。

倭文は壁に書かれた「饕餮」の文字を見る。

犯人はどうして、中国の悪神に見立てて被害者たちの遺体を装飾したのだろうか？　そこにはまるで被害者たちを断罪するような意思が垣間見える。しかし、当時の捜査本部の調べでは、五人の被害者たちが何らかの犯罪行為に関わった証拠は挙がっていないし、それは三十年が経過した現在でも変わらない。加えて、一度中国の悪神に見立てた遺体を更に一つ目五人に見立てているのも謎である。何故、犯人は遺体を二重に見立てる必要があったのだろうか？　そこにも何かメッセージが込められているのか？

五福島殺人事件は、未解決事件を特集する雑誌記事ではしばしば取り扱われ、新たな取材が行われる度に情報が蓄積されている。しかし、犯人の特定は疎か、五人が殺害された動機すら皆目わかっていない。

五人には、何か殺害されるに至るだけの隠された事実があるはずだ。それを摑むためには、死者たちの声に耳を傾ける必要があるのかもしれない。

清流和泉の手記6

恐ろしいものを見た。

あれは何だ？　今でも自分で見たものが信じられない。何らかのトリックだったのか？　だとしたら誰が？　何のために？　一体この島は何なのだ？　こうなると風祭の死も単なる他殺だと思えなくなる。

とにかく、一度落ち着いて昼間の体験を思い返してみよう。

昼食後、私たち四人はリブラが潜伏していると思われる門の二階へ行くことにした。

午後からは雨脚が強くなった。玄関には傘が三本あったので、木場と壺井が一本ずつ使い、私は不破と一緒に一本を差した。

　不破の先導で、門までの石畳を進んだ。無数の雨が玉砂利を叩く音が鼓膜に響く。決して大きな音ではない。しかし、密度が濃い。妙な閉塞感が生み出され、私は狭い場所に閉じ込められたような錯覚を覚えた。

　寺院のような仰々しい門が、雨に煙っていた。

「入口は向かって左手にあります」

　不破がそういった時のことだ。

　門の向こうに、人影が現れた。

　私が歩みを止めると、不破が「どうかしましたか？」とこちらを向く。

「あそこに誰かいます」

　最初はリブラだと思った。人影は女性のもののようだったし、着物姿だったからだ。

「あれです」

　私が前方を指差すと、不破もそちらを見て固まった。

「確かに……」

「どうしたの？」

　と壺井が私たち二人に並んだ時、女性の隣にもう一人、今度は男性が出現した。壺井は私たちの視線の先を追い、やはり硬直した。

　背後から「何だ？　おい」という木場の声が聞こえたが、私はそれに応じることができなかった。

　二人の人影は、どんどん門に迫ってきて……。

雨が降っているのに、その男女は全く濡れていない。

身に着けているのは、確かに着物だけれど、余りにも薄汚れていて、衣服というよりも長い雑巾のように見えた。

細い手足。

そして、落ち窪《くぼ》んだ眼には生気がない。

死人だ。

瞬時にそう思った。

恥ずかしいことに、私は持っていた傘を投げ出すと、脱兎《だっと》の如く逃げ出した。

咥え煙草の木場が「どうした？」と不思議そうに見るのを横目に、全速力で走った。

濡れた石畳に足を滑らせて転びそうになりながら、開智楼の玄関に飛び込む。私は荒い呼吸のまま、上がり框《かまち》に座り込んだ。

すぐに玄関が開いたので、思わず身構えたが、入って来たのは壺井だった。彼女の顔色も蒼白だった。

「不破さんは？」

「木場さんと門の中です」

「え？」

「なんかあれ、木場さんには見えてないみたいで」

「じゃあ、やっぱり……」

あれは幽霊なのだろう。

これまでにも心霊現象と思われるような不可解な出来事に遭遇した経験はある。しかし、あんなに明瞭に幽霊の姿を目にしたことは初めてだった。しかも不破と壺井も目撃しているのだから、見間違いではない。

「あれって……お化け、ですよね？」

壺井が躊躇《ためら》いがちにそういった。

「多分……」

「あたし、前に撮影現場で見たことあるんですよ、お化け。二年前だったかな。あたしの事務所の先輩が自殺しちゃったんですね。で、急にあたしが代役を務めることになったんですけど、撮影中にその先輩がセットの隅からこっち覗いてて……。さっき見たあれも、同じような感じに見えました」

私は再び外に出る精神状態にはなれなかったので、談話室で二人が戻るのを待つことにした。壺井も「あたしもご一緒します」とついてくる。

向かい合ってソファーに座ると、壺井がこんなことをいい出した。

「リブラ先生、悪霊に取り憑かれちゃったんじゃないでしょうか。だから、風祭さんを殺して、隠れているとか」

「悪霊っていうのは、さっき見た奴らのことですよね？」

「う〜ん、どうでしょうか。もしかしたらこの島にはもっと沢山の悪霊がいるのかもしれません」

壺井の顔は真剣だった。

私はその手の話は得意ではないので、返答に窮した。黙っていると、壺井は立ち上がって窓辺へ移動する。

「こっからだとよく見えませんね。あいつら、庭へは入ってこないのかな」

十五分程が経過して、不破と木場が帰ってきた。木場は飄々《ひょうひょう》とした態度で談話室のソファーに座ると、私の顔を見て「大丈夫か？」と柄にもなく心配する素振りを見せた。

「ええ」

「嬢ちゃんから聞いたが、幻覚が見えたらしいじゃねぇか」

あれが幻覚？

とてもそうは思えなかったが、反論するのも面倒なので曖昧に頷いておいた。

「こんな極限状態じゃ、あんたも知らず知らずに神経が張り詰めてるんだよ」

「門はどうでしたか？」

「駄目駄目。上には誰もいねぇ。仏像みてぇなもんが祀《まつ》られてるだけだった。床に埃も溜まってたから、暫《しばら》く人の出入りはねぇな」

そうなると、リブラは一体何処に隠れているのだろうか？

木場はバーカウンターの後ろの棚から洋酒の瓶を持ち出すと、「じゃあな」といって談話室から出て行った。また玄武の間に引き籠もるのだろう。

三人だけになったので、不破にさっきの幽霊らしきものについて尋ねた。

「怪談めいた話ならリブラ先生から何か聞いていませんか？」

「詳しく教えてください」

「わたしもホントに簡単にしか聞いてないんです。昔、この島には人が住んでいたみたいなんですけど、ある日、海の向こうから疫病を蔓延させる五人の妖怪がやって来て、島民全員が死んでしまったそうです」

「それってどのくらい昔の話ですか？」

「江戸時代よりも前らしいですけど、具体的な年代は聞いてません」

壺井が目を丸くする。

「え？　滅茶苦茶昔じゃん」

「そうなんです。だから、わたしも昔話のようなものだと思っていました」

しかし、実際に島民たちの幽霊は現れた。

「不破さんはこの島に来てから、ああいうものを見たことはありましたか？」

「いいえ。さっきのが初めてです」

その割に存外落ち着いた反応だったような気もする。しかし、逆に私が過剰に怯えただけなのかもしれない。

今思うと、幽霊を目にして一目散に逃げ出すというのは、随分と滑稽というか、漫画的というか、とにかく我ながら恥ずかしい。身近に幽霊を目撃した人物がいないから、普通はどんな反応をするのが正解なのかわからない。否、もしかしたら、十人十色なのかもしれず、そうなると考えるだけ無駄だ。

「リブラ先生はどうしてこんな曰く付きの島に別荘を建てたのでしょうか？　それについて何か話していませんでしたか？」

私がこの質問をしたのは、今回の殺人と島に伝わる怪談に関係があるのかを探るためだった。

「安かったからと仰っていました」

「は？」

「五福島は地元でも幽霊や妖怪が出るって噂があるらしくて、格安で手に入ったそうです。先生は以前から自然の中で自分の気を高められるような場所をお探しだったそうなのですが、なかなか財布と折り合いがつかなかったそうで」

もっと神秘的な理由を期待していたが、非常に現実的な事情だった。

私が世話になっている編集者も、自殺者が出たマンションの一室で暮らしている。彼女は「駅近なのに、家賃がとっても安いんです」と瞳を輝かせながらいっていた。その時、私は心理的瑕疵《かし》物件にもそれなりに需要があることを知ったのだ。因《ちな》みに、その編集者はオカルトの類を一切信じていない。

その後、壺井が眠気を訴えたので、五時から夕食の準備をするために厨房に集まることにして、一度各々の部屋で休むことにした。

「くれぐれも部屋には鍵を掛けるのを忘れないようにしてください。用心のために閂も掛けた方がいいと思います」

念のため、二人にはそう注意しておいた。

私も当初は仮眠を取ろうと思っていたが、先程見た幽霊の姿が余りにも衝撃的だったので、こうして筆を執った次第だ。

南寄りの寝室の窓から外を見てみたが、庭に異状はない。しかし、門の向こうには雨に紛れるようにして、輪郭の曖昧になった人影が見えた。

あれはリブラなのだろうか？

それとも……。

いや、余計なことは考えない方がよい。

それよりもアンソロジーの原稿について考えるべきだ。こんな状況になった以上、もうリブラからの協力を受けることはできない。そうなると、茶室を舞台にした意外な凶器の登場する作品のプロットを早急に考えなければならないだろう。

人一人が殺されている状況で殺人が起きる小説のプロットを考えるというのは随分不謹慎なことかもしれないが、私にとってはこれが仕事なのだから仕方がない。それに今は現実逃避したいという思いもあった。


夕食の準備の前に一つアイディアを思いついた。忘れないように、ここに記しておく。

ある富豪の屋敷で、盛大なパーティーが開かれる。国内外から様々な著名人が招待されていたが、パーティーの最中、一人のアメリカ人招待客の姿が見えなくなる。

当主から指示を受けた長男と秘書が敷地内を捜索し、中庭の茶室で客の屍体を発見する。被害者に目立った外傷はなく、畳の上で俯《うつぶ》せに倒れていた。また、屍体が発見された時、茶室の周囲には雪が積もり、雪の上には被害者の足跡が一組と、母屋と茶室を往復する長男と秘書の足跡だけが確認されていた。十五分後に警察と消防が到着したが、この時点で被害者は死後一時間程度経過していることが判明する。

当初は寒暖差による急性心不全で死亡したのかと思われたが、司法解剖の結果、体内から即効性のある毒物が検出され、他殺の可能性が浮上する。更に、被害者は身許《みもと》を偽った窃盗犯であり、茶室から黄金の茶器を盗もうとしていたことも明らかになった。どうやら屋敷に住む誰かが事前にそれを察知していて、茶器を守るために被害者を殺害した可能性が浮上する。

ただ、毒がどうやって被害者の体内に入ったのか、その経路は謎である。パーティーの飲食物には毒物は入っていなかった。そもそも即効性のある毒物なので、パーティー会場で体内に入ったら、その場で被害者は死亡する筈である。また、煙草などの被害者の所持品からも毒物は検出されていない。

加えて、パーティーの参加者たちすべてに、被害者の死亡推定時刻のアリバイがあった。これは参加者同士の証言だけではなく、会場に設置されていた記録用のビデオカメラの映像からも明らかになっている。

果たして犯人はどうやって茶室に侵入した被害者を毒殺したのだろうか？

第三章　饕餮《とうてつ》と檮杌《とうこつ》

1

開智楼の計測結果を見て、倭文文は釈然としない気持ちになった。

一階の談話室に変則的現象調査課の五人が集まり、タブレット端末を眺めている。ディスプレイには、A班とB班が集めた屋内の計測データを集計したものが表示されていた。

結論からいうと、数値に大きな異常が見られたのは、厨房、青龍の間、白虎の間の三箇所であった。この内、遺体が見つかっているのは白虎の間だけだが、妙な数値が出たのは寝室ではなく、その手前の居間だった。つまり、遺体の発見現場と計測結果に全く因果関係がなかったのである。

加えて、計器が可怪しな数値を示す場所の少なさも気になった。午前中に庭を調べた時は、複数箇所で異常が見られたから、尚更《なおさら》そう感じる。倭文は今回の調査では、屋内こそが本丸だと思っていた。だから、もっとあちこちで気温や電磁波に変化が見られると予想していたのだ。

既に五人の被害者たちの霊は、開智楼にはいないのだろうか？

計測結果からそうも思ったのだが、龍崎は一階で作業中に、廊下を歩くメイド服の女性を見たという。

「後ろ姿だったから、顔が潰れていたかどうかはわからないけど」

また、青島が安全点検と計測作業中に撮影した画像にも不可解なモノが写り込んでいた。

一階では、厨房の業務用冷蔵庫の脇から人間の指のようなものが四本伸びていたし、使用人部屋を写した画像はすべて真っ黒で何も見えなかった。

二階の廊下を写した画像には、赤い光が斜めに走っていた。廊下には窓はないし、撮影時には懐中電灯は消していた。従って、通常はこのような光が写るわけがない。同様の赤い光は朱雀の間を写した画像にもあった。居間で窓を背にして撮影したもので、青島自身はパレイドリア効果を齎すものはないか確かめようと思ったそうだ。

「静止画でこれなら、動画でも期待できるかもしれないな」

征木がいった。

「じゃあ、予定通りあの装置を使うってことでいいっすね」

青島は無精髭を撫でながら、嬉しそうな表情だ。

あの装置とは、以前、倭文と葉月雪桜が実験に付き合わされたカメラとヘッドマウントディスプレイを連動させたものである。今回は四人分の機材が用意されている。

相談の結果、撮影者である青島以外の四人は、談話室で映像を視聴することに決まった。

「平衡感覚に影響するかもしんねぇから、立ったままだと転倒の危険がある。みんなは床かソファーに座ってほしいんだ」

とはいえ、床もソファーも埃だらけだ。龍崎が「ちょっと待ってて」と不機嫌そうにいって、洗面所から古いタオルを何本か見つけてきた。倭文と葉月はそれを受け取ると、室内のソファーを拭いた。使用後のタオルは真っ黒で、まるで小動物のように見えた。

青島が指示を出して、四人は各々離れた位置に座る。マイクが他人の声を拾わないようにするための措置だ。もっとも倭文たちが声を発するのは、映像に霊らしきモノが映った時に限定される。撮影中に頻繁に会話していると、青島の集中力を削いでしまうし、視聴している側も微《かす》かな異状を見落としてしまう。倭文たちに要求されているのは、とにかく眼前の映像に集中することである。

十六時になって準備が整うと、青島が「そんじゃ撮影をはじめます」といった。

「何かあたしたち一目五先生みたいね」

龍崎の声がヘッドマウントディスプレイから聞こえた。

征木が「確かにな」と苦笑する。

四人の視覚は、青島の持つ一台のカメラのレンズに集約されている。倭文たちは眼球がないわけではないが、完全に視界を奪われた状態だ。

一目五先生らしき妖怪が棲むという孤島で、自分たちは一目五先生めいた装置を使用している。なんとも不思議な巡り合わせだった。

これは本当に偶然なのだろうか？

ふとそんな考えが頭をよぎる。

青島は各階を時計回りで撮影していく予定だ。一階からはじめて、最後に三階まで撮影し、再び談話室に戻ったところで終了。それまで倭文たちは全員ヘッドマウントディスプレイを装着したままになる。

カメラが談話室を出て最初にフレームに入るのが、清流和泉の遺体が横たわっていた廊下である。いきなり緊張を強いられる場所だから、倭文は画面に集中した。青島も歩調を落として撮影する。

できるだけ画面の隅々にまで意識を向けたが、これといって妙なモノは映っていない。カメラが龍の置物を正面に捉えた時も、殊更に異状は認められなかった。

次にカメラは、ルート通り玄関に移動する。

「青さん、入口開けて、庭を撮ってもらってもいい？」

龍崎のリクエストに、青島は「了解」と軽く応じる。観音開きの扉を片側だけ開ける青島の手が画面に入る。

カメラが庭を映した直後、半壊した門まで続く石畳を黒い影が横切った。

「何だ、今の？」

どうやら青島にも見えたようだ。

獣の類ではない。

もっと大きな、そう、丁度成人した人間くらいの背の高さだった。

非常に素早かったので、倭文もその正体を見極めることはできなかった。だから、心霊現象なのか、自然現象なのか、判断はできない。

同じような現象を期待して、青島は少しの間その場に留まったが、それ以降は何も映らなかった。

その後カメラは、居間、洗面所、風呂場、トイレと順番に回った。しかし、心霊現象らしきものは何も起こらなかった。

正直、倭文は睡魔と戦うのに必死だ。これが一つのモニターを全員で囲んでいるのならば、上司や先輩たちの視線があるので、ここまで眠くはならないだろう。それに今は船酔いの後に計器と睨めっこする作業が続き、疲労が蓄積していた。座っているのがソファーなのも眠気を助長する要因だろう。

そんな状態だったから、厨房に入った途端にラップ音がした時は、身体がびくっとした。危うく声も出そうになったが、辛うじてそれは堪《こら》えることができた。誰にも見られていないから良かったものの、高《たか》がラップ音で過剰に驚いてしまったことに羞恥心が湧く。

いかん、いかん。

改めて身を引き締めて、映像を視聴しなければ。

再びラップ音。

それから水滴のような小さな光の粒――オーブが、幾つも画面を浮遊しはじめた。

「青さん、こちらからはオーブが確認できます」

そう伝えると、青島はすぐに応じる。

「こっちもカメラを通した映像では確認した。肉眼じゃ見えねぇから、玉響《たまゆら》現象だな」

玉響現象というのは、今、倭文たちが見ているように、動画や写真などにオーブが写り込む現象である。原因は、カメラのフラッシュの光が、空気中の水蒸気や埃に反射したものだが、その発生には霊魂が関わっているという解釈も存在する。

龍崎からは何も発言がない。

隣の使用人部屋でも、何度かラップ音が確認された。

厨房とこの部屋での度重なる心霊現象から推察すると、五人の被害者の内、最も積極的なのはどうやら不破茜の霊のようだ。カメラが壁の「渾沌」の文字を映した時には、微かに女性の声が聞こえた。

「青さん、今……」

「ああ。聞こえたな」

青島はカメラを「渾沌」に固定したまま、二、三分その場に留まったが、何も起こらない。

「駄目か」

しかし、青島がカメラを動かすと再び女性の声がした。

何をいっているのかはわからない。だが、後で録音されたデータを調べれば、もっと明瞭な音声に補正することは可能だろう。

青島は少しの間室内の撮影を続けたが、これ以上は何も起きないと判断したらしく、廊下に出た。

カメラはゆっくりと左右の廊下を映したが、霊のようなものは映らない。

食堂にカメラが入った。これで一階は一周したことになる。

画面は食堂の内部を映しながら移動する。

談話室との間の扉は開放されていた。

カメラが談話室側に向けられた時、最も近くにいた倭文の姿が映し出される。ヘッドマウントディスプレイを装着した自分が眼前にいるのは不思議な感覚だった。臨死体験をした人が、幽体離脱して自分の肉体を見下ろしていたと語っていたのを聞いたことがあるが、この感覚も似たようなものかもしれない。自分が自分と乖離《かいり》しているような不安と自分が何処にいるのかわからなくなる不安定さがある。

カメラは次に倭文から近い葉月を映し、その奥の征木、龍崎へと向けられる。

あれ？

矢庭に異変に気付いた。

龍崎はヘッドマウントディスプレイを装着したまま、がくんと項垂《うなだ》れた状態だったのだ。

「お龍ちゃん！」

青島の声が食堂とイヤホンから、ほぼ同時に響く。

カメラが下に振られて、目の前が急に床になる。映像にブレもあって、倭文は気分が悪くなった。我慢できなくなって、すぐにヘッドマウントディスプレイを外す。

龍崎の側に走り寄る青島。

征木と葉月も装置を外して、それに続く。

一体何が起こったのだろう？

倭文が立ち上がって龍崎に近付くと、彼女の項《うなじ》から奇妙なものが突き出ているのが見えた。あれは刃物の柄だろうか？

青島が近くのローテーブルにカメラを置き、龍崎の頭部から装置を外した。長い髪が邪魔で顔貌《がんぼう》は見えない。前のめりに倒れそうになる龍崎を征木が支える。

「お龍ちゃん！」

青島の呼び掛けに、龍崎は全く反応しない。

とても厭な気分になる。

「ハッチ頼む」

「はい」

征木から指示を受けた葉月は、龍崎の瞳や脈などを確認する。

「死亡しています」

葉月の声は然程大きくなかったが、薄暗い談話室にはよく通った。

「そんな……」

倭文が絶望感からその場に座り込むと同時に、談話室の扉がすべて、ひとりでに閉まる。

その衝撃と残響が、倭文の全身を痺れさせた。

清流和泉の手記7

五福島での二度目の朝、再び惨劇が起こった。

矢張り油断するべきではなかったのだ。否、被害に遭った二人とて、注意を怠っていたわけではなかっただろう。しかし、あんな犯行を予測できた人間はいなかったに違いない。まさか完全な密室の内部で殺害されるなんて……。

犯行方法を推理するためにも、今は昨夜のことを順番に思い返していこう。

夕食は前日と同じ六時からだった。献立は和牛のステーキをメインとした洋食だ。殆どの料理は私と不破で用意したが、壺井もサラダの盛り付けだけは手伝った。

木場は、呼ばれなくても時間通りに食堂に現れた。

「全員無事で何より。何より」

と調子の良いことをいう。顔が赤かったので、少し酔っていたのかもしれない。そういえば、昼間に談話室から酒瓶を何本か持って行くのを見た。木場は食事中も一人でワインを飲んでいた。

何処かに殺人犯が潜んでいるかもしれないにも拘わらず、よくそんなに飲めるものだと呆れるのを通り越して、尊敬の念が湧いた。そのくらいの豪胆さがなければ、犯罪捜査はできないのかもしれない。

「何か変わったことはあったか？」

木場の問いかけに、私たち三人は首を振った。

本当は門の外に見える幽霊の数が徐々に増えていたが、木場に相談しても仕方ない。

薄汚れた布切れの如き着物を纏った幽霊たちは、俯き加減でゆらゆら揺れていた。ある程度観察して気付いたが、彼らは開智楼の敷地内に立ち入ることはできないらしい。恐らく、リブラが何かしらの呪《まじな》いを施しているのだろう。死人相手にどう対抗したらよいのか不安だったから、彼らがここまで来ないとわかったのは、精神的な安定には繋がった。

とはいえ、依然として危機的な状況である。

リブラが犯人の可能性は高い。しかし、私はまだ木場、壺井、不破の三人にも疑いを持っていた。犯人が単独なのか複数なのかも不明だから、この中の誰かがリブラの共犯者ということも十分にあり得るのだ。

壺井と不破とは同じ時間を過ごすことが多かったが、これまで不審な言動は見受けられない。一方で、二人がこんな状況の中でもパニックを起こさないことに違和感があった。

偏見かもしれないが、若い女性はこういった場面で騒ぎ立てるものではないのだろうか？　壺井も、不破も、妙に大人しいのが気になる。勿論、単純に二人の適応力が高いだけかもしれないし、世代的な性格の違いなのかもしれない。しかし、犯人だからこそ、冷静沈着でいられる可能性だってあるだろう。

二人を信じたい気持ちはある。だが、一度火のついた猜疑心《さいぎしん》はなかなか消すことができない。頭の隅に燻《くすぶ》って、私を疑心暗鬼にする。

食事後は、私と不破が厨房で洗い物をした。壺井は特に手伝うわけではなかったが、一人は不安だといって、私たちの傍らにいた。

「月曜からの撮影、初めての連ドラレギュラーなんですよねぇ。今回の件で降板になったら厭だなぁ」

「現場に行けないのは不可抗力なのだから、心配しなくていいんじゃないですか？」

私がそういうと、壺井は唸った。

「どうでしょうね。心証はかなり悪いと思うんですよ。連絡ナシで撮影すっぽかすわけですから。共演者には大先輩もいますし、何よりプロデューサーさんがどう思うか。後で事情を説明しても、『そもそも撮影の直前まで地方の島なんかに行くなよ』って話になりそうで」

「いや、でも、こんな事件に巻き込まれた壺井さんが出演したら、ドラマにも注目が集まるんじゃないですか？」

「あ、そうか。そういう効果も……う〜ん、でもどうかなぁ。事件が解決してくれないと矢っ張り難しいと思うんですよね。こういう場合、あたしも容疑者の一人なわけで、連ドラで使うのはリスクがあり過ぎるじゃないですか」

不破は食器を濯《すす》ぎながら、「芸能界って大変なんですね」といった。

「あたしくらいの役者はさ、幾らでも代えが利くから」

壺井は自嘲的な笑みを漏らした。壺井は業界での自身の立ち位置を客観的に認識している。だからこそ、リブラの力を頼って、何とかチャンスに食らいつこうとしていたのだろう。競争の激しい世界で、成功するのは一握りだ。そんな中で壺井は必死に足掻《あが》き続けているように感じた。リブラは事件を起こすことで、そんな彼女の真摯な姿勢をも踏み躙《にじ》っているのだ。

私は沸々と憤りが込み上げるのを感じる。ただ、それは壺井への同情というよりも、同じように自分もリブラに裏切られたことに対するものだったのかもしれない。本当にこれから自分はどうやって作品を発表すればよいのか、考えただけでも憂鬱《ゆううつ》だった。

だからというわけでもないのだが、私はこの時、壺井と不破に夕食前に考えたプロットについて話してみた。二人にはアンソロジーのテーマが「意外な凶器」であることは伝えたが、リブラから作品の舞台を茶室か水族館にするよう助言されたことは伏せた。

「その『犯人はどうやって茶室に侵入した被害者を毒殺したのだろうか？』という点が、意外な凶器に繋がるわけですね？」

不破が確認する。

「そうです」

「関係者すべてにアリバイがあるとすると、犯人は予め茶室に毒物を仕込んでおいて、何らかの方法で被害者を殺害したということで宜しいでしょうか？」

「はい」

私が頷くと、壺井が「不破さん、理解力が凄いね」と感心する。

「犯人は単独犯でしょうか？」

「その予定です」

私と不破は食器を布巾で拭いていたが、壺井は腕組みをして厨房を歩き回った。

「う〜ん、茶室に出入りしたのは、被害者と第一発見者の二人だけ。しかも死亡推定時刻から考えて、第一発見者がその場で被害者を殺したわけじゃない。となると、矢っ張り不破さんがいうように、犯人は遠隔操作で被害者を毒殺したってことになる」

「そこまでは当たってます」

「それじゃ、あれです。茶室に毒針が発射されるメカが仕掛けられていたんです。被害者はそれに刺されて死んでしまった」

「でも、その場合は毒針を発射する装置を回収しなければなりませんよね？」

不破がそう指摘する。

「だから、装置を回収できた長男と秘書が犯人ってことじゃないですか？」

壺井がそういうと、不破は「それじゃ複数犯になってしまいます」といった。

私も補足事項として次のような説明をする。

「長男と秘書は互いに屍体発見時、もう一人の人物に特に不審な行動は見られなかったと証言しています。従って、壺井さんが仰るような装置は回収されていません。ちなみに、長男と秘書の仲は然程良好ではなく、互いに庇《かば》い合うことはありません」

「じゃあ、メカ的なものは仕掛けられていなかったってことですか？」

「ええ」

「う〜ん、わっかんないな〜」

まあ、そう簡単にトリックを見破られたのでは、こちらも困ってしまう。そう思っていたのだが、私の考えは甘かったようだ。

不破は食器を棚に仕舞いながら、こういった。

「先生のお話を検討するに、事件の謎を解くポイントは、現場が和室だったことと被害者がアメリカ人だったことにあるのではないかと思うのですが、どうでしょうか？」

「その通りです」

「まさかとは思うのですが、犯人は茶室の畳のヘリに毒針を仕込んだっていうわけじゃありませんよね？」

「せ、正解です！」

まさかこんなにあっさりと真相を見抜かれるとは思ってもみなかった。

つまり、この場合の意外な凶器は、毒針ではなく畳のヘリになる。日本人ならば、畳のヘリは踏まないという作法を心得ている。しかし、日本文化に疎い外国人ならば、そうした作法は知らないだろう。犯人はこのような文化的な差異を利用して、殺人計画を立てたのだ。

壺井はまだ真相がよく理解できていないようで、呆然としていた。

「犯人は毒針を回収できる人物ですから、長男か秘書のどちらかになりますが……」

「一応、長男を犯人に設定しようと思っています」

私がそういうと、不破は「わたしのような素人がプロの先生にこんなことをいうのはおこがましいのですけど」と前置きしてから、「ちょっと無理があるのではないですか？」と遠慮がちにいった。

「そう、ですかね」

「先ず畳のヘリに毒針を仕込んだ場合、屍体を発見した時に秘書が誤って踏んでしまう可能性もあるのではないですか？」

「それは徹底的に教育された秘書なので、畳のヘリを踏むようなヘマはしません」

自分でも苦しいいい訳だと思うが、この時は必死だった。

「それに、茶室の何処かに毒針を仕込んだだけでは、確実に標的を殺害することはできないのではないかと思うんです。これが普通の和室なら家具の配置などで、被害者の動線をある程度コントロールできると思うんですけど、茶室となると物が少ないですから」

「嗚呼……」

いわれてみればそうだと思った。

そして、私にとって最も大きな指摘は、次のものだった。

「あと、先生のプロットですと、茶室であることが余り生かされていないように思うんです。さっきもいったように、寧ろ普通の和室を舞台にした方が現実的かなぁと」

「それは……そうかもしれませんね」

リブラからは、あくまで茶室を舞台にした作品を書くようにいわれていたのだから、茶室以外でも成立する作品では意味がない。これでこのアイディアもボツ決定である。

壺井はその段階でもプロットの肝の部分がわからなかったようで、不破から丁寧な説明を受けていた。

「作家って凄いこと考えるんですね」

壺井はそういってくれたが、私は俄《にわ》かに自信を喪失していた。

片付けが終わった時には、頭がぼうっとして、欠伸《あくび》が出た。

時刻はまだ九時前だ。眠るには早い時刻だったが、朝から色々なことがあった所為《せい》か、全身に倦怠感もあった。

「もう休みたいです」

不破も眠そうな顔だ。

そこで私たちは各々部屋で休むことにした。

一緒の部屋で夜を明かす程、私は二人を信じることができない。欲をいえば風呂にも入りたかったが、無防備なところを襲われる危険を考えると我慢するしかなかった。

三人でトイレに行ってから、先ずは不破を部屋に送る。

「昼間と同じように、鍵はしっかり掛けておいてくださいね。誰かが訪ねてきても、相手が一人だったら警戒した方がよいと思います」

私の念押しに、不破は「わかりました」と頷いた。

不破が部屋の扉を閉めるのを見届けると、壺井が「ちょっといいですか？」といった。

「どうしました？」

「寝酒取りに行きたいんですけど」

「はあ」

「このままだとすぐに寝つけない気がするんです。いつもなら睡眠薬を飲むんですけど、今回は持って来なかったんですよね」

「わかりました」

談話室へ行くと、壺井は棚から国産のウイスキーのボトルを選んだ。それからグラスを一つ手に取る。

「これ、ちょっと持っててもらえます？」

私は「いいですよ」とそれらを受け取る。

両手が自由になった壺井は、水、氷、マドラーを用意した。

「先生、すみません。このまま部屋まで運ぶの手伝ってもらえます？」

「構いませんよ。でも、飲み過ぎには気を付けてくださいね。何かあった時に動けないと大変ですから」

「わかってますって」

私はボトルとグラスを持って、朱雀の間の中まで同行した。矢張り内装は青龍の間と変わらない。ローテーブルに持っていたものを置くと、壺井が「先生も一杯如何《いかが》ですか？」といった。

「遠慮しておきます」

どうせ社交辞令だろう。それに私はすぐにでも横になりたかったし、何よりグラスは一つしかない。

「私が出たら、鍵と閂を忘れずに」

「了解です。清流先生も気を付けて」

私が外に出ると、内側から施錠する音が聞こえ、続いて閂を下ろす音もした。

こうして私は漸く自室に戻ることができた。

着替えもしないで、そのまま倒れるようにベッドに沈み込んだ。

気が付くと夜が明けていた。

何時の間にか、しっかり蒲団を被って眠っていたようだ。あんなに早い時間に就寝したのに、一度も目を覚まさなかった。こうしたことは極めて珍しい。余程疲労が蓄積していたのだろう。

時刻は六時半を少し過ぎていた。

今朝は不破と朝食の用意をする約束をしていたから、私は慌てて飛び起きた。

厨房へ行くと、不破は既に一人で調理をはじめていた。

「おはようございます」

「すみません。寝坊しました」

「大丈夫ですよ」

そういってはくれたが、不破の機嫌は表情からは読み取れなかった。

サンドイッチを作るということで、私はパンにバターを塗る役目を仰せつかった。

「昨夜は変わったことはなかったですか？」

作業をしながら、私が尋ねた。

「特に何も。昨日はあの後すぐに眠ってしまって、朝まで起きませんでした」

「嗚呼、私もですよ」

「あんなことがあったんです。お互い疲れてたんだと思います」

完成したサンドイッチと温かいお茶を食堂に運んだが、七時を過ぎても木場と壺井は現れなかった。

　この時はまだ、私は随分と呑気に構えていた。木場も、壺井も、飲酒の所為でまだ寝ているのだと思っていたのだ。

「先に食べてしまいましょう」

　私がそういうと、不破も「そうですね」と応じた。

　流石に変だと思いはじめたのは、九時を過ぎた頃だった。

　依然として、木場と壺井は起床して来ない。

　私たちは自分の使った食器を片付けてしまった。二人のサンドイッチはラップをかけ、冷蔵庫に仕舞ってある。深酒した人間ならまだ寝ていてもよい時間ではある。しかし、木場は兎も角、壺井が起きて来ないのは、矢張り気になった。

　もしや何かあったのか？

　杞憂ならよいが、万が一ということはある。

　私は不破を伴って、二人の様子を見に行くことにした。

　先に朱雀の間の扉をノックして、壺井を呼んだ。反応はない。ただ、扉には鍵が掛かっているようだったから、壺井は中にいると思った。大きな声で繰り返し名前を呼んでみたが、全く返事がなかった。

「青龍の間から廻縁に出て、お部屋の様子を見てみては如何でしょうか？」

　私は不破の提案に従って、青龍の間の居間から外に出ると、朱雀の間へ向かった。

　今日も雨だったが、庇《ひさし》があるので廻縁は濡れていない。

朱雀の間の居間の窓は、カーテンが全開だった。お陰で室内がよく見えた。

ローテーブルの側に、壺井が仰向けに倒れていた。

何故か上半身が裸で、豊かな乳房が露《あらわ》になっている。そこから細長いものが突き出ていた。遅れてナイフの柄であることに気付く。腹部には何か文様のようなものが描かれていた。

窓から見た限りでは生死を確認することはできなかったが、かなり絶望的な状態に思えた。

部屋に入ろうとしたが、居間も、寝室も、窓は内側から施錠されていた。

まさか自殺なのか？

一瞬、そう思ったが、それにしては屍体の様子が異常だ。

「木場さんにマスターキーを渡してもらいましょう」

私がそういうと、不破は強張《こわば》った顔のまま頷いた。

2

「こちらファントム・リサーチ。事務所、応答願います」

トランシーバーに向かって、征木が呼び掛ける。

少し待ったが、事務所側からは何の反応もない。

「事務所、誰かいませんか？　こちら負傷者が出たのですが」

再度の通信にも、誰も答えない。いい加減そうな楢橋だけならこんな事態も想像できるが、あちらには芹澤もいる。彼が無反応というのは、どう考えても変だ。

「あっちのシーバーにトラブルか？」

征木が眉を顰《ひそ》める。

「そんなはずはないと思いますよ」

事前に機材チェックを行った青島がいう。

「携帯ありますよね。それで連絡してみては？」

葉月は落ち着いた口調でそういった。

今回、変調課は連絡用に会社の衛星携帯電話を持参していた。確か征木が管理していたはずだ。

流石は名探偵である。突発的な事件の渦中にあっても、葉月は平生と変わらず冷静だ。

自分には真似できない。

そう倭文は思う。

否、真似したくないと思った。

だって……たった今、仲間が死んだのだから。

倭文はソファーで項垂れた龍崎をずっと見ている。艶やかな長い後ろ髪。その中から異質なモノが覗いていた。彼女の生命を奪った凶器の一部だ。前髪で顔は隠れてしまっているから、一見しただけでは居眠りしているようにも見える。

龍崎の死を倭文は受け止め切れずにいる。悲しさよりも驚きが続いていて、妙な高揚感があった。

一体誰がこんな酷いことをしたのだろう？

それに、何時、龍崎は殺されたのだ？

青島の撮影がはじまって、カメラが玄関まで移動した時点では、龍崎は生きていた。青島に外を撮影するように指示していたからだ。しかし、それ以降は全く声を聞いていない。厨房や使用人部屋であれだけ不可解な現象が発生したのに、龍崎は無反応だった。恐らく、その時点で、既に彼女は死亡していたと考えられる。青島は玄関から厨房までの間の撮影に、三十分程度の時間を使っている。龍崎が殺害されたのはその間だろう。

倭文たち変調課の四人は、談話室でヘッドマウントディスプレイを装着していた。従って、全員が目隠しと耳栓をしているような状態だった。龍崎が悲鳴を上げてくれればすぐに気付けただろうが、僅かな物音では聞き取ることは困難だった。そもそも倭文たちは映像に集中していたため、自身の身の回りには無頓着だったのだ。

「ない」

リュックのポケットを探っていた征木が、焦りを見せた。

「携帯がなくなっている」

「違う場所に入ってるんじゃないっすか？」

「そんなはずはない。事務所を出る時、私はここに仕舞ったんだ」

葉月は何もいわずに、他のリュックを調べ出した。青島もそれに続いたが、結局、携帯電話を見つけることはできなかった。

「どういうことです？」

倭文は思わず疑問を口にした。次から次へと発生するイレギュラーな事態に、脳が追いつかない。

征木は「ないものは仕方ない」といった。

「事務所に戻って、あちらの電話を借りて警察に連絡しよう」

「お龍ちゃんは？」

青島は龍崎を見る。

「可哀《かわい》そうだがこのままにしておくしかないよ。警察が到着するまでは、現場は保全しなければならない。お龍もわかってくれるさ」

葉月が「できるだけ室外に荷物を持ち出さないように」というので、倭文たちは機材やリュックサックをそのままにして、開智楼から外に出た。

屋内よりも、屋外の方が明るい。高台に位置しているので、海の向こうに太陽が見える。時刻は十七時前で、まだ日没までには一時間以上あった。

敷地内を通り抜ける間、あちこちで玉砂利を踏む音が聞こえた。倭文の目には見えなかったが、恐らく、まだ島民たちの霊が庭を彷徨《さまよ》っているのだと思われる。危険を感じることはないが、不可視の存在が周囲にいるのは、落ち着かない気持ちになる。

門を抜ける時は、少し離れた場所で小石がぶつかるような音もした。通常なら青島に撮影を頼むところであるが、今は事務所へ向かうのが先決だ。

四人で足早に坂道を下っていると、背後からぺたぺたぺたぺた……と裸足で石畳を踏むような音が尾いてきた。

それも一人分ではない。

ぺたぺたぺたぺた……。

ぺたぺたぺたぺたぺたぺたぺたぺた……。

ぺたぺたぺたぺたぺたぺたぺたぺたぺたぺたぺたぺたぺたぺたぺたぺた……とどんどん増えていく。

島民の霊は感情が稀薄なのか、然《さ》して強い力を発散しているわけではない。しかし、足音が増殖すればする程、背中に感じる圧迫感は強くなり、頭痛がした。

「皆さんにも聞こえてますか？」

倭文が小声で確認すると、珍しく葉月が真っ先に返答した。

「聞こえる」

征木と青島も神妙な顔で頷いた。

「後ろは見ない方がいいと思います。私じゃ何かあっても、どうにもできないんで」

きっと龍崎ならば、適切な対処方法を提案できるのだろう。しかし、自分には知識も能力もない。この体質を忌み嫌っていたから、積極的に能力を研鑽《けんさん》するという発想に至らなかったのだ。

征木が移動のスピードを上げた。最早小走りに近い。

すると背後からの足音もより激しいものになる。「ぺ」と「た」の感覚が狭まって、ぺた
……とより明瞭に倭文たちを追いかけてくるのがわかった。

割れた石畳に躓《つまず》きそうになりながらも、海岸近くまで来た時、不意に静かになった。

先程まで煩《うるさ》いくらいに響いていた足音が、ぴたりと止んだのだ。

「いなくなった」

青島が振り返りそうになるのを倭文は止めた。

「駄目です。青さん」

「へ？」

「あいつらまだ後ろにいます」

大勢の霊の気配は、まだ消えていない。

痛い程の視線が、倭文の首筋や背中を射抜く。

波音に混じって、赤ん坊の泣き声のようなものが聞こえた。

それが霊の発する声なのか、海鳥の啼《な》き声なのか、倭文にはわからない。

夕方の海は妙に黒く、それでいて輝いていた。

左手に松林を眺めながら進む。今度は木々の間からも視線を感じるが、こちらとの距離は開いていた。征木が「走るぞ」といって、マスクをずらして鼻と口を露にした。四人は全速力で事務所へ向かった。

事務所の灯りを見た時、倭文はようやく安堵の息を漏らした。

いつの間にか、周囲から霊の気配は消えている。

「もう大丈夫だと思います」

そういうと、男性陣も肩から力を抜いた。

だが、それも束の間だった。

「あれ？」

事務所の前に、男性が俯せに倒れている。服装から判断して、芹澤のようだ。

葉月の反応は機敏だった。「大丈夫ですか？」と声をかけながら、すぐに近付く。芹澤の傍らにしゃがみ込み、彼の顔を覗き込んだ。

「状況は？」

征木が尋ねる。

「亡くなっています。恐らく背後から殴られたのだと思います。後頭部にかなり出血が見られますから」

「どうなってんだ！」

青島が叫んだ。

「これも島にいる霊の仕業なんすか？」

征木は「現状では何ともいえん」といった。

「でも、お龍ちゃんがあんなことになって、宙野観光の人までこんな……」

青島と征木が会話している間も、葉月は芹澤の遺体を調べていた。倭文も葉月に並んで、現場の状況を観察する。

確かに遺体の後頭部は血に塗れ、僅かに陥没していた。芹澤は目を見開いたまま、苦悶の表情を浮かべている。死亡しているのは明らかだ。近くに落下物のようなものは見当たらないから、事故である可能性は極めて低いだろう。

「楢橋さーん！」

征木が事務所に向かって呼び掛ける。しかし、中から楢橋が出てくる様子はない。

葉月が立ち上がる。

「全員で中に入りましょう。危険があるかもしれませんから、十分に用心してください。ブンブンは僕から離れないように」

「はい」

葉月は、芹澤を殺した犯人が、事務所の中に潜んでいると考えているのだろうか？　まさか楢橋がこの犯行を？

疑問はまだある。芹澤の殺害は、龍崎の殺害と関係しているのだろうか？　こんなに立て続けに殺人が行われたのだ。無関係と考える方が不自然だが、予断は禁物かもしれない。

葉月は先頭に立って、事務所の入口を開けた。

その後ろに倭文と青島が続き、殿《しんがり》は征木である。

照明が灯っているのは、会議室だ。

四人はそちらへ移動する。背中越しでも、葉月が周囲に視線を飛ばして、危険がないか確認しているのがわかる。その態度から、これまで相当な場数を踏んできたことが推測できた。危険な目にも遭ってきたに違いない。葉月を頼もしく思うと同時に、自分の不甲斐なさが歯痒《はがゆ》い。

会議室のドアは開け放たれていた。

入口に近い長机に、楢橋が突っ伏している。

壁は血飛沫《ちしぶき》に彩られ、床にも血溜まりができていた。楢橋に預けたトランシーバーは、床に転がり、少し離れた位置にある。

一見して、楢橋が死んでいるのはわかった。

噎《む》せ返るような血の臭いで、嘔吐感が込み上げる。

「ホントどうなってんだよ」

青島の嘆きが背後から聞こえた。

清流和泉の手記8

私たちは一度青龍の間を経由して廊下に出てから、玄武の間へ向かった。

「木場さん！　緊急事態です！　ここを開けてください！」

扉に向かって叫んだが、木場は出て来なかった。

「木場さん！」

扉を引いたが、全く動かない。内側から鍵が掛かっているのだ。

「木場さん！」

「まさか木場さんも……？」

不破は悲愴感の漂う表情だった。

「取り敢えず、また外から部屋の中を見てみましょう」

私たちは再度青龍の間に戻り、外の廻縁を通って、北側へ移動した。

玄武の間にも寝室と居間の二箇所に窓がある。どちらの鍵も閉まっていたが、カーテンは開いていて、中を窺うことができた。

寝室を覗いた時、私は激しい既視感に襲われた。

木場はベッドの上に横たわっていた。掛け蒲団は捲られ、上半身が見える。木場は虎柄のシャツを羽織っていた。無精髭で強面《こわもて》の彼には、全く似合っていない。余りにも滑稽で、場違いにも笑いが込み上げる。内側に着ている白いランニングシャツの胸には、ナイフが刺さっていて、周りが血で染まっている。

その光景は、昨日の朝に見た風祭昇平と殆ど同じだった。違っているのは、部屋の中に羽毛が散っていないことである。

「バールか、ハンマーみたいなものはありませんか？」

私が尋ねると、不破は怪訝そうに眉根を寄せた。

「何に使うんです？」

「ガラスを割って、窓の鍵を開けます」

「あ、なるほど」

不破の案内で、三階の納戸へ行った。工具箱から大きめのハンマーを選び、再び外を回って、朱雀の間の窓まで戻った。

壺井は先程と同じ恰好で倒れている。

私はクレセント錠の近くのガラスを割った。怪我をしないように注意しながら開錠すると、窓を開けた。

「わたしはここにいます」

不破はそういって、入室を拒否した。

できるだけガラスの破片を踏まないように注意して、室内に入った。

真っ先に確認したのは、壺井の生死である。目を瞑《つむ》っていたし、胸からの出血も少なかったから、外からでは眠っているようにも見えたのだ。しかし、既に身体は冷たかった。死後かなりの時間が経過していると思われた。

致命傷は胸の傷だと思われる。ナイフは正面から深々と突き立っている。上半身は裸であったが、下半身はシルクのパジャマズボンを穿いていた。上衣はソファーの上に投げ出されている。部屋の鍵はローテーブルの上、五分の一程なくなったウイスキーのボトルの脇に置かれていた。

現場で最も目を引いたのは、壺井の腹部に描かれた文様だ。私はそれに見覚えがあった。簡略化されているが、間違いない。これは饕餮文《とうてつもん》である。

饕餮文は古代中国、特に殷周《いんしゅう》時代の青銅器に見られる獣面模様である。目と角を強調したデザインだが、基になっているのは饕餮という中国の妖怪である。財産や食料を奪う貪欲な存在で、人の顔に羊の体、羊の角が生えているという。そして、古代中国に伝わる四つの邪悪な妖怪――四凶の一つとされる。

「四凶……」

そう口に出した途端、私は風祭の屍体の奇妙な装飾の意味に気付いた。

あれは四凶の一つである窮奇《きゅうき》の見立てだったのだ。

窮奇は翼のある虎のような姿をしている。犯人は虎柄のシャツと部屋に羽毛を散らすことで、窮奇を表現したに違いない。

そうなると、木場が虎柄のシャツを羽織っていた意味も理解できた。木場の屍体は四凶の内の檮《とう》杌《こつ》に見立てられているのだと思う。檮杌は人の顔、虎に似た肉体で、口には猪《いのしし》の如き牙が生えている。

犯人の目的はわからない。

しかし、被害者たちが四凶に見立てられているとすれば、少なくともあと一人は犠牲者が出ることになる。

それが私なのか、不破なのかは不明だが、何としても凶行を防がなければならない。そのためにも、現場をきちんと調べておく必要がある。

寝室には誰もいなかった。ベッドは使用された形跡があり、蒲団が乱れていた。クローゼットには沢山の衣裳がかけてあり、スーツケースも置いてあった。念のため、スーツケースの中も調べたが、屍体が入っていることもなく、犯人が隠れているわけでもなかった。

私は密かに壺井を疑っていたことを反省した。

昨夜、壺井は扉に鍵を掛けていたようだし、窓にもすべてクレセント錠が掛かっていた。若干違和感があったのは、扉に閂が下ろされていなかったことだ。扉越しに閂が下ろされる音を聞いた筈なのに、それが実行されていないのはどうしてだろう？　もしかして、壺井はあの後、犯人を部屋に招き入れたのだろうか？　その後、犯人が壺井を殺害したとして、どうやって朱雀の間を施錠したのか。

唯一それが可能なのは、木場である。彼ならばマスターキーを使用して、この密室状況を作り出すことができる。しかし、それに何の意味がある？

マスターキーを持っているのは木場だけなのだから、朱雀の間を施錠してしまったら、自分に疑いを向けることになってしまう。だったら、わざわざ鍵を掛ける必要はない。しかも木場もまた玄武の間で死んでいるように見えた。屍体の装飾から自殺とは思えない。

とにかく玄武の間も確認しなければ、何もわからない。

私は窓から外に出ると、不破を伴って北側に移動した。先程と同じ要領でガラスを割って、室内に入る。矢張り不破は外で待機しているといった。

玄武の間は煙草とアルコールの臭気に満ちていた。軽く咳き込みながら、室内を観察する。ローテーブルには洋酒のボトルが並び、一本は空になっていた。ガラスの灰皿は吸い殻が山になり、雲丹《うに》の如きオブジェと化している。部屋の鍵は壁際のデスクの上で見つけた。

扉を確認すると、鍵だけではなく閂も下ろされている。それを見て、私は身構えた。閂は室内からしか下ろすことはできないから、木場を殺した犯人がまだ室内にいるのではないかと思ったのだ。慎重に寝室へ向かう。今にも殺人鬼が飛び出してくるかもしれないと思うと、ハンマーを握る手に力が籠もった。

扉は開いていたから、中へ入らなくても状況は確認できた。

「木場さん」

一応、名前を呼んでみる。

しかし、案の定、無反応だ。

警戒しながら木場の近くへ寄って確認したが、矢張り死亡していた。

既に窓越しに現場の様子は見ていたが、接近して新たな発見があった。木場の口からは二本の牙が伸びていた。恐らくパーティーグッズの吸血鬼の入れ歯だろう。猪の牙よりはずっと短いが、犯人が檮杌《とうこつ》の見立てを意識していることはわかる。

現場を観察しながらも、私は常に耳を澄ましていた。僅かでも異状を感じたら、即刻逃げようと思っていたのだ。だから、クローゼットを開けるのには勇気が要《い》った。五分以上は逡巡していたのではないかと思う。しかし、甚だしい緊張にも拘わらず、中には誰もいなかった。ほっとすると同時に、背中や掌に冷たい汗を搔いていることを実感した。思った以上に、緊張していたようだ。

室内に犯人が隠れていないことがわかったので、私は改めて木場の屍体を調べることにした。

屍体の上半身はランニングシャツで、下半身は初日から見覚えのあるコーデュロイのズボンであった。ベッドの下にはシャツが落ちていたが、木場自身が脱ぎ散らかしたのか、犯人が脱がせたのかは判然としない。虎柄のシャツは肩幅が狭く、木場には窮屈そうに見えた。ボタンを留めるのは無理だろう。ナイフは他の三人同様に正面から柄の部分まで刺さっている。部屋の中に争った形跡はないし、木場の屍体に抵抗した跡もない。ズボンのポケットを探ると、予想通りマスターキーが入っていた。

朱雀の間と玄武の間の状況を総合すると、導き出される最もシンプルな答えは、木場の自殺である。木場は壺井を殺害し、屍体を装飾した後、マスターキーを使って朱雀の間を施錠する。その後、玄武の間に戻り、扉に鍵を掛け、閂も下ろす。あとは虎柄のシャツを羽織って、入れ歯をし、自ら胸を刺した。これなら朱雀の間と玄武の間の二つの密室に対して、物理的に整合性のある説明はできる。

しかし、余りにも不自然な点が多過ぎて、とてもではないが真相だとは思えない。

先ず、壺井を殺害するためには、木場は朱雀の間に侵入する必要がある。だが、それは困難だ。壺井は扉に閂を下ろした筈だから、仮にマスターキーを持っていても木場は中に入れない。木場が入室するには、どうしても壺井に招き入れてもらう必要がある。しかし、壺井は木場を毛嫌いしていた。そんな人物を無防備に部屋に入れるとは到底思えない。短い付き合いだったが、彼女は強《したた》かで賢明な女性である。木場に対する警戒を怠るような莫迦《ばか》な真似はしないだろう。

次に、木場が犯人ならば、四凶の見立てをする意図がわからない。現在、窮奇《きゅうき》、饕餮《とうてつ》、檮杌《とうこつ》の三つに見立てられた屍体が存在しているが、残る一つの渾沌《こんとん》を模した屍体は見つかっていない。これでは中途半端ではないか。勿論、リブラが既に犠牲者になっていて、何処かで渾沌に見立てられた屍体となり果てている可能性も考えられる。しかし、それなら自殺する前に、リブラの屍体を見える場所に移動させるのではないだろうか。

更に、木場が一見すると他殺に見える姿で死亡しているのも釈然としない。自殺を他殺に偽装したいのならば、現場の鍵は開けておくのが自然だろう。加えて、朱雀の間の鍵も開けておけば、木場に疑いが向くようなことはないのだ。木場が自殺だとすると、二つの密室の謎は解けても、密室を作った意味が理解できないのである。

そう、木場犯人説は著しく説得力を欠く。しかし、この仮説を棄却した場合、密室状況の玄武の間から犯人が忽然《こつぜん》と消えていることが、最大の謎となる。

朱雀の間については、犯人が木場からマスターキーさえ奪えば、密室にすることは容易だ。しかし、玄武の間に関しては、すべての出入口に鍵が掛かっているだけではなく、扉には閂が下ろされていた。加えて、扉には隙間はないし、窓の近くに開口部もないので、糸などを使用して外部から閂やクレセント錠を操作することも不可能だ。それでも念には念を入れて、閂とクレセント錠を観察したが、小さな傷や粘着テープの痕跡など不審なものは見つからなかった。

そもそも面倒なトリックを使ってまで、玄武の間を密室にする理由があるのだろうか？　屍体は自殺に偽装されているわけではない。単に発見を遅らせたいのなら、カーテンも閉めておかなければ行動に一貫性がないだろう。何処かに抜け穴があるかとも思って室内を隈《くま》なく捜したが、そんなものは発見できなかった。

一人で考えても埒《らち》が明かない。

不破の意見も聞いてから、推理を進めた方が無難だろう。彼女は私よりも開智楼での滞在期間が長い。何か解決の糸口になるような情報を持っているかもしれない。

そう思って窓へ視線を送ると、何時の間にか不破の姿が消えていた。

3

倭文たち四人は、一刻も早く警察へ通報しようと、衛星携帯電話を捜した。

事前の連絡で、事務所内に衛星携帯電話があることは聞いていた。変調課では番号も控えてある。しかし、建物内の何処を捜しても、それを見つけることはできなかった。

「充電器はあるんだけどな」

青島が渋い顔でいった。

次に葉月の提案で船着き場の様子を見に行くことにした。芹澤の遺体を横目に事務所から離れて、再び海沿いの道を移動する。

辺りはすっかり黄昏時《たそがれどき》になっていた。

相変わらず複数の視線を感じたが、いちいち気にしてはいられない。外部との連絡手段を失った今、頼れるのは船だけだ。確か征木は船舶免許を持っていたはずである。いざとなれば、彼の操縦で島から出ることができる。

しかし、船着き場に向かっている間、倭文は厭な予感がしていた。そして、残念ながら、それは的中してしまった。

「どういうことだ？」

征木が呆然とした表情を浮かべた。

船着き場に宙野観光の船はなかった。

「あそこですよ」

葉月が遥か沖の方向を指差す。

薄暗い中、辛うじて船影らしきものが見えた。エンジンがかかっているわけではないようだが、波に揺られてどんどん沖の方へ流されて行っている。何者かが船の舫《もや》い綱《づな》を解いてしまったのだ。

こうして倭文たち変調課の四人は、五福島に閉じ込められてしまった。

暗澹《あんたん》たる気持ちで事務所に戻ると、船の鍵もなくなっていることが判明した。もしも島から辿り着ける距離に船が浮かんでいたとしても、操縦は不可能だったのだ。

「携帯は意図的に持ち去られたと考えるべきだろうな」

征木がいった。

倭文たちは今、二階の男性陣が借りていた部屋にいる。女性陣の部屋よりも、少し広い。二段ベッドが二組設置された四人部屋である。

窓際の征木は、筋肉質な腕を組んで、仁王立ちしている。倭文はその上司と向かい合う形で、廊下側に立っていた。向かって右のベッドに青島、左のベッドに葉月が座っている。

「船に関しても同じでしょう。犯人は我々に外部へ連絡してほしくないのでしょうね」

葉月の言葉に、青島が「犯人ってのは？」と尋ねた。

「三人を殺害した犯人です」

征木が唸る。

「ハッチはお龍を殺した人物と下の二人を殺した人物が同じだと思っているわけだ」

「はい。このタイミングで島の中で同時多発的に別々の殺人が行われる方が不自然だと思います」

「確認なんすけど、今、島にいるのって俺たちだけなんすよね？」

「正直、わからない。事前の情報では、島には我々五人の他は、宙野観光の芹澤氏とユンシー建設の楢橋氏の二人だけが滞在するということだった。しかし、我々が島に渡る前から、何者かが潜伏していた可能性も否定はできない」

以前五福島の地図を見た時、船着き場以外にもボートが停泊できそうな場所はあった。従って、未知の人物がこっそり島に上陸していることはあり得るだろう。

しかし、葉月は「それはどうでしょうか」といった。

「仮に僕たち以外の人間が島にいたとして、どうしてお龍さんや芹澤さんたちを殺害するんですか？」

「犯人のターゲットは俺たち全員じゃねぇのか？　島にいる人間を無差別に狙うみてぇな」

「違いますね」

「どうして断言できるんですか？」

倭文が尋ねると、葉月は「簡単だ」といった。

「もしも犯人の目的が僕たち全員の生命なら、お龍さんが殺されたタイミングで鏖《みなごろし》になっていなければ可怪しい。だってそうじゃないか。あの時、僕たちはヘッドマウントディスプレイをつけていて、無防備な状態だった。青さんだって撮影に集中していただろうから、背後から襲われたらひとたまりもなかっただろう」

「怖いこというなよ」

「でも、実際、危険な状態でしたよね？」

「まあ、そうだな」

「しかし、犯人はそんなことはせずに、人知れずお龍さんだけを殺害しました。つまり、最初から犯人はお龍さんを狙っていたんです」

「じゃあ、芹澤さんと楢橋さんは、どうして殺されたんですか？」

「携帯と船の鍵を奪うためだろう。犯人は僕たちの携帯も持ち去っていることから、外部と連絡を取られることを厭がっている。事務所にある連絡手段をなくすには、二人が邪魔だった。だから排除した」

ちょっと待て。

犯人の標的が龍崎だったとしたら、動機を持っているのは変調課のメンバーではないのか？

「ハッチさんは私たちの中に犯人がいると？」

「それも可能性の一つだ」

葉月の言葉に、青島が大袈裟に反応した。

「おいおいおいおい。マジでいってんのか？」

「はい。だって僕たちがヘッドマウントディスプレイをつけている間に、明確なアリバイがあるのは青さんだけです。僕と先生とブンブンは、互いの姿を見ていません。青さんが撮影中に、三人の内の誰かがこっそり装置を外して、お龍さんを殺害することは難しくありませんよ。その後、荷物から携帯を捜し出し、敷地の外に投げ捨てる。時間にすれば十分も要らないでしょう。それから事務所へ移動して一連の犯行を終え、再び開智楼に戻ることも、時間的には可能だと思います。まあ、席を外すのは多少リスクが伴いますけどね」

「じゃあ、ハッチは先生かブンブンがお龍ちゃんを殺したっていうのか？　あり得ねぇだろ？」

「落ち着いてください。僕はあくまで可能性の一つを提示しただけです」

倭文は自分が犯人ではないことを知っている。

だとしたら、征木か葉月が三人を殺害した犯人なのだろうか？

正直な話、変調課のメンバーとはまだ付き合いが浅い。だから、征木と葉月の人となりについて、倭文はよく知らない。

課内で最も親しかったのは、龍崎だった。彼女は倭文の霊媒体質について理解を示し、適切な助言を与えてくれた。倭文にとって、彼女は本当に貴重な存在だった。心霊的な事柄を忌避してきたこともあって、倭文が直接自分の体質について包み隠さず話せたのは、龍崎が初めてだった。これからもっと彼女から学ぶべきことはあったはずだ。あちらの世界についてより深く知りたいと思えたのも、龍崎と出会えたからである。だから、彼女を失った今、倭文には思った以上の喪失感がある。

龍崎が殺された動機について、倭文は何も思い浮かばない。彼女は時に明け透けな態度で周囲を困惑させることもあったが、それが不快にならない独特の雰囲気があった。倭文だけではなく、龍崎は変調課では誰からも慕われていたと思う。殊に青島は明らかに好意を寄せていた。思いを告げることはしていないようだったが、あれは龍崎本人も気付いていただろう。

嗚呼、そうか。

例えば、倭文が知らないだけで、龍崎と犯人との間に恋愛を巡るトラブルがあったとしたら、どうだろうか。それなら、殺害の動機になり得るのではないか。

倭文が犯人について思案を巡らせている間に、既に男性陣は別の話題に移っていた。

「本土から助けが来るとしたら、調査の終わる二日後以降ですか？」

葉月の問いに、征木は「いや、明日には何とかなる」といった。

「今回の調査の間、一日に一度、私から花に定時連絡をすることになっているんだ」

花というのは、花車蓮華のことである。

「電話の時間は、二十一時頃と決めてある。もしもそれがない場合は、現場で事故があったと判断して、救助を要請するように頼んだ。だから、今夜私からの連絡がない段階で、花が動いてくれるはずだ。早ければ明日の午前中には救助が来るだろう」

それを聞いた青島が「よかったぁ〜」とベッドに横になった。倭文も同感だ。今まで絶望的な状況に打ちのめされていたが、明日までの辛抱だと思えば、何とか頑張れる気がする。

「では、島の中を自由に動けるのは、今夜までということですね？」

葉月はそういって立ち上がる。

「そうなるだろうな。ハッチも知っての通り、警察が来たら現場検証がはじまるわけだから、開智楼や事務所への立ち入りは制限されるだろう」

「もう一度、開智楼を調べたいのですが」

青島は葉月を見上げながら、「正気か？」といった。

一体葉月は何を考えているのだ？

征木は苦笑する。

「ハッチは心霊現象の調査ではなく、三十年前の事件の調査がしたいんだろう？」

「僕の中では二つの調査は密接に関わっています」

「ほう。そう考える理由を聞かせてもらおうか」

「一番大きな理由は、お龍さんとブンブンが集めた怪談です」

「え？」

「僕たちが事前に読んだ怪談では、首のない幽霊、メイド服の幽霊、上半身が裸の幽霊などが登場しました。中でもメイド服の幽霊は侵入者に襲いかかるような攻撃性を見せています。お龍さんも島民の霊よりも、殺人事件の被害者たちの霊に注意するようにいっていましたよね？」

「ああ」

「しかし、実際に調査してみると、開智楼内部では計測数値に異常が見られる場所は少なく、心霊現象と思われるものも僅かにしか起きていません。死者が襲いかかってくるようなこともない。僕はこの、過去の怪談と今回の調査結果との差が気になります」

「ハッチさんは怪談が嘘だったんじゃないかって思ってるんですか？」

「そうじゃないよ。怪談を語った情報提供者に嘘を吐くメリットはない。それに五福島に関わった解体業者に死亡者が出ているのも事実だ。だから、怪談自体には信憑性があるとは思う。宙野観光がわざわざ変調課に依頼するくらいだから、開智楼の心霊現象は激しいもののはずなんだ。だが、僕たちはそんな現象に未だに遭遇していない」

「昼間だったからじゃねぇか？」

青島がそういうと、葉月は否定する。

「怪談の多くが昼間の体験談でした。それに解体作業も昼間に行われています」

「ハッチは何がいいたいんだ？」

「怪談として蒐集された過去の体験談と僕たちが調査時に体験したことには、明らかに齟齬《そご》があります。僕にはその理由こそが三十年前の殺人事件にあると思えて仕方ないのです。もっとわかり易くいえば、怪談で被害者たちの霊が侵入者に敵意を見せたのは、現場を保存するためだったのではないでしょうか？　だからこそ、解体業者に対して怨念をぶつけたのです。そして、今回、彼らがほとんど姿を見せないのは、僕たちが事件の謎を解くのを期待しているからではないでしょうか？別のいい方をするなら、三十年前の事件を解決に導く手掛かりは、まだ開智楼に残されている可能性が高いと思うのです」

「霊の存在を前提とするとは、とても名探偵の科白《せりふ》とは思えないな」

征木にしては珍しく挑発的な口調だ。

だが、葉月はそんな上司に対して静かに微笑む。倭文がそんな葉月の顔を見るのも初めてだった。

「心霊現象には、心霊現象なりの法則性がある。決して無秩序ではない。僕が変調課に来て学んだことです」

征木は組んでいた腕を解いて、「なるほど」と頷いた。

「名探偵・葉月雪桜がそこまでいうのならば、予定通り調査しようじゃないか」

倭文には、葉月の提案も、征木の承認も、眼前で起こっている殺人事件から目を逸らすための現実逃避にしか思えなかった。三十年も前の殺人事件の謎を解く暇があったら、龍崎たちを殺した犯人が誰なのかを突き止める方が先ではないのか？　それとも、葉月や征木には何か深い考えでもあるのだろうか？　どちらにしても正常な判断とはいい難い。

しかし、倭文は敢えて自分の意見を押し止《とど》めておいた。

今回起こった殺人事件も、三十年前の事件も、どちらも自分が先に解決してやる。そう思ったからだ。

そのためには、犯人の疑いが濃厚な征木と葉月が望むように、事態が進んだ方がよい。

どちらが犯人にせよ、その尻尾は必ず摑んで見せる。

倭文は人知れず、そう決意を固めた。

清流和泉の手記9

「不破さん」

外に向かって呼んでみたが、不破は顔を出さない。

部屋から出て左右を見てみたが、どちらにも彼女の姿はなかった。

殺人現場で一人きりになったと認識した途端、恐怖心が押し寄せてきた。

私は足早に青龍の間に戻り、不破を捜しに行こうとして……思い留まった。

現在、建物内で確認できる生存者は、私と不破しかいない。そして、私の考えが正しいのなら、犯人は確実にあと一人を殺害しようとしている。不用意に単独行動に出れば、犯人の思う壺だ。

急いで窓と扉に鍵を掛ける。閂も忘れなかった。それからハンマーを構えたまま、部屋の中に誰も隠れていないことを確かめる。更に、室内に隠し扉や秘密の抜け穴がないかもチェックした。矢張り部屋の中に不審な所はない。

漸く不安要素が払拭できたので、ソファーに凭れた。神経を張り詰めていたので、随分と疲れてしまった。しかし、ぼうっとしている暇はない。冷静に現状を分析して事態を打開しないと、私は生命を失うことになる。

先ず、少なくとも不破は殺人犯ではない。

もしも彼女が三人を殺した犯人だとしたら、朝食の準備をしている時に、私も襲われていただろう。既に開智楼の中には私と不破の二人だけなのだから、誰にも遠慮は要らない筈だ。その後も私は何度も彼女に隙を見せている。殺害の機会は多々あるにも拘わらず、不破は実行しなかった。

矢張り、犯人はリブラ財善なのだ。

ただ、私は不破がリブラの協力者である可能性も考慮しなければならないと思っている。その理由は後述することになるが、とにかく彼女は決して気を許せる相手ではないと思っていた方が安全だ。

次に、最後の標的は、私で間違いない。

リブラは最初から、私、風祭、木場、壺井の四人を殺すために、この島に招待したのだと思う。四凶の見立てが如何なる意味を持つのかはまだわからない。しかし、リブラにとって、私たちは四凶に準《なぞら》える程に邪悪な存在だと思われているのは確かだ。リブラは私たちに激しい憎悪か怒りを抱いているように感じる。それは全員を一気に抹殺するのではなく、わざわざ一人一人を妖怪に見立てて殺害していることからもわかる。リブラは生き残った者たちの恐怖心や猜疑心を煽り、私たちの精神を追い詰めようとしているのだろう。余程の怨みがない限り、こんな執拗な方法で殺人は犯さない筈だ。

しかし、私にはリブラに生命を狙われる心当たりがない。そもそも直接会ったのは、今回が初めてだったのだ。それも僅かな時間だけである。勿論、これまで私は相当長い間、彼女の世話になっている。しかし、それについてはきちんと対価を支払っているし、寧ろ常連客として彼女に貢献してきたといえる。その上、私は他の三人の参加者たちとも全く面識がないのだ。私たちが四人一組としてリブラに殺される理由が全くわからない。

だが、今更動機を穿鑿《せんさく》しても無意味だ。逆怨みだとしても、人は殺人に手を染めることはある。犯人がリブラで、私が最後の標的だとすると、最も重要なことは、如何にして身を守るかということだ。木場も、壺井も、しっかりと部屋を施錠していたにも拘わらず、無残な状態で発見されている。つまり、リブラは何らかの方法で、朱雀の間と玄武の間に侵入したのだ。その方法を考えなければ、私もリブラからの攻撃を防ぐことはできない。

ただ、リブラが二人を殺害後に、手間をかけて部屋の鍵を掛けているのは、本当に不可解だと思う。まるで私に不可能犯罪を見せて、挑戦しているようではないか。否、挑戦というよりも、推理ショーに近いものだとしたらどうだろうか。

理解し難い動機だが、リブラは私のためにこの連続殺人事件を用意してくれたのだ。この事件の謎が解ければ、当然ながらこれからの私の作品に応用できる。或いは、この事件の記録をそのまま書いてしまってもよいのだ。実際に起きた不可能犯罪を題材にした本ならば、ベストセラー間違いなしだろう。

　この考え——というか、妄想が余りにも私に都合のよい解釈であることは、理解している。極限状態に置かれて、私の思考が暴走しているのだ。だから、敢えてその妄想を文字化することで、私は客観性を取り戻し、精神の均衡を保とうとしている。

　閑話休題。

　どうやってリブラが朱雀の間と玄武の間に侵入できたのか、改めて考えてみよう。

　リブラ本人が部屋を訪れたとして、壺井や木場が入室を許可したとは到底思えない。一緒にいた時間は短いが、二人はそんな莫迦ではない。寧ろ自分の利益のためならば、非常に計算高く立ち振る舞える人物たちだった。そうなると、リブラは不破を利用した可能性がある。

　彼女は壺井からは信用されていたように見えた。木場も昼間に二人きりで門の調査に赴いているから、不破に対しての警戒は緩かったと思われる。まあ、木場の場合、元刑事として武道の心得もあっただろうから、不破のような華奢《きゃしゃ》な女性ならば力で負けることはないと高を括《くく》っていた可能性もある。

　最初に不破が理由をつけて部屋に入れてもらう。そして、飲み物に睡眠薬を盛って、相手を眠らせてから、リブラを招き入れる。不破の役目はここまでで、あとはリブラにバトンタッチだ。

　リブラは眠っている壺井や木場を殺害し、屍体を装飾する。恐らく先に殺されたのは木場だろう。それでマスターキーを手に入れ、朱雀の間の扉を施錠することができる。その後、方法はまだわからないが、玄武の間も密室にする。

以上のことから導き出されるのは、極めて単純なことだ。身を守るためには、不用意に不破に近付かないこと。あちらからのアプローチがあったとしても、絶対に応じてはならない。きっと今頃、彼女はリブラから新しい指令を受けているに違いない。

取り敢えず、私は部屋に籠城して、あちらの出方を窺うことにしよう。

そうした考えがあって、私はずっと青龍の間に籠もって、この文章を書いている。漸く起床から二人の屍体を発見し、現在の状況を説明するまでに至った。

時刻は午後一時を回っている。

流石に空腹感を覚えた。

厨房の冷蔵庫には、壺井たちの分のサンドイッチが残っている筈だ。用心しながら調達に向かいたいと思う。

第四章　渾沌《こんとん》

1

　暗黒に包まれた開智楼は、叢《くさむら》の奥で身を潜める獣のように、静かでありながらも、隙を見せればこちらを引き裂いてくるような、何ともいえぬ獰猛《どうもう》さを湛《たた》えている。

　倭文文たちは、レトルト食品で簡単な夕食を済ませてから、開智楼へ戻ってきた。時刻は二十時である。本来は仮眠を取ってから二十三時に調査を開始する予定だったので、三時間も早い。ただ、日没前にセッティングするはずだった機材は、未だリュックサックの中なので、その設営も今から行わなければならない。

　昼間に設置できたのは屋外の三台の定点カメラだけだった。屋内に関しては、全くといってよい程、準備ができていない。

　征木真円の指示で、三十年前に遺体が発見された五箇所と昼間の調査で比較的顕著な現象が観測できた厨房に、定点カメラ、温度計、電磁波測定器を設置した。

「一応、談話室にもカメラを置いておこう。お龍から何らかのコンタクトがあるかもしれないからな」

　征木の思いつきに、異議を唱える者はいなかった。龍崎ならば、死後も自分たちの前に現れてくれるような期待感があったし、倭文としては、もう一度彼女に会いたいという切実な思いがあった。

玄関にモニターを並べ、すべてのカメラ映像と計測データを監視できるようにする。テーブルは一階の居間にあったローテーブルを使用することにした。当初は談話室のローテーブルを使用する予定だったのだが、事件が起こった現場から家具を持ち出すのは流石に拙《まず》いと判断した。

こうして調査環境が整ったのは、二十時四十分を少し回った頃だった。

「調査は二十一時から日の出まで行うことにする。私と青でモニターを監視するから、ハッチとブンブンは取り敢えず自由に建物内を巡回してくれ。何かあったらすぐに連絡するように」

「はい」

「了解です」

「こちらで映像に変化が見られた場合は指示を出す。その時はポイントに移動して状況を観察してほしい」

複数箇所で心霊現象が発生することを想定し、葉月と倭文は別行動ができるように、それぞれトランシーバーを持つことになった。そして、二十一時になるのを待って、二人は玄関から廊下へ移動した。

機材をセッティングしている時から感じていたが、昼間とは建物内を流れる空気の質が違っていた。体感温度が低く、ねっとりとした密度の濃い闇が至る所で蠢《うごめ》いている。懐中電灯を向けると、埃が舞うのが見えた。

事前の相談で、巡回の主導権は葉月に任せることになっている。倭文は彼の補助をしつつ、霊的な存在を感知する役目だ。

依然として葉月が龍崎を殺害した疑いは晴れていない。調査の続行を提案したのも、犯行の事後処理のためかもしれない。だから、倭文は彼の言動には常に目を光らせておく必要がある。

葉月が真っ先に向かったのは、やはり玄武の間だった。

居間に入ると、心霊現象を誘発するために、懐中電灯は消した。定点カメラなどの機材は、こちらではなく寝室に設置されているから、何か変化があれば報告しなければならない。

しかし、暗闇に目が慣れるよりも早く、葉月はこちらを向いて話しかけてきた。

心霊現象の調査を優先するならば、当然、黙っている方がよいに決まっている。それでも倭文は敢えて葉月を注意することはしなかった。葉月が一体何を考えているのか興味があったからだ。

「三十年前の五福島殺人事件において最大の謎といわれているのが、この玄武の間の密室だ。二箇所ある窓はどちらも内側からクレセント錠が掛かり、施錠された扉には金属製の閂まで下りていた。被害者は胸を鋭利な刃物で一突きされ、四凶の一柱である檮杌《とうこつ》に見立てられた上に、顔の半分を潰されていた。警察の現場検証でも、室内に隠し通路のようなものは発見されていない。犯人は被害者を殺害後、一体どうやって室内から外に出たのか」

倭文も五福島を訪れる前に、三十年前の事件に関する記事を幾つか読んだ。興味本位で内容の薄い週刊誌の記事から、元刑事やミステリ作家が真剣に事件の謎を解明しようとする硬派なもの、果てはオカルト的な解釈をするネットの書き込みなど、その内容は実に千差万別だ。それだけ五福島で起きた連続殺人事件は、人々の好奇心を掻き立てるものなのだろう。

葉月は居間を見回りながら、話を続ける。こんなに饒舌《じょうぜつ》に語りかけてくる葉月は珍しい。

「さて、最も安直な解答は、五福島殺人事件の犯人は幽霊であり、密室からも自由に出入りできたというものだ。ブンブンだったら、この説が如何に愚かだかわかるだろ？」

「ええ。もしも犯行が幽霊の仕業なら、凶器を用意したのも、幽霊ということになります。それは幾ら何でも無理がある。縦《よ》しんば、事前に部屋の中にナイフがあったとしても、かなり強いＰＫを発生させなければ、それを人間の胸に突き立てるなんてできません」

ＰＫ、即ち、サイコキネシス（Psychokinesis）は、日本語では念力と訳される。ＰＫは既知の物理的な力の介在なしに、精神が直接物体に作用する現象のことであり、具体的には、テレビ番組でもお馴染みのスプーン曲げから、空中浮揚、念写、心霊治療、ポルターガイスト現象などが挙げられる。

超心理学では、ＰＫは基本的には生者の引き起こす現象とされている。ポルターガイスト現象も、それを引き起こす中心人物の無意識的なＰＫとして説明する場合、反復的偶発的念力──ＲＳＰＫ（Recurrent Spontaneous Psychokinesis）という用語が使用される。主な現象としては、物体の移動、物音、閃光がある。

だが、全体としては少ない割合になるが、中心人物が特定できない事例──即ち、生者が原因ではないと考えられる事例も存在している。この時初めて、死者のＰＫが原因である可能性が指摘される。しかし、三十年前の事件の場合、ポルターガイスト現象が起こったとは到底思えない。

「そもそも開智楼にはポルターガイスト現象を引き起こすような死者の霊魂は存在しなかったと思います。島民の幽霊は屋敷の敷地内には入れませんでしたし、開智楼そのものに幽霊が出たという話も全く残っていません。人が死ぬようなポルターガイスト現象が起こっていたのなら、事前にその兆候があったはずです。その場合、リブラ財善なら何らかの手を打っていたと思います」

「それに顔面を潰すだけならまだしも、遺体を四凶に見立てて装飾するなんて芸当も、幽霊にできるとは思えない。どう考えても犯人は生身の人間だ」

「私もそう思います」

「では、改めてこの部屋の密室状況について考えてみよう。そもそもここが密室だったというのは、清流の手記によってのみ確認できる。当時の捜査本部の資料によれば、第一発見者の警察官たちが現場に到着した時点で、玄武の間の窓ガラスは割られ、クレセント錠は開けられていた。つまり、既にここは密室ではなかったことになる」

葉月のいう通り、玄武の間と朱雀の間が密室であったというのは、あくまで清流の手記の内容を前提とした情報であって、客観的なものではない。従って、その記述の信憑性を疑うのならば、密室殺人の存在自体も再考する必要性が生じる。

三十年前の事件について書かれた記事の中には、密室殺人は清流のでっち上げだとする主張も、少なからず見受けられた。遺体発見時には扉に鍵が掛かっていなかったにも拘わらず、清流が後で内側から施錠し、恰も現場が密室であったかのように装ったというのだ。その理由としては、清流が真犯人だとする説から、ミステリ作家による捜査の攪乱《かくらん》説まで幅広いものが挙げられている。

しかし、これらの記事を読んだ限り、説得力があると感じたものは一つもなかった。結局、物理的に密室の謎が解けないので、苦肉の策として最初からそんなものは存在しなかったと主張したいだけのように感じた。

「ハッチさんは、清流が嘘を書き残したと思っているんですか？」

「ここに調査に来る前までは、半信半疑ってところだった。しかし今は、清流は真実を書いていたと思っているよ」

「何がきっかけでそう思ったんです？」

「手記に書いてあった怪異と僕たちが遭遇した怪異が同じだったからだ」

通常、三十年前の事件を論じる者が清流の手記の信憑性を疑うのは、心霊現象に関する記述を有していることに起因する。しかし、葉月は同じ文章を読んで、全く逆の感想を持ったわけだ。

「もし清流が虚偽の記録を残そうとするなら、怪異に関しては絶対に書かなかっただろう。嘘を真実だと思わせたいなら、より説得力を持つ内容にしなければならないからだ。幽霊を見たなんて書いたら、作者の精神状態に問題があったと思われてしまう。僕も変調課に配属されるまでは、清流の手記は現実と妄想が入り混じったものだと思っていた。しかし、五福島を訪れて、こうやって調査したことで、清流が書いている怪異は、かなりリアルなものだということがわかった。今はあの手記が清流の実体験を綴ったものだと評価できる」

「じゃあ、清流が密室殺人をでっち上げたって説も却下でいいんですね？」

「ああ」

倭文はようやく、葉月の目的が朧気《おぼろげ》にわかってきた。彼はこちらを試しているのだ。名探偵である葉月は、倭文に自分と同じ探偵役が務まるのか、はたまた、助手止まりなのか、判断しようとしているのである。

馬鹿にして。

倭文は葉月の傲慢《ごうまん》さに憤りを感じつつも、自身を認めさせようと、彼より先に話題を提供することにした。

「次に検討すべきは、木場寅太の自殺の可能性ですね」

警察が発見した時、遺体の顔面は激しく損傷していた。しかし、清流の手記が真実だとすると、密室が解かれる前までは木場の顔面は無事だったことになる。ここに木場の自殺説を考える余地が発生する。実際、木場の自殺説については、清流も書いているが、事件から三十年が経過して、その仮説は更なる発展を見せていた。

極端な仮説としては、木場こそが五福島殺人事件の真犯人だというものだ。それによれば、清流が玄武の間に踏み込んだ時、木場は死んだふりをしていたという。

実際のところ、一時的に脈を止める方法や瞳孔を開いたままにする薬剤は存在するから、他人に死を誤認させることはできないわけではない。加えて、ミステリ作家とはいえ、清流は犯罪捜査に関しては素人である。元刑事の木場ならば、騙すのは難しくはない。

この場合、木場が玄武の間を密室にした本来の理由は、清流や不破が室内に入るのを拒むためだったと考えられている。そして、隙を見て部屋を抜け出し、不破と清流を殺害、最終的に自殺したというシナリオである。

では、木場の顔を潰したのは誰か？　それは遺体を発見した警察関係者だという。彼は刑事時代の木場の知り合いであり、何らかの弱みを握られていた。そのため、事前に木場から指示を受けて、現場に踏み込んだ際に、その遺体を損壊したというのだ。五人の被害者が二重に見立てられていたのは、木場が自身の自殺を隠蔽する目的があったからとされる。

葉月のことだから、このような仮説が存在していることは知っているはずだ。だから、殊更に説明をしないまま、倭文は葉月の意見を訊いてみた。

「ハッチさんは木場自殺説や真犯人説についてどう思いますか？」

「牽強付会《けんきょうふかい》」

即答である。

「どうしてそう思うんです？」

少なくとも倭文は、木場真犯人説についてはそれなりに説得力があるのではないかと思えた。二つの密室や二重の見立てなど、現場の状況についてもきちんと説明されているように感じたからだ。

「一番の理由は、司法解剖の結果かな。知り合いを経由して聞いたんだが、遺体からは睡眠薬が検出されている。清流の手記を確認すると、遺体が発見される前日、清流や不破も早い時間にも拘わらず眠気を訴えている。これは食事に睡眠薬が混入された可能性を示唆している」

「あれ？　でも、壺井ルキはその夜、眠れないかもしれないからといって、寝酒を用意していますよね？　まさか彼女がみんなの食事に睡眠薬を？」

「いや、壺井は普段から睡眠薬を使っていたから、薬に耐性があったんじゃないかと思う」

「あ、そういえば、そんなこと書いてありましたね」

「とにかく木場は睡眠薬を服用していた。そんな状態で自殺を偽装するのは難しいだろう。それに木場の胸の傷は、相当強い力でつけられたものだ。ナイフは根元まで刺さり、肋骨《ろっこつ》にも損傷が見られた。これは犯人が凶器に体重をかけて木場を刺したためだ。自分ではあんな傷はつけられないよ」

司法解剖の結果の全容は、捜査に支障を来すため、一般には公開されていない。葉月は警察関係者に伝手があるから情報を入手できたのだろうが、倭文は何となくアンフェアな気がして、面白くなかった。だから、「そんなのハッチさんだから気付けたんじゃないですか」と不満を漏らした。

「いや、そもそも木場が犯罪に関与していたとしたら、事件の最中に島にいたリブラらしき女性の存在を説明することができない」

そういえばそうだ。葉月に指摘されるまで、倭文はそのことを失念していた。

「木場に指示を与えていたのが、そのリブラらしき女性なのでは？」

「仮にそうだとしたら、ずっと島に滞在する必要はないよ。初日に顔を見せたら、あとは木場に任せてしまえばいいんだから。しかし、清流の手記を読む限り、彼女はギリギリまで島にいたことがわかる。それに清流の手記には、木場の屍体を再び見に行ったという記述もあるじゃないか。それだけでも木場は既に死んでいたことは明らかだ」

「まあ、それはそうかもしれませんけど……」

「あとは遺体の胃の内容物の問題もある。捜査本部が木場と壺井の死亡日時が近いと判断したのは、同一の夕食メニューの消化の具合によっている。これは一般にも公開されている情報だ」

「それじゃ木場は何者かに殺されたって前提で、密室の謎に挑むんですね」

葉月は「そうだ」と素っ気なくいう。

その反応が妙に引っ掛かった。葉月からは何となく余裕のようなものを感じる。

「あの……ハッチさんは、もう玄武の間の密室トリック解けてるんですか？」

「いや、まだだ。残念ながら、僕も密室の謎だけは解けていない」

その答えを聞いて、先を越されていないことに一度はほっとした倭文だったが、頭の中で葉月の科白を繰り返して愕然《がくぜん》とした。彼は「密室の謎だけは解けていない」といった。従って、それ以外の謎については既に解けているということを意味しているのではないか。

「犯人が誰なのか、ハッチさんはわかってるんですか？」

そんなことはないだろうと思いながらも、尋ねずにはいられなかった。

しかし、葉月は表情を変えずに、「わかってるよ」とさらりという。

「でも、玄武の間と朱雀の間の密室の謎が解明できないと、確定的とはいえない。万が一ってこともあるから」

「玄武の間だけじゃなくて、朱雀の間の密室にも謎があるんですか？」

あちらの密室はマスターキーさえあれば簡単に解けてしまう。だから、倭文は然程大きな謎だとは思っていない。

「清流も書いているだろう？　生前、壺井は就寝前に扉に閂を下ろしたはずだ。しかし、犯人はその密室に侵入し、彼女を殺害している。まあ、同じことは木場の殺害に関してもいえるんだけどね」

葉月がそういった直後、倭文の首筋に「はぁぁぁ」っと誰かの吐いた息のようなものがかかった。煙草の臭いもする。

「ハッチさん……」

救いを求めて、倭文は葉月を呼んだ。

「どうした？」

葉月がこちらに寄ろうとすると、トランシーバーから征木の声が聞こえた。

「ハッチ、ブンブン、そっちの室温が急速に下がっている。何か異状はないか？」

葉月は戸惑ったようにこちらを見た。

倭文は不快な臭気を我慢しながら、トランシーバーを手にする。

「目視はできませんが、部屋の中に何かいます。今、それに身体を撫でられています」

清流和泉の手記10

予想外のことが起こった。

矢張りリブラの思考は、私の浅薄な知恵では推し量れない。

食事を求めて部屋を出た私は、最初に三階の納戸へ向かった。手持ちのハンマーでは間合いが短く、護身用の武器として頼りないので、別の道具と取り換えようと思ったのだ。私が選んだのは工具箱に入っていたバールである。

自分の作品では何度か「バールのようなもので殴られた」と書いたことがあるが、こうして凶器として自ら手にすることになろうとは思ってもみなかった。

金属の感触を確かめながら螺旋階段を下りていくと、恰も犯罪者にでもなったかの如き錯覚を抱く。自分が襲われるかもしれない立場であるにも拘わらず、客観的に見ると私が誰かに危害を加えに行くような姿だ。

一階に辿り着いたら、廊下の左右を見渡して、人影がないことを確認した。幸い開智楼の廊下は途中に人が隠れられるスペースはないので、安全確認が容易である。反時計回りに廊下を進むと、厨房の手前、不破の部屋のドアが全開になっていた。

明らかに変だ。

何かの罠かもしれない。

そうは思ったが、中を見たいという好奇心が勝った。

「不破さん」

やや大きめな声で呼び掛ける。

返事は最初から期待していない。

リブラが飛び出してくる可能性も考慮して、私はバールを構えた。

ゆっくり接近していくと、生臭い空気が鼻を掠《かす》めた。この島に来てから幾度か嗅いだことのある血と腐敗が進む臭気。そう、屍体の臭いだ。

まさかという思いを抱いて、私は部屋に踏み込んだ。

不破は変わり果てた姿で、ベッドに横たわっていた。

見慣れたメイド服に乱れはなかったが、胸の辺りにナイフの柄が見える。だが、酸鼻を極めていたのは、その顔貌である。恐らく、何度も何度も鈍器で殴打されたのだろう。黒目勝ちの瞳も、形のよい鼻梁も、薄い唇も、悉《ことごと》く粉砕され、赤黒い肉塊と化していた。よく見ると、両耳も削ぎ落とされている。屍体の枕元に置かれた犬のぬいぐるみが甚だしく場違いだ。

不破の屍体の状態は、まさに四凶の最後の一つである渾沌《こんとん》を表現していた。

渾沌は、四つ足の犬の如き姿で、毛が長く、腹はあるが五臓がないという。加えて、目があっても見えず、耳があっても聞こえないという妖怪だ。

しかし、一般的によく知られているのは、『荘子《そうじ》』「応帝王《おうていおう》」の記述ではないだろうか。それによれば、渾沌は中央を司る皇帝で、目、耳、鼻、口の七つの穴がなかったとある。まさにのっぺら坊の如き容貌であるが、不破の屍体はその記述を体現させられていた。

四人目の標的は不破だった。

この事実は私に安堵と不安が渾然一体となった不思議な感情を呼び起こした。

もう殺人は行われない。

私は助かった。

だが、殺す必要がないなら、何故、私は五福島に招待されたのだろうか？

まさか私が妄想したように一連の殺人を見せるためだったのか？

否、そんなふざけた理由ではないだろう。

もしも、この現場に救助が訪れたとしたらどうなるか。間違いなく、唯一の生存者である私がすべての殺人の容疑をかけられてしまうだろう。そう、私はリブラによって選ばれたスケープゴートなのだ。

一難去ってまた一難。リブラが犯人であることを証明できなければ、私は警察に逮捕されてしまうかもしれない。

私は状況確認のために、すべての殺人現場に踏み込んでいる。細心の注意を払って、指紋はつけないようにしたが、気付かない内に毛髪などが落下している可能性は否定できない。しかも施錠された部屋に侵入するため、窓ガラスも割ってしまった。これでは閉じ籠もっている壺井や木場を私が無理矢理襲ったように見えてしまうではないか。

こんなことになるのなら、二つの密室はそのままにすべきだった。そうすれば、風祭、壺井、不破を木場が殺して、最後に自殺したのだと報告することができたのではないか。これが最も現場状況に合致した説明だから、説得力はあったと思う。不破の死は木場と前後してしまうが、屍体を温めて腐敗を進行させれば、ある程度死亡推定時刻を誤魔化せた筈だ。

それなのに……。

悔やんでも悔やみきれないが、何時までも自分の軽率さを嘆いていても仕方がない。私が濡れ衣を着せられないようにするには、何としてもリブラを見つけ出し、警察が来るまで拘束する必要がある。真犯人であるリブラが存在するのならば、警察だって私の話に耳を貸すに違いない。

こうなれば早急にリブラを捜さねばならない。目的を果たした以上、彼女は島を脱出するだろう。恐らく船着き場以外の海岸に、逃走用のボートが用意されている筈だ。リブラが島を出てしまったら、私の置かれる立場は極めて不利なものとなる。間に合えばよいのだが。

外は相変わらずの梅雨空だ。

私は右手にバールを持ち、左手で傘を差して、庭に出た。

石畳は連日の雨に濡れて、滑り易かった。転倒せぬよう気を付けながら、緩い坂道を下る。開智楼の敷地から出る時は、昨日見たあの幽霊たちに遭遇するかと思い、戦々恐々としていた。しかし、坂を下り終えても、彼らは現れなかった。

もしかして、あの幽霊たちもリブラの計略だったのではないか。あれはリブラの弟子たちが幽霊を演じていただけではないのか。だとしたら、今回の殺人事件は非常に大掛かりな計画だったということになる。

案の定、船着き場に船はない。

湿気を含んだ重い潮風を浴びながら沖を眺めたが、五福島の近くには船の類は見当たらなかった。

私は海岸沿いに東側へ移動した。そちらにも狭いながらも砂浜が広がっている。

浜辺には漂着した灌木《かんぼく》や海藻だけではなく、空き缶やプラスチック製の容器なども目立っていた。見通しがよいので、僅かに移動するだけでも、ボートが停泊しているのか確認することができる。とはいえ、見える範囲にそれらしきものはない。

考えてみれば、私が青龍の間に籠もってから、数時間が経過していた。不破の屍体は既に冷たくなっていたから、犯行は随分前だった筈だ。そうなると、もうリブラは逃走してしまった後かもしれない。

私が踵《きびす》を返して、今度は西側の海岸も調べてみようと思った時のことだ。

船着き場に、人影があった。

幽霊のような曖昧なものではない。

その人物はビニールの雨合羽を羽織って、こちらを見ていた。

私が気付いたことを悟ると、その場から勢いよく走り出す。

リブラなのか？

謎の人物は坂を上って行く。

私は慌てて後を追った。

こういう時に日頃の運動不足が怨めしい。私が坂の下に至った時は、相手は既に開智楼の門を潜るところだった。

それでも諦めずに坂を駆け上がろうとして、遂に私は転倒した。

踏み出した足が、石畳で滑ったのだ。咄嗟に手にしたバールと傘を投げ出したから、何とか両手を突くことはできたが、膝を強かに打ったし、左手首も痛めてしまった。

心が折れそうになるのを必死に堪えて立ち上がろうとした時、俯いた私の視界に不気味なものが入ってきた。

血色の悪い裸足である。

それも三組も。

どれも薄汚れていて、爪には土が詰まっていた。サイズと形状から判断して、男性が二人と女性が一人。足首は枯れ枝の如く細い。

私は中途半端な姿勢のまま硬直してしまった。

転倒する直前、周囲には誰もいなかった。しかし、今、目と鼻の先に三人もの人物が立っている。

私が見ている足は、開智楼で殺された四人の皮膚の色に類似していた。つまり、死人の色だ。

私は四つん這いのまま後ろに下がった。

そして、意を決して顔を上げて……。

唖然とした。

そこには誰も立っていなかった。

細かい雨が石畳の表面を叩いているだけだ。

私はよろよろと立ち上がり、傘を拾うために前屈みになった。

すると、背後から複数の人物が囁き合うような声が聞こえた。内容は聞き取れないが、女性同士の会話だということはわかる。

気付けば、坂道の両脇に広がる松林から、衣擦れの音や枝を踏む音も聞こえる。しかし、音のする方向を確認しても、人影は全く見えない。

その時、私は悟った。

嗚呼、矢張りここは死人の島なのだ。

生前、壺井がいっていたではないか。

リブラは悪霊に取り憑かれてしまったのではないか、と。

今は私もそう思う。リブラが狂気の所業に走ったのは、やはりこの島の悪霊たちが原因なのだ。

この連続殺人には、きっと動機などない。リブラは悪霊たちに唆《そそのか》されて殺戮《さつりく》を繰り返しているのである。

開智楼へ戻る間、背後から足音が尾いてきたが、私は決して振り返らなかった。

振り返ってしまったら、私が私でなくなるような気がして、怖かったのだ。

2

只々《ただただ》、不快だった。

呼吸すると、煙草の臭いに混じって、アルコール臭もする。耳許や首筋に生暖かい息が吹きかけられ、胸や尻を指のような感触が這い回る。

倭文はそれらの現象を逐一トランシーバーで征木に報告する。その際、できるだけ感情を押し殺し、淡々とした口調を心がけた。この現象を引き起こしている霊的存在が嗜虐《しぎゃく》的な性格の場合、怖がったり、嫌がったりすると、状況がエスカレートする可能性があるからだ。

「ハッチは何か感じるか？」

征木の問いに、葉月は「煙草の臭いがします」と答えた。

そうか。この臭いは葉月も嗅いでいるのか。

「様子を見て、一旦そこから離脱しろ」

征木はそういうが、倭文はどのタイミングで動き出せばいいのかわからない。感覚的には身体に霊が絡みついているようなものだから、このまま移動しても憑いてきてしまうのではないだろうか。

「ブンブン、状況は？　今はどんな感じなんだ？」

葉月が尋ねる。

「密着されています」

「そうか。なら、朱雀の間に行こう」

そういうと、葉月は倭文の手を引いて部屋から出た。

全身に纏わりつく不快感はそのままだ。

「憑いてきてます！」

「問題ない」

「そりゃハッチさんは問題ないかもしれませんけど、私にとっては大問題ですよ」

「そういう意味じゃない。直に問題は解決するといっている」

まさか葉月にも除霊の能力があるのだろうか？

今までそんなことは一度も聞いたことはない。

能力を隠していたのか？　でも、何のために？

廊下を進む間も、倭文の胸や下腹部が見えない手で撫でられる。作業服の上からではあったが、明瞭に男性の掌のような感触が伝わってくる。

気持ちが悪い。

霊に性的な被害を受けたことはこれまでにもある。今回よりも際どい経験だって一度や二度ではない。しかし、これ程までに執拗な接触は初めてだった。

右手に螺旋階段を見ながら、湾曲した廊下を早足で進む。葉月は肩幅が狭いので、背中は小さく見えた。きっと自分の方が逞しい体躯をしているだろう。

青龍の間の前を通過しても、霊は倭文を撫で回していた。

しかし、朱雀の間に飛び込んだ途端に、その感触は消える。

煙草の臭いもしない。

葉月は倭文の手を離すと、素早く扉を閉めた。それから、懐中電灯をつける。ずっと暗い中に身を置いていたので、ＬＥＤの光は殊の外眩しく感じられた。

「どうだ？」

葉月がこちらを覗き込む。間近で見ると、やはり中性的な容貌だ。性別を超えて闇に浮かぶ葉月の顔は、何処か悪魔的な雰囲気があった。

「もう、大丈夫です」

「それならいい」

「え？　でも、どうして？」

「煙草の臭いとブンブンが先生に報告しているのを聞いて、原因は木場の霊だと推察した。だから、生前木場を嫌っていた壺井の部屋に来れば、何とかなると思ったんだ」

扉の外にはまだ厭な気配が漂っている。しばらくはここから出ない方がよいかもしれない。とはいえ、ここも安全とはいい難いのではないだろうか。この部屋には壺井の霊がいるのだ。木場の霊が入って来られないのだから、その存在はほぼ確定的であろう。

葉月がトランシーバーで征木に現状を報告している間、倭文は室内に向けて意識を集中した。

今のところ禍々しいモノは感じない。扉の向こうの木場の霊の存在感の方が大きいくらいだ。上司への報告を終えた葉月にも、そのことを伝えた。

「わかった。でも、何か予兆があればすぐに教えてくれ。お龍さんがいない今、僕たちは危険を感じたら逃げるしかないからな」

「はい」

一応返事はしたものの、先程のように唐突に霊が出現した場合、咄嗟に葉月に危険を伝えることができるかは自信がない。

葉月はローテーブルの傍らに進むと、床に懐中電灯を向けた。そこが壺井の遺体が発見された場所なのだろう。倭文も近くに寄ったが、今は何も感じなかった。

「僕は、三十年前の事件で、壺井の殺害は特異なものだったのではないかと考えている」

「どの辺りがですか？」

まるでピンとこない。

倭文にとっては、清流の殺害の方が特異に思える。清流だけが四凶ではない共工に見立てられているし、遺体が発見されたのも客間ではなく、一階の廊下である。それに他の四人の顔が激しい損傷を受けているのに対して、清流は片方の眼球を抜かれているだけだ。五人の被害者の中では、明らかに異質な特徴を持っているだろう。

「司法解剖の結果、壺井には生前に鈍器のようなもので殴られた痕があったのは覚えているか？」

「はい」

「しかも後頭部を殴られていることから、意識があるところを背後から襲われた可能性が高い」

「壺井のすぐ近くに犯人がいたってことですよね？」

「そうだ」

「じゃあ、壺井は自ら犯人を部屋に招き入れたってことですか？」

「いや、それはないだろう」

「でも、清流の手記を読むと、壺井は殺害される前に、部屋で清流と一緒に飲もうとしてましたよね？　あれって警戒感薄いなって思ったんですけど」

「そうかな。むしろ心細いから、一番信用できそうな人間と行動を共にしたかったのではないかと思うんだが」

「清流は壺井にとって例外だったと？」

「手記を読むと、初日から壺井は清流に好感を抱いていたように読み取れる。何といっても、招待客の内、同性なのは清流だけだしね。それに重いスーツケースを運ぶのに、男性二人は全く手を貸してくれなかったのに、女性の清流が率先して手伝っているわけだから」

「まあ、そういわれれば、そうかもしれませんね。でも、壺井以外の人物が部屋にいないと、殴られるような事態には陥らないですよ。あ、まさか最初から部屋の中に第三者が潜んでいたとか？」

「壺井だって部屋を出る時は施錠していただろうから、そんなに簡単に朱雀の間に侵入できるとは思えないよ」

「犯人がスペアキーを持っていれば、出入りは可能です」

「それはそうだが……僕はもっと単純な話だと思うよ」

犯人が最初から室内にいたというのも、かなり単純な話だと思うのだが。

「壺井が殴られたのは、この部屋の外なんだと思う」

「嗚呼……」

それはあり得る。

「そして、昏倒したところをこの部屋に運び込まれて、殺害された。犯人が朱雀の間を密室にしたのは、ここで壺井が襲われたと思わせたかったからではないかな」

確かに、壺井が犯人を部屋に招き入れたとか、犯人が事前に潜んでいたとか考えるよりは、その方が単純だし、自然である。しかし、疑問がないわけではない。

「どうして壺井は一人で部屋の外に出たんですか？　危険なのはわかっていたはずですよね？」

清流の手記を読む限り、壺井は無鉄砲な行動をする人物には思えない。夜中に一人で外に出るとなれば、余程の事情だったと思われる。

葉月は懐中電灯を消した。

途端に漆黒の闇が辺りを支配する。

「壺井はトイレに行ったんだよ」

葉月の声が暗闇で響くと、僅かに室内の温度が下がったような気がした。

「いいか、彼女は睡眠薬に耐性があった。しかも寝る前に水割りを飲んでいる。夜中に尿意を催すのは自然なことだ。恐らく最初は隣の部屋に行って、清流に付き添ってもらおうとしたんだろう。だが、生憎、彼女は睡眠薬の影響で熟睡してしまい、呼び掛けに応じることはできなかった。壺井は仕方なく一人でトイレに行き、その帰りに襲われたんだ」

「え？　だとすると、犯人はずっと壺井が部屋から出てくるのを待ってたってことですか？」

葉月が苦笑する。

「それはないさ。きっと壺井との遭遇は、犯人にとって不測の事態だったはずだ。犯人は全員睡眠薬を飲んで眠っていると思い込んでいたわけだから。だが、単に壺井と出会ってしまっただけでは、相手を昏倒させるような事態に発展するとは思えない」

「それはそうですね。別に夜中に会っただけなら、何とでも誤魔化せますもんね」

「その通り。それこそ『自分もトイレに行く』とでもいえばいい。しかし、犯人は背後から壺井を殴りつける暴挙に出ている。このことから、僕は、壺井は犯人にとって都合の悪い何かを目撃してしまったのではないかと考えている。そして、壺井の見てしまった何かこそが、事件の謎を解く鍵になるはずだ」

「あれですかね、犯人が木場の部屋を密室にしてるところでも見ちゃったとか」

「その場合、犯人は玄武の間の扉に何らかのトリックを仕掛けているわけだから、むしろ壺井に背中を見せていることにならないか？」

「あ、そうですね」

そんな状況なら、壺井はこっそりと自分の部屋に引っ込んだだろう。犯人の怪しい行動については、翌日全員の前で話題にすればよい。

「あの、そもそもの話なんですけど、壺井って何処で犯人に襲われたんでしょうか？」

「いい質問だ。僕もずっとそれを考えてる」

開智楼のトイレは一階と三階にある。しかし、三階はリブラ財善のプライベートな空間だから、壺井が利用したのは一階だったのではないだろうか。リブラが犯人だと思われる状況では、三階を使用するのは心理的な抵抗があったと推察できる。その一方、一階ならば不破もいるわけだから、幾分か安心感はあるだろう。

倭文は朱雀の間から一階のトイレまでのルートをトレースしてみた。朱雀の間は廊下に出てすぐ、正面から階段を下りることができる。隣の青龍の間に立ち寄ったとしても、短時間だっただろう。従って、二階の廊下で犯人と遭遇する可能性は極めて低い。すると、螺旋階段の途中か、一階の廊下が襲撃された場所の候補になる。

ただ、それは壺井がストレートに朱雀の間からトイレまでを往復したと仮定しての話である。例えば、喉の渇きを覚えて、洗面所や厨房に水を飲みに立ち寄ることも……。

そこで倭文は閃《ひらめ》いた。

「厨房ですよ！」

倭文が大声を出したので、葉月は少し飛び退いて「え？」と高い声を出した。

「壺井が襲われた場所です。彼女は厨房に飲み物を取りに行って、そこで見てはいけないものを見てしまったんです。昼間の調査でも厨房には異常が見られましたし、青さんがビデオで撮影してた時もラップ音とか声とか聞こえたじゃないですか」

「ブンブンは壺井が厨房で何を見てしまったと考えてるんだ？」

「密室トリックに使用する氷かドライアイスです。多分、時限装置として閂を下ろすために特殊な形をしてたんじゃないでしょうか」

木場の部屋に閂が下ろされていたのは、その氷のトリックを使用したのだとすれば説明がつくではないか。倭文は自分の推理に自信があったが、葉月の反応は芳しくない。

「それはどうかな」

「何が問題なんです？」

「壺井が飲み物を求めて厨房に行ったのなら、冷凍室を開ける必要がない」

「開け間違えだったのかもしれません」

「彼女は食事の支度を手伝っているんだから、冷凍室を間違って開けるとは思えないよ。それに、たとえ特殊な形状の氷やドライアイスが入っていたとしても、それを密室トリックに結び付けて考えるのは、余程のミステリマニアだけだと思う。普通は何かの献立に使うものだと考えるだろう。その程度のことで犯人が壺井を殴りつけるとは考え難い。壺井が見たものは、犯人にとってもっと致命的なものだったはずなんだ」

アイディアが却下されて落胆する倭文だったが、その時、新たな閃きが頭の中で輝いた。

そうか！

その手を使えば、彼にも犯行は可能になる。

「ハッチさん、私、誰がお龍さんを殺したのかわかりました！」

清流和泉の手記11

濡れた身体のまま開智楼の中を捜したが、私以外の人間は何処にもいなかった。

勿論、屍体のある四つの部屋にも再び立ち入った。時間の経過と共に、屍体の放つ腐敗臭は酷くなっていた。私は吐き気を堪えながら、念のために全員の死亡を改めて確認した。ゾンビでもなければ動き出したりはしないだろう。

矢張りあの雨合羽を着た人物は、リブラだったのだ。

着替えをするのももどかしく、私は傘とバールを手にして、再び外に出た。

リブラの行き先に、心当たりがあったからだ。

青龍の間の窓から外を見ると、敷地の東側の塀に裏木戸があった。奥には雑木林が広がり、そのまま北側の岩山へと続いているように見えた。あの先に、潜伏できるような場所があるに違いない。なるべく早くリブラの身柄を確保しなければ、島の外に逃げられてしまう。

裏木戸を開けると、砂利敷きの小道が雑木林の中まで延びていた。明らかに整備されたものである。

私は小走りになりながら、その道を進む。

林の中に入ると、雨が水滴となって傘を叩いた。湿度が高く、噎せるような土の匂いと青臭さが充満している。呼吸する空気が重く、息苦しい。

右手には平坦な雑木林が広がり、左手には急な斜面が続いている。小道は定期的にメンテナンスが施されているようで、白い砂利が綺麗に敷かれていたし、雑草も殆ど生えていなかった。だから、薄暗い林の中で、そこだけ妙に目立っていた。

十メートルも進まない内に道はなくなり、左手に木造の鳥居が現れる。奥には上まで石段が続いていた。上った先に神社でもあるようだ。

私は迷わず石段に足をかけた。

石段は人工的なものではあったが、自然石を並べたもののようで、一段一段の幅や段差は不揃いだった。甚だ歩き難いだけではなく、勾配もきつい。加えて濡れた足下は滑る。

開智楼と海岸を結ぶ石畳と違って、こちらで転倒すれば無事では済まないだろう。精々転げ落ちないように注意しなければ。私は逸《はや》る気持ちを抑えながら、慎重に歩みを進めた。

早々に両手が塞がっていると上れない場所に遭遇し、傘を差すのは諦めた。その場に畳んで置いて、バールはベルトに引っ掛けた。まるでロッククライミングだ。平素から部屋に閉じ籠もって生活しているから、こういう時思ったように身体が動かない。こんなに全身を使うのは何時振りだろうか？　日頃の運動不足が祟って、すぐに息が上がった。

この文章をデスクで書いている今はまだ、筋肉痛にはなっていない。しかし、明日以降は酷いことになるのではないだろうか。

兎に角、私は雨に濡れながら急な石段を上り続けた。

やがてひと際急な斜面が前方に聳《そび》え立った。石段というよりは岩壁である。ただ、上から鎖が垂れ下がっていたので、これまでよりも安全性は高い。金属製の鎖は錆《さ》びつき、握ると掌が痛かった。しかし、滑って転落するよりはマシだ。腕と脚の力を振り絞り、遂に私は石段を上り切った。

そこは岩山の頂上だった。

五メートル四方程の開けた場所である。剝き出しの岩盤は比較的平坦で、見通しはよい。

残念ながら、私以外は誰もいなかった。

どうやら見当が外れたらしい。あんなに必死になって上って来たのに、徒労だったのだ。

矢庭に疲労感が増した。

岩盤のほぼ中央には、南向きに祠《ほこら》が立っている。

高さは石の土台を入れて二メートル程だろうか。中に人が隠れられるような大きさではない。

古いものでもなかったから、リブラが建てたものだろう。新しく何かを祀ったのか、或いは、老朽化した祠を新調したのか、それはわからない。ただ、岩山の頂から辺りを睥睨《へいげい》するような様子に、私は島の守り神でも祀られているのではないかと判断した。

観音開きの扉は開口部のない板戸で、中を窺うことはできない。錠が下ろされているわけではないから、開けて内部を確認することは容易だったが、何故かそれを躊躇わせるような不思議な威圧感があった。

私は祠の前に立って、南側を向いた。

真下には、開智楼の八角形の赤い屋根が見える。

その向こうには、石畳の坂道が海岸付近にまで延びていた。ここからだと両脇の緑の松林とのコントラストで、やけにくっきりと見えた。だが、余りその辺りを見ていると、また死人の姿を見つけそうだったから、私は視線をもっと先へ転じた。

空は鈍色の雲に覆われ、彼方まで広がる海原も、暗い。

遥か遠くにフェリーと思われる船影を見た刹那、孤独感に苛《さいな》まれた。

私は死人だらけの孤島に隔離され、莫迦みたいにこんな山の上まで来てしまった。畢竟《ひっきょう》、ここには誰もいない。潜伏場所なんてなかったのだ。きっとリブラは雑木林に身を隠し、私を遣《や》り過ごしたのだろう。どうせすぐに島から逃走するに違いない。

私はその場に座り込んだ。

既に全身が濡れているから、尻が冷たいのも気にならない。

雨に打たれながら、ぼんやりと海を眺めた。

寒かった。指先の感覚はなかったし、若干震えもある。このままでは低体温症になってしまうだろう。

しかし、動くのが億劫だった。

絶望という程には悲観的ではないものの、途方には暮れていた。

その時、ふと、背後に何かの気配を感じた。

リブラが現れたのかと思って咄嗟に振り返ったが、誰もいない。

しかし、依然として気配はなくならなかった。

一人や二人ではない。

祠の前に、もっと多くの何かがいる。目には見えないが、そんな気がした。

しかも、これまで遭遇してきた幽霊とは雰囲気が全く異なる。

何も見えない。聞こえない。

しかし、それにも拘わらず、身体が激しい拒否反応を起こしはじめた。この場所に留まってはならないと本能が警告しているようだった。

私は這うようにして岩盤を移動し、鎖を摑んだ。あとは半ば滑るようにして石段を下った。余りにも無我夢中だったので、正直記憶は朧だ。途中で傘を拾おうとしたのだが失敗して、下まで落としてしまったことは覚えている。

気付いた時は、全身泥塗れの状態で鳥居の下に立っていた。

相変わらず雑木林に人けはなく、雨の音だけが辺りを支配していた。

私は砂利道に落ちた傘も拾わずに、そのまま開智楼へ走った。

背後からあの気配が追って来るような、そんな気がしたからだ。

3

「ハッチさん、私、誰がお龍さんを殺したのかわかりました！」

倭文がそういうと、葉月は「ほう」と溜息とも相槌ともつかない声を漏らした。暗闇の中だから、その表情は窺い知れない。しかし、恐らくは疑わしげな眼差しを送ってきているに決まっている。

だが、今の倭文には、そんな葉月を納得させられるだけの自信があった。

「お龍さんが殺された時、私たちはヘッドマウントディスプレイをつけていました。そのせいで一緒の部屋にいたにも拘わらず、お互いの姿を確認することはできませんでした。さっき事務所で、ハッチさんは青さん以外の人間にはアリバイがないといっていましたよね？」

「ああ」

「では、あの時談話室にいた、私、ハッチさん、先生の中に犯人がいるとして、どうしてわざわざ自分に不利な状況で殺人を犯す必要があったのでしょうか？　お龍さんを殺すなら、こんな隔離された環境じゃなくて、都内のもっと開放的な場所で実行する方が疑われないで済みますよね？　例えば、通り魔に見せかけるとか、方法は幾らでもあります。でも、犯人は敢えて五福島で犯行に及んだ。何故なら、その方が自分への嫌疑を逸らすことができるからです」

葉月は黙って話を聞いている。ここまでの倭文の推理に対しては、異論はないようだ。

では、いよいよ犯人の指摘に移るとしよう。

「犯人は、私たちの中で唯一アリバイのあった青さんです」

倭文は一旦言葉を切って、葉月のリアクションを待った。

本当は「まさか」とか「そんな」とか大袈裟に驚くのを期待していたのだが、葉月は静かに「続けて」と先を促すだけだった。

「青さんが使ったアリバイトリックはこうです。私たち四人がヘッドマウントディスプレイをつけると、青さんはまず予定通り撮影を開始しました。しかし、玄関でお龍さんとのやり取りを終えた後、撮影を中断したんです。この時、私たちのヘッドマウントディスプレイの映像は事前に撮影されたものに切り替えられました」

これはメカニック担当の青島だからこそ可能なトリックなのだ。彼ならば四人分のヘッドマウントディスプレイに事前に細工をするのは容易《たやす》い。

「自由に動けるようになった青さんは、お龍さんを殺害し、リュックに仕舞ってあった携帯を持って海岸近くの事務所へ走りました。そして、芹澤さんと楢橋さんも殺して、事務所の携帯と船の鍵を奪います。それから船着き場へ移動して、持っていたものを海へ投げ捨て、船を固定していた縄を解きました。あとは開智楼へ戻って、映像を録画したものからリアルタイムの撮影風景に切り替えたんです」

「その場合、青さんが撮影した映像は不完全なものになるが」

「はい」

「警察が島に到着すれば、その映像も証拠として押収される。その時点で青さんの犯行だと気付かれてしまうんじゃないか？」

「映像は削除すればいいんです。或いは、全部真っ暗なものに差し替えるって手もあります。心霊スポットで撮影すると、時々映像が撮れてないとか、駄目になってるってこと、あるじゃないですか。実際の映像が残っていなくても、私たちは青さんにアリバイがあることを証言するしかないでしょう？」

「ほう。一応、そこまでは考えてるんだな」

「はい。えっと……動機ですけど、恐らく恋愛感情の縺《もつ》れだと思います。知っての通り、青さんはずっとお龍さんに好意を寄せていました。それで本人に思いを告げたんだと思います。しかし、色好い返事がもらえず、今回の殺害計画を思いついたんです。あのヘッドマウントディスプレイは、心霊調査を円滑に進めるためではなく、アリバイトリックを成立させるために導入されたんです。そうとも知らずに、私とハッチさんは試運転の実験に付き合わされたんですよ」

　若干の憤りを込めてそういったが、葉月は無反応だった。やる気を思い切り削がれる倭文だったが、こんなことで怯《ひる》むわけにはいかない。

「ただ、このトリックを使うには、事前に開智楼で撮影を行うために、五福島を訪れる必要があります。当然、その時は窓口になっている芹澤さんや現場責任者の楢橋さんに青さんの訪問は知られてしまいます。彼らが殺害されたのは、単に携帯や船の鍵を奪うためだけではありません。口封じの意味もあったんです」

推理を語り切った倭文は、満足そうな笑みを浮かべながら、「どうです？」と葉月の感想を求めた。こちらから促さないと何の発言もしてくれないような不安があったからだ。

葉月は何度か小さく頷いてから、「面白い仮説だ」といった。

「特に、何故この島が犯行場所に選ばれたのかという考察は、非常に評価できる」

上から目線の葉月に、倭文は苛立ちを覚えた。しかし、葉月の次の言葉でその腹立たしさは雲散霧消する。

「しかし、青さんは犯人じゃないよ」

「私の推理が間違いだと？」

「ああ。まず、青さんはフラれたくらいで仲間を殺すような人じゃない」

「それは私もそう思いたいですけど……」

心証の良し悪しだけでは、どうにもならない。倭文が戸惑っていると、葉月は更に話を続ける。

「確かにブンブンが提示した仮説ならば、理論上は青さんにも犯行は可能だ。しかし、それを現実に行うには余りにもリスクが高過ぎる。もしも青さんが現場にいない間に、誰かが話しかけたら一発で見ている映像が録画されたものだとわかるじゃないか」

「いえ、その問題はマイクで音声だけ飛ばせれば解決できます」

「いや、無理だ。僕たちが青さんと話すのは、心霊現象らしきものを察知した場合だから、撮影に注文をつけることになる。こちらの指示を青さんが無視したら、見ている方は怪訝に思うだろ」

「青さんはそのために、事前に霊の姿が映っていない映像を用意したんです。それなら変なタイミングで私が話しかけることはありません」

「映像を見ていたのはブンブンだけじゃない。僕や先生だっているんだ」

「でも、ハッチさんも先生も霊感みたいなものはないんですよね？」

「そんなものはなくても、人間は誰しもパレイドリア効果によって、それらしい姿を見てしまう。むしろ、僕や先生は錯覚と本物の霊の姿の区別がつかない分、ブンブンよりも青さんに話しかけやすい」

「それも事前に映像を用意する段階で、どうにかなると思いますよ。撮影した映像を見て、パレイドリア効果を起こしそうなものがあったら、加工して消してしまえばいいんです。実際、あの時、ヘッドマウントディスプレイで見ていた映像には、妙なモノは映っていませんでしたし、私を含めて誰もカメラの動きを指示するような発言をしなかったじゃないですか」

「なるほど。じゃあ、青さんが犯人ではない決定的な証拠があるとしたら？」

「何です、それ？」

そんなものが存在するのか？

「青さんが撮影した映像だよ」

「どういうことですか？」

「君の推理が真実だったとしたら、青さんが今回撮影した映像はあの時見た映像の最初と最後の部分しか存在しないことになる」

「はい」

「しかし、僕は夕食の前に、青さんに頼んで撮影した映像を見せてもらってるんだ」

「えー！」

思わず大きな声が出た。

「それには談話室を出てからお龍さんの遺体を発見するまでの様子が、きちんと残されていたよ。ブンブンもわかっていると思うが、今夜、青さんに映像の編集をしている暇はなかった。あの映像は紛れもなく事件が起こった時に撮影されたもので、青さんのアリバイを証明する大事な証拠だ」

倭文は顔から火が出るような思いがして、この場から消え去りたくなった。

「そ、そんな情報持ってるなら、もっと早くに間違いを指摘してくださいよ！」

「いや、ブンブンが気持ちよさそうに推理しているから、水を差すのも悪いかと思ってね。それに細かい部分まできちんと反論に答えることができていて、なかなか興味深い仮説ではあったよ」

本当に意地の悪い先輩だ。

葉月の口調に変化はなかったが、内心では倭文を嘲笑しているのではないか？

先程木場の霊から助けてもらったことから、倭文は葉月への好感度を上げていたのに、今はそれが急降下している。

嗚呼、本当に恥ずかしい。

あんなに自信満々に誤った推理を語ってしまうなんて。

せめてもの救いは、ここに葉月しかいないことと、暗闇で倭文の表情が見えなかったことだろう。

否、待て待て。

つい玄武の間の居間と同じような気分で話をしていたが、ここにはカメラが設置してあるではないか。あのカメラは音声も拾っているはずだ。この部屋に入って直ぐに、葉月がトランシーバーで征木へ報告していたので、倭文はマイクの存在を失念していた。

倭文はカメラの方を向くと、「青さん、すみませんでした！」と頭を下げる。

矢庭に、トランシーバーに青島から「気にしてねぇよ」と返事があった。

声だけなので何処まで本音なのかはわかり難いが、取り敢えず怒ってはいないようで安心した。

倭文は額に浮き出た汗をタオル地のハンカチで拭った。

「まだ何かある？」

「いいえ」

「それじゃあ、話を戻しても構わないか？」

「え、あ、はい。どうぞ」

どうやら倭文の迷推理はあっさり流してもらえるようだ。

倭文はほっと胸を撫で下ろしながら、その直前までの会話を思い出す。

確か壺井が夜中にトイレに起きた際に、見てはならないものを見てしまったという話だったか。

彼女の襲われた場所が話の焦点だったと記憶している。

「ブンブンは昼間の調査結果から、壺井が襲撃を受けたのは厨房だったと推測したわけだが……」

「あっさりハッチさんに否定されましたけど」

「……同じように考えると、計測作業の結果から、青龍の間と白虎の間が候補に挙がるのではないかと思う」

「は？　いや、それはないんじゃないですか？」

確かに計測作業では、青龍の間と白虎の間の居間で、周囲よりも強い電磁波が確認されていた。

「何故？」

「だってハッチさんの推理では、壺井はトイレに行くために部屋を出たんですよね？」

「ああ」

「何でトイレに行ったついでに、他人の部屋に行くんですか？　しかも青龍の間では清流は睡眠薬を飲んで眠っているんですから、壺井は中に入れないですよね」

「鋭い指摘だな。ブンブンのいう通り、青龍の間の扉には鍵が掛かっていて中に入ることは不可能だ。となれば、消去法で壺井が襲われたのは白虎の間だと考えられる」

「だ・か・ら、どうして夜中に遺体のある部屋に行く必要があるんですか？　まさか寝惚けていて部屋を間違えたとかいいませんよね？　いいですか、朱雀の間の扉は赤。白虎の間の扉は白。真っ暗だって見間違えないと思います」

倭文は実際に暗い中で四つの扉を見ているが、白虎の間の扉はぼんやりと白く浮き上がっているので、他の三つの扉とは明らかに違っていた。たとえ壺井が強かに酔っていたとしても、うっかり白虎の間に入ってしまうとは考えられない。

「寝惚けて部屋を間違える、か……。その発想はなかったな」

闇に目が慣れてきたので、葉月の口許が緩んでいるのがわかる。

「あ、馬鹿にしてますね」

「そういうわけじゃないさ。被害妄想が過ぎるよ。ただ……ん？　待てよ……」

そこで葉月は矢庭に真剣な面持ちになった。

考え込むように僅かに俯く。

それから葉月は、眼前の虚空に向かって両手の人差し指を伸ばし、左右に振りはじめる。

まるで見えないオーケストラを指揮しているような、或いは、不可視のタッチパネルを操作しているような、そんな動作である。

呆気にとられた倭文は、しばらくその様子を眺めていたが、葉月の指が止まったので、「ハッチさん」と声をかけた。

葉月は清々しい顔でこちらを見た。

「ブンブンのお陰で、密室の謎が解けた」

「マジですか？」

「ああ。思った通り、謎を解く鍵は、まだこの建物に残っていたんだ」

葉月がそういった直後、彼の背後に女性らしき姿が見えた。

暗闇から滲み出るように突如顕現したソレは、セミロングの髪に、白いブラウスとジーンズという服装だ。

顔だけが墨を塗ったように判然としない。

余りにも唐突な出来事に、倭文は啞然として何もできなかった。

女性——多分、壺井の霊は、後ろから葉月を抱き締める。

「ブンブン……」

名探偵は何ともいえない複雑な表情で、こちらに助けを求めるような視線を送ってきた。

どうやら霊に抱き締められている感触があるらしい。

壺井の霊から悪意のようなものは感じられなかった。

朱雀の間に「うふふ……」と女性の笑い声が響く。

倭文には、その声が歓喜に打ち震えているように聞こえた。

清流和泉の手記12

開智楼に戻った私は自棄《やけ》になっていた。

既にかなりの時間が経過しているから、リブラは疾《と》うに島を出てしまっただろう。それなら、救助が来るまでの間、精々自由な時間を満喫した方がよい。

先ずは温かいシャワーを浴びた。まだ二日振りだというのに、随分と久々のシャワーに感じた。身体を洗って身を清めると、爽やかな心地になる。ずっと皮膚の表面に死臭が沁み込んでいたような気がしていたので、石鹼の匂いに包まれるだけでも癒された。ただ、膝や掌をはじめ、全身のあちこちに擦り傷や打ち身があって、鈍い痛みはあった。

着替えを済ますと、厨房からサンドイッチと缶ビールを持ち出して、青龍の間へ戻った。ソファーに凭れて食事をしてから、不破の屍体を発見した時からここまでの冒険について文章化する。

楼内には四人もの屍体があるにも拘わらず、私はリラックスしていた。

これまでは自分の生命が脅かされる危機感に囚《とら》われていたし、リブラを発見しなければという使命感もあった。しかし、それらから解放された今、私の精神は穏やかだ。

そもそもこの旅行自体、私にはストレスだったのだ。思えば数日間も他人と時間を共有したのは随分と久し振りだった。

最後に不特定多数と接したのは、一昨年にあった出版社主催のミステリ小説の新人賞授賞式だったか。毎年、都内のホテルに選考委員をはじめとして、国内のミステリ作家や出版関係者が招待される盛大な催しである。

私はデビューしてから一昨年まで、毎年律儀に参加していたのだが、いつも居た堪れない気持ちになっていた。初めて会う編集者に挨拶する時も、同業者と交流する時も、当たり前だが拙作が話題に出る。しかし、私は作品を評価されても、批判されても、まるで他人事《ひとごと》の如くに感じてしまい、苦笑いを浮かべるしかできなかった。

自分で執筆しているとはいえ、その根幹をリブラの占いに依存しているのだから、苦労話など訊かれても困るし、先達からのアドバイスもどう受け止めてよいのかわからなかった。更に、作品全体が評価されることはあっても、トリックや登場人物など私の考えた個別的な要素が評価されることは殆どなく、余計に気落ちした。

毎回精神的な消耗が激しいので、遂に去年は欠席した。今年も秋に同じ授賞式があるが、不参加のつもりだ。

そういえば、他人は疎か、暫く家族とも会っていない。最後に実家に帰ってから、四、五年が経過している気がする。別に家族が嫌いなわけではない。しかし、実家に戻れば、「いい加減に結婚しろ」だの、「いい縁談がある」だの、兎に角、煩わしい。最近は電話でもそんな内容ばかりなので、常に留守電の状態にして、仕事関係の電話以外は出ないようにしている。

思えば人間とは複雑なものだ。

ついさっき、私は岩山の頂で孤独を感じて、何となく寂しくなった。しかし、平生の私はどちらかといえば孤独を愛していた筈ではなかったか。海を眺めて感傷的になるなど、私らしくもない。どうやら過酷な状況下で情緒不安定になっているようだ。

雨脚が先程よりも強くなってきた。

まだ四時前ではあったが、辺りはかなり薄暗い。

さて、然して重要でもないことを書き連ねてしまったが、ここからが正念場だ。

現在、最大の懸案事項は、警察がこの惨状を見て、私の潔白をきちんと理解してくれるか否かである。

日本の警察は優秀だというが、実際は見込み捜査や冤罪《えんざい》が起こっていることは知っている。孤島に聳える奇妙な別荘で、珍妙に装飾された四つの屍体を見た時、彼らは一体どのような反応を示すのだろうか？　しかも、唯一の生存者はミステリ作家である。

勿論、家主であるリブラやその関係者も入念に捜査されるだろうが、こんな新本格めいた状況では、私も相当疑われるだろう。或いは、私がリブラから指示を受けて、四人を殺したと勘違いされる虞《おそれ》もある。

それを回避するには、リブラが仕組んだこの事件の謎を、私が解明するしかない。

彼女の身柄を確保できなかった以上、私は警察を納得させることができる説明を用意する必要がある。

タイムリミットは早ければ明日の午後。遅くとも明後日の午前中には救助が来る。それまでに密室の謎を解かなければならないだろう。

もう一つ、私の前には大きな問題がある。アンソロジーのためのプロットである。茶室を舞台にしたプロットは不破から駄目出しを受けて、ボツにするしかないと思った。あれから立て続けに事件が起きたので、プロットを考えている余裕がなかったが、この機会に改めてアイディアを捻り出すことに時間を費やすのもよいかもしれない。

先程から悪寒《おかん》がする。

少し雨に当たり過ぎた所為かもしれない。風邪でも引いたら厄介だ。下に行って、何か温かいものでも飲むとしよう。


コーヒーを飲んでいる間に、アンソロジーのアイディアを思いついたので、ここに記しておく。

これは私が初めて書く倒叙ミステリだ。

犯人は水族館で働く飼育員の女性。彼女は自分を捨てて若い娘に走った元恋人に復讐するため、殺人計画を立てる。ターゲットとなる元恋人は同僚で、やはり飼育員をしている。

彼女が考えた計画は非常にシンプルだ。仕事中にターゲットに接触し、制服に銀色のシールを貼っておく。但し、シールは背中ではなく、正面に貼る必要がある。この点は作中で何らかの工夫が必要だろう。

ここでの意外な凶器はシールになるが、もう一つ水族館ならではの凶器が用意されている。これならば、リブラからもらった最後のアドバイスも満たしている。こんな目に遭ってまでリブラの言葉に縋《すが》りつかなければならないとは、我ながら情けない。こうなったらリブラが仕掛けた密室殺人の謎を解決して、何としても自信をつけるしかないだろう。

＊

以上が、清流和泉氏が残した手記のすべてです。

明らかな誤字脱字と思われる記述以外は、手記の文章に手は加えておりません。

これはミステリ作家・清流和泉氏の遺作であると同時に、五福島で起こった連続殺人事件に関する貴重な資料でもあります。

ご存じの通り、清流氏もまた五福島でご遺体となって発見されました。その頭部が切断されていることから、清流氏はこの手記を書いた後に、何者かに殺害された可能性が高いと考えられます。また、清流氏が執拗に疑っていたリブラ財善氏には、事件の起こった期間に明確なアリバイが存在し、犯行が不可能だったことが証明されました。

事件から一年以上が経過した現在も、五名もの尊い命を奪った殺人鬼の正体は、明らかになっておりません。

一刻も早い事件の解決と犠牲者のご冥福を祈るばかりです。

第五章　共工《きょうこう》

1

花車蓮華は、最寄り駅から自宅マンションの間にあるコンビニで買った唐揚げ弁当とインスタント味噌汁で夕食を摂った。

実家を出て一人暮らしをはじめてから、なるべく自炊しようとは思っているのだが、ついついコンビニ弁当やレトルト食品で済ませてしまう。忙しいのだから仕方がないと自分にいい聞かせてみたものの、やはりそれは甘えでしかないような気もして、今日もまた自己嫌悪に陥った。

そもそも花車は料理の腕に自信がない。

料理が得意な母親は、幼い頃から花車に手伝いをさせた。包丁を手にしたのも、同級生たちよりずっと早い。母親は厳しい性格だったから、料理を教わる間もよく叱られた。そんなんじゃ指を切る。ちゃんと味見をしろ。盛り付けにセンスがない。

幼い花車はそうした注意を真面目に受け止めて、できるだけ教えに沿うように努力した。しかし、どんなに頑張っても、母親の満足する水準にまでは上達することはなかったのである。センスがないのだ。だから、益々叱られた。大きな声を出されれば萎縮してしまうし、つい小さなミスをしてしまう。ミスをすれば、また叱責を受ける。悪循環だった。

花車にとって台所は、母親から最も多く叱られる場所だった。その内、反抗期に入ってしまい、母親と並んで台所に立つことはなくなった。そのせいか、花車の料理の腕前は中学生の頃から然程進歩していない。自分で作ったものよりも、買ってきたものの方が遥かに旨いから、自炊への意欲も下がってしまう。勿論、その分、食費は嵩《かさ》むのだけれど。

後片付けをして、熱い紅茶を入れると、間もなく二十一時になろうとしていた。

職場の上司である征木真円から定時連絡が入る頃だ。

確か、去年の今頃も同じように征木からの連絡を待つ役目を担わされた。その時の変則的現象調査課のメンバーは、静岡県の廃ホテルへ調査に赴いていたと記憶している。花車は入社して三箇月足らずだったから、律儀に会社に居残って、征木からの電話を待っていた。

ファントム・リサーチの地下二階は、昼間でも不気味な場所だ。

誰もいないはずの資料室から物音や囁き声が聞こえることがあるし、廊下を影や靄《もや》のようなモノが移動していることもある。事務室でも、パソコンなどの精密機器が誤作動を起こすのは、日常茶飯事だ。訳のわからない内容のファイルが立ち上がる。キーボードに触れていないのに、同じ文字が連打されディスプレイに表示される。プリンターを兼ねたコピー機からは、見知らぬ家族写真や遺影が印刷される。

去年はそんな中で、夜間に一人きりで待機していたのである。静かな空間にいると自分以外の人間の声が聞こえてきそうで怖かった。だから、テレビのバラエティー番組を流しっ放しにして、デスクワークに集中していた。

予定通り征木からの連絡を受けた後は、逃げるように帰路に就いた。エレベーターを待つ間も背後から物音がして、短い悲鳴を上げたのを覚えている。

しかし、そんなに恐怖に耐えたのに、後日、征木からは「別に会社で待機する必要はなかったんだぞ」といわれて、密かに憤った。

「だったら最初からそう仰ってくれればよかったのに……」

「あれ？　連絡が取れれば何処にいてもいいといったような気がしたんだがな」

そんなこと聞いていない。だが、「いった」「いわない」の不毛な争いをしても仕方がない。それ以降、花車は同様の役割を頼まれたら、定時で退社するようにしている。

二十一時になっても、征木からの連絡はなかった。但し、これまでも五分や十分程度なら約束の時間を過ぎることはあったから、これは珍しいことではない。征木からは「約束の時間から一時間が経過しても連絡がない時は、危機的な状況にあると判断してほしい」といわれている。その場合は、征木の上司に当たる調査部部長の粂野《くめの》の判断を仰ぐことになっている。征木の話では、平素から粂野部長は日付が変わるくらいまでは会社にいるという。

とはいえ、これまでそうした事態が発生したことはなかったから、現実感は乏しい。

ふと同期の倭文文のことが心配になった。

見た目も性格も地味な自分と違って、倭文は目立つ存在だ。

入社式の時も、女性の新入社員の中では最も身長が高く、精悍な顔つきをしていた。初めて倭文を見た時、浅黒い肌と頑健そうな体軀から、花車は熊を連想したものだ。その印象は今も然程変わっていない。何処か異国の血が入っているのかと思っていたが、本人に尋ねるとそんなことはないそうだ。少なくとも倭文が把握している親戚には該当するような人物はいないらしい。

倭文はその霊媒体質からずっと苦労を強いられてきたようだ。変調課への転属だって、本人の望んだものではなかったという。

同期としては、何か力になりたいと思うが、花車には龍崎陽雨のような特別な能力はないから、心霊現象絡みで相談に乗れることは皆無である。精々一緒に飲みに行って、愚痴を聞くくらいだ。

それだって、新型コロナウイルスの影響もあって、まだ数えるくらいしか行けていない。

直近で飲んだ時は、葉月雪桜に対しての不満を口にしていた。

「ハッチさんって感じ悪くない？」

そういう倭文に、花車も同意した。

「あの人、誰に対してもあんな感じだよ」

「調査に行っても、あんまやる気感じないんだよね」

現場でも倭文は葉月の態度に釈然としないものを感じているようだった。

倭文が転属してくるまで、花車は孤独だった。

常々自分と変調課の他のメンバーとは隔たりがあると感じていた。征木、龍崎、青島、葉月の四人には妙な連帯感があって、新参者の花車はどうしてもその輪の中に入っていけなかった。恐らく、彼らの結束は危険な現場で調査を共にしたことで培われたものなのだ。

それに対して事務室で待機している自分は、いつまでも部外者のような立ち位置だった。一応、「花」と愛称で呼んでもらえるけれど、四人が自分に親しみを感じているようには思えない。青島などは明らかに扱いに困っているような素振りを見せる。

元来花車も人付き合いが得手な方ではないから、他人との距離を縮める方法もよくわからない。

結果として、いつまでも変調課に馴染めずにいる。

それでも倭文が入ってきてくれたことは、花車にとって大きな変化だった。

何より気軽に雑談できる相手ができたことがこの上なく嬉しかった。

だから倭文のことは本当に気がかりだ。

今頃、彼女は何をしているのだろう？

危険な目に遭っていないとよいのだが。

2

壺井ルキの霊は、程なくして見えなくなった。

だが、依然としてすぐ近くにいる感覚は残っている。

ひっそりと静まり返った室内に、倭文と葉月の息遣いだけが聞こえる。

「ハッチさん、大丈夫ですか？」

「あ、ああ」

葉月はまだ動揺を隠し切れていない。あれだけ霊に密着されたのは、初めての経験だったのかもしれない。

倭文はカメラに近寄ると、たった今、朱雀の間で起きた心霊現象について報告した。

トランシーバーには、征木から返答があった。

「やっと繋がった」

「え？」

「こちらから何度も呼び掛けていたんだが、シーバーが繋がらなかったんだ」

聞けば、少し前から朱雀の間の気温と電磁波に大きな変化が表れていたそうだ。征木はそのことを伝えようとしたらしいのだが、トランシーバーに不具合があって、こちらとコミュニケーションが取れなかったらしい。とはいえ、電気機器のトラブルは心霊調査ではよくあることだし、モニターで見る限り危険はなさそうだったので、そのまま様子を見ることにしたという。

「そっちの映像には、幽霊は映ってなかったんですか？」

「映っていなかった」

だとしたら、征木たちには静観するしかなかっただろう。

「その部屋でまた何か起こるかもしれない。もう少し現状のまま待機していてくれ」

目安としては三十分というのが、征木の指示である。

普段ならば、霊的存在が出現する部屋に三十分もいるのは苦痛だったが、今の倭文には好都合な状況だった。

「ハッチさん、三十年前の事件の謎解きをしてください」

「僕としては、警察の立ち会いの下で、もう一度現場を調べて、確証を得てから話したいんだが……」

「駄目です。そんなに待てません。私、こう見えて短気ですから」

「ブンブンが短気なのは知ってるさ」

葉月が謎解きの披露を渋るので、倭文は魔法の言葉を使うことにした。

「きっと壺井さんも事件の真相を早く知りたいって思ってますよ」

タイミングよく、天井付近で大きなラップ音がした。まるで壺井の霊が返事をしたかのようだ。

どうやらそれが決め手になったらしい。

葉月は「わかったよ」といって、三十年前に起きた五福島殺人事件の推理を語り出した。

「さて、三十年前の事件を解決するに当たってポイントになるのは、犯人はどうして被害者たちの遺体をわざわざ中国の悪神や一つ目五人に見立てたのかということだ」

「四凶とかの見立てについては、被害者たちを断罪するような意図があったのではないかと思いましたけど」

「それなら、被害者たちがどんな罪を犯したのか、現場に残しておかないのは不自然だ。まあ、正直なところ、僕にも犯人の動機はわからないから、断罪の意図がなかったとはいえないけどな」

「でも、一度飾り付けた遺体を利用して、一つ目五人の見立てもしているのは訳がわかりません」

「僕は二重の見立てに関しては、島の内側に向けたものと外側に向けたものの二つが混在した結果だったんじゃないかと思っている」

「え？　それはどういう？」

「最初の見立ては、清流たち島にいる者たちに見せるため、一つ目五人の見立てについては警察関係者に見せるためだったんじゃないかな」

「何のためにそんなこと？」

「犯人は本当の目的をカモフラージュするために、見立て殺人を行ったんだ」

葉月の話を聞いて、倭文も気付いた。

「もしかして、不破茜の遺体ですか？」

「そう。不破の遺体の顔は、どうしても判別不可能なまでに損壊させる必要があった。しかし、あの遺体だけそんなことをしたら、不自然になる。そこで『荘子』に出てくる渾沌がのっぺら坊であることを利用して、他の遺体も四凶に見立てることにした」

「ちょっと待ってください。単に不破の顔を潰したいだけなら、四凶に見立てる必要はないですよね？　最初から一つ目五人の見立てだけすれば十分じゃないですか？」

一つ目五人は、一つ目小僧が四人ののっぺら坊を従えている妖怪だ。むしろ四凶を持ち出すよりも、最初からそちらを選択していた方が不破の遺体の不自然さを誤魔化すことができるのではないだろうか？

「それじゃ、犯人にとって都合が悪かったんだ」

「どういうことですか？」

「もしも最初の被害者である風祭昇平の顔が激しく損傷していたとしたら、清流たちはどう思っただろうか？」

その場合、風祭の遺体は、ミステリでいうところの所謂「顔のない屍体」になる。このトリックが使用される場合、代表的なのは被害者と加害者の入れ替わりである。

「五福島はクローズドサークルで、指紋などの照合はできないわけですから、当然、遺体が本当に風祭のものなのか疑ったと思います。現場には元刑事とミステリ作家がいたわけですから」

「そう。もしも最初から被害者の顔面を損傷させていたら、早い段階で犯行時の入れ替わりの可能性を検討されてしまうんだ。しかし、犯人は不破の遺体が発見されるまでは、その点には触れてほしくなかった。だから、島が閉じられている間は、カモフラージュとして中国の悪神の見立てを使ったんだよ」

「なるほど」

「一方で、最後の被害者である清流和泉を殺害した後は、三人の被害者の顔も判別できないようにして、不破の遺体を一層目立たないようにした。即ち、警察関係者には一つ目五人の見立てを使ったわけだ。こうして島の内側と外側に対してそれぞれ異なる目的を果たすため、二重の見立てが行われたんだ」

どうやら三十年前の事件の謎を解くには、島の内側と外側という視点の入れ替えが必要らしい。清流の手記に書かれたことが内側の視点だとすると、捜査本部によって明らかになった事実が外側の視点ということになる。ただ、葉月の推理を聞いて、倭文にはある疑問が湧いた。

「ハッチさん、壁にあれを書いたのって、犯人ですよね？」

倭文はペンキで書かれた「饕餮」の文字を示しながら尋ねる。

「だろうな」

「どうして犯人はそんなことをしたんでしょうか？　清流の手記には四凶の文字が書かれていたなんて記述はありませんから、犯人があれらを書いたのは、清流を殺害後のはずです」

「その通りだ」

「でも、それって変じゃないですか？　さっきハッチさんは四凶の見立ては島の内側にいる人たちに向けたものだっていってましたけど、何で犯人は生存者がいないのにわざわざ見立ての補完みたいなことをしたんですか？」

「それは四凶や共工の見立ても外部——つまり、警察に向けたものだと誤認させるためだろう。被害者たちの遺体が、二重に見立てられているとわかり易く警察に示すことで、より効果的に不破の顔面が潰された本来の目的から目を逸らすことができると考えたんじゃないだろうか」

「なるほど。二重の見立てが行われた理由はわかりました。えっと、どのみち犯人は不破の顔だけを潰したかったたってことでいいんですよね？」

「そうだ」

「目的は遺体が別人であることを誤魔化すため？」

「その通り」

「じゃあ、使用人室で見つかった遺体は、不破のものじゃない別人で、不破こそが真犯人ってことですか？」

「いや、発見された遺体は、不破のもので間違いないよ」

「ん？」

倭文は僅かに混乱する。これまでの話の流れからすると、被害者と加害者が入れ替わったのではないのか？

「いいか、事件そのものは、五福島というクローズドサークルで発生したが、その後に警察が現場検証をしているんだ。遺体だってすべて司法解剖されている。不破の遺体は、指紋や歯型の一致から本人であることが証明されている」

「あれ？　それじゃ何のために、犯人は不破の遺体の顔を潰したかったたんですか？　遺体が不破本人のものなら、顔を潰す必要ないですよね？　っていうか、それなら苦労して二重の見立てをする必要もないわけで……」

葉月はこちらに向かって呆れ顔を見せた。

「犯人が本物の不破の顔を見せたくなかったのは、清流に対してだよ」

「えっと、いっている意味がよくわからないんですけど」

葉月は溜息を吐く。

「いいか、清流たち招待客が不破茜だと信じていた人物は、実は別人だったんだ。本物の不破は招待客が来る直前に殺害され、その遺体は厨房の大きな冷蔵庫で保存されていたんだよ。つまり、五福島には五人の人間と一体の遺体があったってことだ」

なんだ。そういうことか。

倭文はようやく腑《ふ》に落ちた。

「ということは……まさか、リブラ財善が不破になりすましていたってことですか？」

「いや、流石にリブラでは年齢的に無理があるだろう」

「それもそうですね」

「偽物の不破の正体は、茉莉——現在のジャスミン早乙女。リブラの娘だよ」

確かにそれなら年齢的な問題はクリアされるか。しかし、疑問はまだ残っている。

「あれ？　でも、清流の手記では度々リブラが現れてますよね？　島に五人しかいないのなら、あれはどういう？」

「最初の夜の食事会に現れたリブラは、茉莉の変装だ。親子なんだから、元々容姿や声は似ているんだろう。それに仮面をつけているし、相手は本物のリブラに会ったことがないんだ。騙すことは簡単だったろうさ」

　そういえば、清流の手記に書かれていた食事会にリブラが登場した場面では、食堂に不破の姿はなかった。翌日、窓の外にリブラが見えたと騒いだのも不破だった。そうか。あれは嘘だったのだ。それに彼女が犯人ならば、食事に睡眠薬を混入するのも比較的容易だっただろう。ただ、それでも納得いかない点がある。

「あの、幾ら電話でしか声を聞いたことないっていっても、四人の招待客は占いの常連だったわけですよね？　だとしたら、何度もリブラの声を聞いているわけで、幾ら娘だからってそう簡単になりすませるとは思えないんですけど」

「勿論、僕もそれは考えた。恐らく、茉莉はかなり早い段階で、リブラを装って四人の電話占いを担当していたんだと思う。だからこそ、四人は偽物のリブラを本物だと誤解した。いや、彼らにとっては目の前の茉莉こそが、本物のリブラだったんだ」

「それって、リブラも娘の計画を知っていないとできないことですよね？」

「僕はむしろリブラ財善こそが三十年前の五福島殺人事件を計画した人物だと思っている。そして、娘の茉莉がそれを実行した」

　葉月は確信に満ちた表情でそういった。

「偽物の不破が犯人だったっていうのはわかりました。でも、どうしてそれが茉莉だと断定できるんですか？　例えば、同じくらいの年齢のリブラの弟子かもしれないですよね？」

「いや、事前にリブラになりすまし四人の被害者の電話占いを担当していたとするなら、リブラの弟子という可能性は極めて低いよ。お龍さんに前に聞いたんだが、占いの鑑定はプライバシー保護が重要だそうだ。リブラが電話占いをする場合も、事務所の個室に一人籠もって行っていた可能性が高い。茉莉は母親の手伝いをしていたわけだから、同じ室内で助手のようなことをしていても不自然ではないだろ？　だからこそ、本物のリブラと入れ替わって四人と電話することができたんだ。もしもこれをリブラの弟子が行ったとしたらどうなる？」

「えっと、他の弟子たちが怪しむか、或いは、特別扱いされてると勘違いして嫉妬するかもしれませんね」

「そう。そんなことになっていたら、事前にトラブルが発生して、計画が台無しになる可能性もある。リブラが確実に計画を遂行するには、協力者は娘であるのが一番なんだ」

茉莉が実行犯だという推理の根拠は、単に声や容姿が似ているというだけではないということか。

「でも、茉莉って事件のあった時に、リブラと一緒に京都にいたんですよね？　アリバイはどうなるんです？」

「茉莉が実行犯である以上、誰か別人が娘を演じていたんだろう。恐らくは年恰好の近い弟子だろうな」

「そっちは弟子を使ったんですね」

「娘のフリをさせるだけなら、直前に命じるだけで済むからな。リブラは精々口の堅い弟子を選べばよかったんだ」

当時のリブラのカリスマ性を考えると、その程度の指示ならば、容易に従う弟子はいただろう。

「じゃあ、当然、リブラの夫も事件のことは？」

「知っていたはずだ。京都ではリブラ夫妻が率先して人目につくようにすれば、娘は注目されない。

そうやってリブラは茉莉のアリバイを偽装したんだ」

当時、茉莉はまだ占い師として活動していないから、一般に顔は知られていない。加えて、リブラもプライベートなので、仮面を外した素顔だった。何も知らない人間から見れば、ごく普通の親子に見えるだろう。

ホテルの従業員や飲食店の店員も、三人の顔を完全に記憶しているとは思えない。或いは、リブラ本人はわざと周囲の印象に残るような言動を取った可能性もある。そうすることで自分たち家族の記憶は残すものの、娘の容姿には目がいかないようにしたのかもしれない。

「五人の被害者はリブラの常連客だったから、捜査本部もリブラへは強い疑惑を持っていた。しかし、それはあくまでリブラ本人への疑いだったようだ。娘への追及は二の次になってしまっても仕方ない。それに、リブラが第三者に殺人を依頼するとしても、まさか実の娘を使うとは思わなかったんじゃないかな」

確かに、自分の娘に五人もの人間を殺すように命じるのは、尋常なことではない。当時からリブラには弟子を含めて熱心な信奉者がいたのだから、わざわざ娘の手を汚さずともよかったのではないかと思ってしまう。それに茉莉にだって拒否権はあったはずだ。幾ら母親にいわれたからといって、連続殺人鬼になるのは抵抗があったのではないだろうか？

倭文が自分の考えを口にすると、葉月も「同感だ」といった。

「しかし、第三者に依頼しなかったということは、リブラにとって五人を確実に殺すことがそれ程までに切実なものだったと考えられる。茉莉もそれを承知の上で犯罪を実行したんだろう」

相当な覚悟がなければ、面識のない人間を五人も殺すことはできないと思う。しかも相手はよく知らない人物ではなく、頻繁に電話で相談に乗っていた常連客なのである。一体どんな理由が彼女たちを恐ろしい犯罪へと駆り立てたのだろうか？

「さて、改めて事件の流れを追いながら、茉莉の犯行を説明しよう。最初に五福島を訪れたのは、本物の不破茜だ。彼女はリブラからアルバイトの依頼を受けて、四人の招待客をもてなす準備をした」

「事件の直前もリブラは全く島には来なかったんですね？」

「だろうな。直前に不用意に島に近付けば、後で警察から事件への関与を疑われかねない。そんなリスクは冒さないと思う」

清流の手記では、不破がリブラと一緒に島に渡ったことになっているが、あれは茉莉の吐いた嘘だったわけである。しかも本物の不破は買い出しや船の手配のため、足洗町の住民たちに目撃されている。不破が五福島で使用人として働いていたことは、客観的にも確認されていたのだ。

「四人の招待客が島を訪れる日の午前中、茉莉は先行して島へ向かった。この際、自前のボートを操縦してきたはずだ。このボートは犯行後の逃走にも使われたと考えられる」

清流が探していた逃走用のボートは、どうやら実在していたらしい。

「開智楼に到着した茉莉は、不破と一緒に夕食の下拵えをした。それが終わると、二人はサンドイッチで昼食を摂る。不破にサンドイッチを食べさせることで、遺体の胃の内容物をコントロールしたんだ。その後、茉莉は隙を見て不破を殺害し、遺体の腐敗を遅らせるため、厨房の業務用冷蔵庫に入れた。あとは自らがメイド服を着用し、不破になりすまして招待客たちの前に現れた。ここまでが下準備といったところかな」

下準備の段階で、既に第一の殺人が行われているのが恐ろしい。何も知らずに生命を奪われた不破の心中を思うと、倭文はやり切れない思いがした。

「最初の夜、茉莉は風祭昇平を殺害した。この時はマスターキーを使って部屋に侵入したんだろう」

「あれ？　でも、もしも閂が下りていたら、中に入れませんよね？」

「だから、白虎の間の扉の閂は、予め取り外しておいたんじゃないかな。勿論、犯行後には不審に思われないように元に戻したと思うが」

「なるほど。それならマスターキーを使うだけで犯行は可能ですね」

「風祭に閂を外してある白虎の間をあてがったのは茉莉だ。このことから、彼が四人の招待客の中で最初に殺害されるのが決まっていたことがわかる」

島に到着してすぐの段階で、風祭の運命は決まっていたのだ。

「さて、風祭殺害時において最も重要なことは、現場の扉の鍵を開けたままにすることだった」

「遺体の発見を早めるためですか？」

「そうじゃない。扉が無施錠だということが、木場寅太殺害の布石になっていたんだ」

「どういうことですか？」

「白虎の間の扉こそ、密室から出入りするための魔法の扉だったってことさ」

益々意味がわからない。

「勿体振らないで、早く説明してください」

倭文の不満に呼応するように、すぐ近くで大きなラップ音が二度鳴った。

葉月は音がした方向を見て溜息を吐く。

「それじゃ端的に説明しよう。この建物の二階の廊下は、扉のある壁ごと回転するんだ」

「嗚呼、そういうことですか……」

倭文も小学生の頃からミステリ小説を読んでいるので、動く建物をトリックに使った作品には幾つか心当たりがあった。だから、真相を聞かされても、然程驚きはしない。むしろ今まで複雑に絡み合っていた知恵の輪が、物凄く単純な方法で解けたような、そんな爽快感があった。それと同時に、自分で真相を見抜けなかった悔しさもある。まさか現実に犯罪を目的として動く建物を造る人間がいるとは思ってもみなかった。

「木場の殺害時、茉莉は二階の廊下を操作して、玄武の間の扉の位置に白虎の間の扉を移動させた。こうして施錠されて閂まで下ろされた部屋に、易々《やすやす》と侵入することができたってわけだ。犯行後に扉の位置を戻せば、現場は完全な密室になる」

犯人は玄武の間の扉には触れていないのだから、当然、鍵は掛かっているし、閂も下りたままだ。

「この仕掛けは客室に籠城しているターゲットを殺害するためのものなんだ。犯行後に現場が密室になってしまうのは、あくまで副次的な効果でしかない」

犯人が密室を作りたかったわけではなかったからこそ、現場を密室にする意図がわからなかったのだ。

3

征木から連絡がないまま、二十二時になった。

花車は指示に従って、会社に連絡を入れると、粂野部長に事情を説明した。

粂野部長は平素と変わらぬ落ち着いた口調で、「わかりました」といった。

流石はファントム・リサーチの探偵たちを束ねる人物である。この程度の事態では慌てることはないようだ。粂野はまだ三十代半ばであったが、誰にでも穏やかな物腰で接する紳士で、女性社員からの人気が高い。未だ独身とあって、積極的にアプローチをかける者も少なくなかった。花車はそこまで執心していないものの、密かに彼のファンではある。

「一度こちらで対応を検討します。なるべく早く折り返し連絡しますので、そのまま待機していてください」

「わかりました」

初めての経験だから、これから自分にどういう指示が与えられるのかはわからない。しかし、会社に呼び出される可能性も考慮して、身支度をしておくことにする。夕食前にシャワーを浴びておいたのは正解だった。

スマートフォンを手許に置きながら、髪を梳《と》かして、メイクをする。普段から薄化粧なので、それ程の時間はかからなかった。

会社から再び連絡があったのは、二十分後のことだった。

てっきりまた粂野部長と話せるものと思っていたが、電話の相手は別人だった。

「もしもし。ファントム・リサーチの枕谷だけど、変調課の花車さんの電話で間違いないかな？」

「は、はい」

花車は矢庭に緊張した。

電話の相手は、社長の枕谷果樹であったからだ。

「花車さんは、今、何処にいるの？」

「自宅です」

「あ、じゃあ、会社の近くだ」

「はい」

社長がこちらの住所を把握していても不思議ではないが、何となくうすら寒い気持ちになった。

「悪いんだけど、今から会社へ出てきてほしいんだ。大丈夫かな？」

「はい。それは大丈夫です」

枕谷は「社長室で待ってるから」といって電話を切った。

思ってもみない展開である。

まさか、社長自らこの事態に対応するとは。

とにかく急がねばなるまい。

幸いにして、花車の自宅マンションからファントム・リサーチまでは、徒歩で十分もかからない距離だ。何があるかわからないので、一応、出勤時と同じようにバッグを持って家を出ることにした。

住宅地の狭い路地を足早に進む。この時間では人通りは多くはないが、それでも家路を急ぐ会社員や居酒屋から出てくる酔客と擦れ違う。

会社に着くと、花車は裏口に向かった。既に正面の出入口は施錠されているし、エントランスホールも灯りが消えていたからだ。

守衛に社員証を見せて中に入ると、エレベーターで最上階の社長室を目指す。

枕谷は時折変調課に顔を出して、征木と談笑することがあるので、花車も面識はある。だが、いつも挨拶をする程度だし、社長室に行くのも初めてだ。そもそも一般社員が最上階に行くことなど平素はあり得ない。そこは社長をはじめとして、取締役たちの部屋が並んでいるフロアである。

社長室はその中の片隅にある存外に小さな部屋だった。

金属製のドアをノックすると、すぐに返事があった。

「失礼します」

花車はぎこちない態度で入室した。なるべく平静を保とうとしたが、どうしても緊張してしまう。

社長室は、オフィスというよりも私室といった雰囲気だ。書棚にはファイルや雑誌が並んでいるだけではなく、変形ロボットの玩具がパッケージのまま飾られている。表記が英語だけだから、海外版なのだろう。壁には古い特撮映画のポスターと二〇二〇年に電撃引退した国民的アイドル・天宮星《あまみやせい》のポスターが貼ってあった。

枕谷は窓際のデスクに座っていたが、花車を見ると立ち上がる。

服装は緑色のアロハシャツに、ダメージ加工のジーンズ。足下は黄色いクロックスのサンダルである。金田一耕助を彷彿とさせる蓬髪《ほうはつ》に、野暮ったい雰囲気の丸眼鏡をかけている。年齢は既に不惑のはずだが、見た目から落ち着きは感じられない。調査会社の代表というよりも、探偵御用達の情報屋のような風貌だ。

「こんな時間に、わざわざ呼び出して悪かったね」

「いいえ」

「花車さんにはこれから僕と一緒に五福島に行ってもらおうと思うんだ」

「へ？」

「征木先生と連絡が取れない以上、なる早で彼らの安否確認をしないとね。島へ渡る船は、今手配してもらってる。まあ、今からじゃどんなに早くても、出航は夜が明けてからになっちゃうだろうけど。諸々の準備が整う間に、僕らは先に足洗町へ向かってしまおう」

有無をいわさぬ勢いだ。

こうして花車蓮華もまた、仲間たちと同様に、五福島を訪れることになったのである。

4

「僕がこの仕掛けに気付いたきっかけは、ブンブンの『寝惚けていて部屋を間違えた』という発言だった。壺井が間違えて白虎の間に入ってしまったと仮定した時、二階の廊下の仕掛けが閃いたんだ」

「私のお陰ってそういうことでしたか」

何だか少し嬉しくなる。

「玄武の間で、茉莉が木場を殺害するタイミングに、偶然にも壺井は部屋から出ていた。トイレから戻った彼女は、まさか扉が移動しているとは思わず、赤い扉から中に入った。玄武の間の扉が白の状態なら、赤の扉の向こうは白虎の間だ」

「でも、朱雀の間って階段を上がって正面ですから、普通は間違えないんじゃないですか？」

「恐らく、螺旋階段も二階の廊下と一緒に回転するんだろうな。案外、壺井が階段を上ってる最中に仕掛けが動かされたのかもしれない」

「確かにそれなら間違えますね」

「自分の部屋だと思っていたら、居間の様子が違っている。しかも寝室に風祭の遺体があった。誰だって驚くさ。そこで壺井は声なり物音なりをたててしまった。茉莉はそれに気付いて、慌てて白虎の間に行って壺井を殴って昏倒させたんだ」

　きっと茉莉は相当慌てたことだろう。絶対に知られたくない事実を壺井に知られてしまったのだから。

「この時、赤の扉は内側から施錠されていた可能性が高い。ただ、壺井は部屋に違和感を覚えて、閂は下ろさなかったんだろうな。だから、茉莉はマスターキーを使って中に入れたんだ。もしもこの時、閂が下ろされていたら、朱雀の間の密室ももっと完璧なものになっていただろう」

　確かに朱雀の間にも閂が下ろされていたら、事件はより複雑な様相を呈していた可能性はある。一方で、二つの密室が同じ状況だったなら、二階の廊下が回転することにもっと早く気付けたかもしれないとも思う。

「茉莉は一旦扉を元の位置に戻す。それから、意識を失った壺井を朱雀の間に移動させて殺害し、腹部に饕餮文《とうてつもん》を描いた。マスターキーを使って朱雀の間を密室にすると、再度扉を移動させて玄武の間へ入り、木場の遺体も装飾したってわけだ」

「何度も仕掛けを動かさなきゃいけないって、結構面倒臭そうですね」

「本来はもっと単純な犯行を予定していたんだろうが、どんな時でもイレギュラーな事態は発生するものだ」

「そんなもんですかねぇ」

倭文が葉月の推理をすんなり受け止められないのには理由がある。確かに、葉月のいう通り二階の廊下に仕掛けがあるのなら、密室の謎は解ける。しかし、その推理が真実だとすると、根本的な問題がある。

「あの、もしもホントに二階の廊下が回転するなら、開智楼を設計して施工した建築会社は、そのことを知ってるってことですよね？」

「当然、そうなる」

「清流の手記に密室殺人について書いてある以上、一応は警察だって抜け穴がないかとか、隠し扉がないかとか、建設会社に事情聴取したと思うんです」

「建設会社に対する事情聴取は行われているよ。担当した捜査員は、恐らく開智楼の設計図も確認しているはずだ」

「だったら……」

葉月の推理は机上の空論ではないか。

倭文がそういおうとするのを葉月の言葉が遮った。

「捜査本部は、開智楼の二階の廊下が回転することを把握していたと思う。しかし、彼らはその点を然程重要視しなかったのではないかな」

「どうしてです？　仕掛けがわかれば、密室の謎も解けるじゃないですか」

「この島に来る前のミーティングでもいったが、捜査本部は清流の手記については参考程度の扱いしかしていない。当然、遺体発見時に密室状況だったという記述そのものに懐疑的だった。加えて密室の謎が解けたとしても、犯人の特定には結びつかない」

「え、でも、世の中では五福島殺人事件の密室の謎は散々騒がれてたんですから、警察から何らかのアナウンスがあってもよくないですか？」

「何をいってるんだ？　現場を密室状況にできる仕掛けがあったことは、犯人だけが知っている大切な情報じゃないか。そんな捜査上の重要情報を簡単に外に漏らすわけがないだろう？」

　そうか。警察に伝手のある葉月でさえ、開智楼の仕掛けについては何も教えてもらっていなかったのだ。捜査本部にとって二階の廊下が回転するという事実は、密室殺人を解くために重要なのではなく、犯人しか知り得ない情報の一つとして重要だったということか。

「それでも、警察が開智楼にそんな仕掛けがあったってわかってたなら、リブラにもしつこく尋ねたんじゃないですか？」

「それはそうさ。しかし、二階の廊下が回転する理由として、風水や占いに関する小難しい理屈を捏《こ》ねられて、周期的に扉の色を変える必要があるなんていわれたら、警察はそれ以上何もいえないはずだ。仕掛けのある別荘を建てること自体は、犯罪ではないのだから」

「それは……そうですね」

「きっと開智楼の設計に当たっても、建設会社に同じような理由を説明したんじゃないかと思う。まさか殺人を行うための別荘を建てるとはいえないだろうからな」

「殺人を行うための別荘？」

「そうだ。二階の廊下の仕掛けは、明らかに施錠された部屋に侵入するために用意されたものだろ？　だが、それだけじゃない。そもそもこの開智楼全体が、殺人計画を遂行するために建てられたものなんだ」

「マジですか？」

　余りに規模の大きな話に現実感が伴わない。

「ブンブンも開智楼が別荘にしては妙な建物だって思っただろ？」

「は、はい。なんかお寺みたいで、別荘っていうよりも修行場みたいな印象を受けました」

「ブンブンがそう感じたのは、開智楼の見た目だけではないはずだ。船着き場からずっと石畳が続いていたことや庭に玉砂利が敷き詰められていたことも影響しているだろう？」

「そうかもしれません」

「あの石畳や玉砂利は、殺人の実行犯が現場に足跡を残さないようにするために用意されたものだ。しかも犯行時期を梅雨時期にして、僅かに残った痕跡も雨が洗い流してくれるようにした」

　リブラが開智楼を建てたのは、事件が起こる五年前である。従って、殺人の計画はそれ以前から存在していたことになる。

「これまで解体業者やこの島を買い取ろうとする人物たちが怪異に見舞われたのは、やはり被害者たちの霊が開智楼の取り壊しを妨害するためだったんだ。この建物自体がリブラの犯罪を立証するものになるんだからな」

そういえば、この調査に入る前にも、葉月は同じようなことをいっていた気がする。

「あれ？　ちょっと待ってください」

「ん？　僕の怪異の解釈が間違っていたかな？　まあ、僕も心霊現象については素人だからね」

「いえ、そうじゃなくて、私が疑問に思ったのは、犯罪の計画が立てられた時期についてです。開智楼が建てられた時、不破茜はまだ高校生だったはずです。彼女がリブラの客になったのは大学生になってからですから、犯罪の計画が立てられた時点ではまだリブラは不破の存在を知らないはずではないですか？」

「そこは僕も気になっているよ。しかし、リブラの動機がわからない以上、それを議論しても無駄だろう。もしかしたら、客になる以前から不破のことを知っていたという可能性もあるわけだし」

「それは、まあ、そうですけど……」

「いずれリブラや茉莉本人から話が聞ければいいんだが……」

「無理ですよ、それは」

「だろうな」

葉月の推理を突きつけても、彼女たちが素直に自供するとは思えない。これで彼女たちの犯罪を証明する客観的な証拠でもあるならば話は別だろうが、現時点ではそうしたものはない。精々開智楼そのものが犯罪計画に利用された可能性を秘めている程度であり、それだって直接リブラや茉莉が犯罪に関与していた証拠にはならない。葉月の推理は、二階の廊下の仕掛けを使えば、誰でも施錠された客室に侵入し、殺人を行うことができたことを明らかにしたに過ぎないのだ。

また不破と偽物との入れ替わりトリックについても、最も可能性が高い人物は茉莉だと思われるものの、年齢が不破に近く、リブラに声が似ているのならば、誰でも実行は可能になる。ここでも茉莉を追い詰めるだけの証拠が不足している。

この状況でリブラや茉莉を問い詰めようとしても、恐らくは門前払いされるだけだろう。

「リブラ財善はともかく、何とかして茉莉を――ジャスミン早乙女を罪に問うことはできないんでしょうか？」

二〇一〇年の法律改正によって、それまで二十五年であった殺人罪の公訴時効は廃止された。五福島殺人事件が起こったのは一九九三年であり、法律が改正された時点で十七年しか経過していない。従って、茉莉の罪は現行の法律で裁くことができる。

だが、葉月は渋い表情だ。

「三十年も前の事件だからな、状況証拠だけじゃ立件は難しいだろう。それに僕は警察関係者にもリブラの信奉者がいたんじゃないかと思っている」

「え？」

「考えてみたまえ。僕たちが現場に入って、まだ丸一日も経過していない。しかし、僕はこうして五福島殺人事件の真相を見抜いてしまった。当時の捜査員は何度も現場を訪れているはずなんだから、事件の謎を解いた人物がいても可怪しくはない」

「それって名探偵の謙遜ではなくて？」

「客観的な分析に基づく推測だ」

噂ではリブラは政財界にも影響を与えているらしい。警察関係者に顧客がいたとしても不思議ではない。実際、元刑事であった木場はリブラの常連客だったのだ。

「じゃあ、三十年も事件が未解決だったのは、意図的に真相が隠蔽されていたからってことですか？」

「その可能性は十分にある」

それなら、今更倭文たちが騒いだところで、簡単に揉み消されてしまうのではないだろうか。何だか急に空《むな》しくなる。

「ハッチさんの謎解きは、結局、無駄だったってことですか？」

「はぁ？　失礼な奴だな。僕の推理は無駄じゃないよ。僕たちの目的は、この島の心霊現象の原因を突き止めて、可能ならばそれを排除することじゃないか。三十年前の事件の真相が明らかになった以上、被害者たちの霊が開智楼の取り壊しを妨害する理由はなくなったはずだ。実際壺井の霊は僕たちに好意的だったように……」

突如、階下から大きな音が響いた。

何かが倒れたのか？

それから、ガシャン、ガシャンと連続して何かが衝突するような音がする。

下で何かあったのだ。

「行くぞ！」

倭文と葉月は素早く移動して、廊下に出る。

その瞬間、倭文を頭痛が襲った。

顔を上げると、螺旋階段の前に、生首が浮いていた。

目で見えていたわけではない。

頭の中に、女性の頭部が暗闇に漂う映像が飛び込んできたのだ。

長い黒髪で、左目があるべき位置にぽっかりと穴が開いている。

右目は白く濁って、虚《うつ》ろだ。

それは資料で見た清流和泉の顔だった。

口を半開きにした忘我の表情なので、何を考えているのかわからない。

しかし、途轍《とてつ》もなく禍々しい気配を発していた。

倭文は階段に向かおうとする葉月の腕を摑んだ。

「行っちゃ駄目です！」

そのまま葉月を引っ張って、朱雀の間に戻る。

念のため窓際まで後退し、霊との距離を取った。

「何が見えた？」

葉月に自分の感じたイメージを伝えようとすると、トランシーバーから慌てた様子の征木の声が聞こえた。かなり雑音が酷かったが、「非常事態」と「外に退避」という言葉は聞き取れた。

倭文は窓を開けて、廻縁から庭を見下ろす。

征木と青島は正面の石畳の上に立って、こちらを見上げていた。

「何があったんですか？」

倭文はトランシーバーを使わずに、直接二人に問いかけた。

「激しいポルターガイスト現象だ。私も青も、急に後ろに突き飛ばされた」

征木は興奮気味だった。恐らく、稀有な現象に遭遇したことで、恐怖よりも超心理学者としての好奇心が勝っているのだろう。

一方の青島は暗い表情だ。左腕が痛むようで、右手で擦《さす》っている。

「落ちたモニターが、一斉に俺たち目がけて飛んできた。多分、ほとんどお釈迦《しゃか》だろうな」

二人が遭遇したポルターガイスト現象の原因も、恐らくは清流の霊だろう。

倭文も二人に、二階の廊下で自分が感じたことを伝えた。

隣の葉月は大きく息を吐いてから、「僕には何も見えなかった」といった。

「私だって見えたわけじゃないです。何ていうか、テレパシー的なイメージが浮かんだだけなんで。でも、アレは相当ヤバいってことはわかりました」

今のところ清流の生首が朱雀の間に入って来る気配はない。しかし、悍《おぞ》ましい気配は依然として近くに漂っている。頭痛に加えて、吐き気もしてきた。よくない兆候だと思う。

「三十年前の事件を解決したら、心霊現象は起きないんじゃなかったんですか？　現象が収まるどころか、めっちゃ凄いポルターガイスト現象起こっちゃってますけど」

倭文の詰《なじ》るような口調に、葉月は「浅薄な考えだった」と乾いた笑みを見せた。

これまで開智楼において強いポルターガイスト現象は観測されていない。精々がラップ音程度だったのだ。また、首のない清流の幽霊らしきものは目撃されていたが、それに襲われたという話は確認できなかった。

「やっぱりこの状況って、明らかにハッチさんの謎解きが原因ですよね？」

「真相を早く知りたいといったのは、ブンブンじゃないか」

「責任転嫁ですか？」

葉月はこちらを睨んで「いや、僕は事実をいっている」といった。

「そもそも僕は真相を語るのは、明日きちんと警察に建物を調べてもらってからにしたいといったじゃないか」

「う〜ん、でも、その場合もハッチさんはこの建物で謎解きしたんじゃないですかね。みんなを集めて『さて……』みたいな」

「それは……」

どうやら図星のようだ。

「それなら遅かれ早かれ、清流の霊はあんな感じになったと思いますよ」

「大体清流はどんな理由で僕たちに敵意を向けているんだ？」

「例えば、生前解けなかった謎をあっさりハッチさんが解決しちゃったから、嫉妬してるとか？」

「本気でいっているのか？」

「まさか。単なる思い付きです」

「しかし、原因がわからないんじゃ対処のしようもないぞ」

「原因がわかったとしても、私たちじゃあんなの相手にできませんって」

せめて龍崎陽雨がいてくれたら……。

倭文はついそう思ってしまい、慌てて首を振った。いつまでも彼女に頼ってはいられないのだ。この状況を乗り越えた上で、龍崎の無念を晴らす。そのためにも、今は落ち着いて対策を練らなければならない。

事前の情報収集で、清流は首のない幽霊として、一階に出現していることはわかっている。従って、あの生首を回避して階下に向かっても、そこに首なし幽霊が待ち構えている可能性がある。迂闊に階段を下りると、上下で挟まれて絶体絶命の状態になるだろう。

倭文は思案の末、庭の二人に向かって叫んだ。

「すみません！　ロープを用意してくれませんか？　階段が使えそうもないんで、こっから下りるしかないと思うんです！」

征木はすぐに「わかった！」と応じた。

「事務所に行って捜してみる。それまで耐えられるか？」

「わかりませんが、頑張ります！　ね？」

葉月に確認すると「ああ」と力強く頷いた。

「なるべく早く戻ってくる！」

そういうと、征木は青島と一緒に走り出した。

無人になった庭では、相変わらず玉砂利を踏む音が響いている。

5

枕谷の運転する車は、茨城県に向かって高速道路を走っている。緑色のミニクーパーで、乗り心地は悪くない。花車は現実感が稀薄なまま、助手席で睡魔と格闘していた。

「着くまで寝っててもいいよ」

車に乗り込む際、枕谷はそういっていたが、流石に眠るわけにはいかないだろう。ハンドルを握っているのは社長だし、目的地では同じ部署の仲間たちに危険が迫っているかもしれないのだ。自分だけが惰眠を貪《むさぼ》っていては、人格を疑われかねない。

ここまでの道中では、枕谷を相手にどんな会話をしていいのかわからず、ほとんど黙っていた。夜の街並みを眺めていれば、それなりに気も紛れたし、何より社長と狭い車内で二人きりという状況が新鮮だった。しかし、高速に入って景色が単調になってからは、昼間の疲労が一気に押し寄せてきた。

この眠気と戦うには、やはり積極的に枕谷と話をするしかないだろう。

「あの……」

「うん？」

「変調課は社長のご提案で設立されたんですよね？」

「そう。今から四年前だね。コロナが騒ぎになる直前。もっともその一年前くらいから征木先生と配属になった時、征木からそう聞いていた。

二人で、準備室は立ち上げていたけどね」

「先生とは以前からお知り合いだったんですか？」

「いんや。僕が一方的に彼のことを知っていただけ。アメリカの大学に日本人の超心理学者がいるっていうんで、興味が湧いてね。論文を取り寄せて読んだのがはじまりだったかな」

「社長は元々そっちの分野にご関心があったんですか？」

「関心というか、必要に迫られて仕方なくって感じだよ」

「それはどういう……？」

「変調課ができる前から、得意先から心霊絡みの相談はあったんだ。ホントに霊が出ているのか、単なる自然現象なのか、ちょっと調べてほしい、みたいな案件。こっちも商売だから無下にはできない。でも、わざわざ調査課の人員を割くような案件でもないからね、僕自身が直接調査に当たっていたんだ」

意外だった。確かに、日頃から征木と専門的な内容のやり取りをしているのは知っていたが、単に博学なだけかと思っていた。それが枕谷自身、現場で調査していたとは驚きである。

「お一人で調査してたんですか？」

「いんや。僕一人じゃどうにもならんよ。だから、南雲《なぐも》さんって人に手伝ってもらってた。彼は龍崎さんのお師匠さんに当たる人でね、取り敢えず報酬さえ支払えば、どんな危険な心霊スポットにでも同行してくれるんだ」

枕谷の交友関係が広いことは聞いたことがある。様々な業種に人脈があって、ファントム・リサーチを陰ながら支えているらしい。

「変調課にも最初は南雲さんを誘ったんだけど、あっさり断られてしまってね」

「どうしてですか？」

「ファントム・リサーチの安月給で働くより、フリーの方が儲かるんだって」

どうやら龍崎の師匠は相当の守銭奴《しゅせんど》らしい。そういえば龍崎も金には煩いところがあった。あれは師匠譲りだったということか。

「その代わり、弟子の龍崎さんを推薦してくれたんだ。南雲さんがいうには、霊能力だけなら自分と大差ないからって」

「そうなんですね」

師匠から太鼓判を押されたくらいだから、霊能者としての龍崎は本当に優秀だったのだろう。それは何となくわかる。事務所内で妙な現象が起こった時も、龍崎は僅かな時間でトラブルを解決していたからだ。花車自身、何度かパソコンやコピー機の原因不明の誤作動を直してもらったことがある。

「花車さんは変調課にはもう慣れた？」

「はい。まあ」

とはいえ、今回のような状況は初めてだから、本当に慣れているといってよいのか若干の疑問はあるのだが。

「花車さんが入るまでは、変調課は大変だったんだよ」

「え？」

「あの人らホントに事務的な手続きに不備が多くてね。書類の提出は遅いし、記入に誤りはあるしで、経理部と総務部からクレームの嵐だったんだよ」

それは何となくわかる気がする。

変調課のメンバーは、自分の専門分野については一切手抜きをしないが、事務処理能力は極めて低い。放っておくと、いつまでも交通費の精算はしないし、年末調整の書類も提出しない。特に酷いのは、責任者である征木である。征木は調査や研究に意識が向いてしまうと、どんなに重要な書類でも確認や記入を怠る傾向がある。何度も注意しているのだが、一向に態度が改まる気配はない。

「まあ、大抵は粂野君が矢面に立ってくれたお陰で、穏便に済んだんだけどね」

それはさぞかし大変だったろう。花車には粂野部長の苦労が痛い程わかった。

「花車さんは、現場に出たことはないんだよね？」

「はい」

「じゃあ、今回が初めてだ」

「あの、私は具体的には何をしたらよいのですか？」

本当に何のために自分は呼ばれたのだろう？　こういう時は警察か消防に助けを求めるものではないのだろうか？　自分にできることなど何もないと思うのだが。

「えっと、そうだな。基本的には僕の助手みたいなことを頼むと思う。必要なことはその都度指示するから、何も心配しなくていい」

そうはいうが、枕谷の社員への無茶振りは比較的有名だ。花車もどんな無理難題を申し付けられるか、今から戦々恐々とした心地である。だが、それ以上に、変調課のメンバーの安否が気になる。

「みんな、大丈夫でしょうか」

「まあ、こんなことというとあれなんだけど、征木先生は殺しても死なないような人だから、多分大丈夫だと思う」

酷いことをいう。しかし、花車にも何となくそれは理解できた。

「それに、あっちにはハッチがいる」

「ハッチさん、ですか？」

「あいつは僕と違って名探偵だからね」

枕谷の言葉の意味は今一つわからなかった。しかし、そこには、葉月に対する絶大な信頼が込められているように感じられた。

6

清流の霊が朱雀の間には入ってこない様子なので、倭文は葉月を促して室内に戻った。どうやら壺井の霊の影響下の方が、他の霊的存在からの接触を避けられるようだ。倭文は廻縁にいるよりも、こちらの方が安全だと判断した。

「基本的な疑問なんだが、何故、一階の廊下で遺体が見つかった清流が、二階の廊下にも現れるんだ？　彼女は二階で殺害されたということなのか？　しかし、現場検証ではそんな痕跡は見つかっていないが……」

「ああ、それですか。えっと、私もしっかりした理由は知らないんですけど、死者の霊魂が垂直方向に移動する事例って、結構あるんですよ」

「例えば？」

「う〜ん、そう、学生時代の知り合いが、雑居ビルの一階にあるファミレスでバイトしてたんですね。で、そのバイト先では頻繁に不可解な現象が起こってたんです。誰もいないテーブルから呼び出し音が鳴ったり、閉店後に見知らぬ女性が現れたり。でも、そのファミレスでは事件も事故も起こってなかったし、前に入っていたテナントでも何も問題はなかったらしいんです。それで地元出身の友人に何か知らないか訊いてみると、なんと上の階の会社で過去に女性が自殺していたことがわかったんです」

「つまり、原因はファミレスではなく、上の階にあったと？」

「そうです」

葉月は難しい表情で扉を見る。

「だとすれば、清流は一階から三階まで階段周辺に出現できると考えた方がいいだろうな」

「行動範囲に関しては、もっと広い可能性もあります。玄関にいた先生と青さんが襲われてるわけですから」

「なるほど。ブンブンの見立てでは、清流の霊はどの程度危険だと思う？」

「そうですね、単にポルターガイスト現象を起こすだけじゃないと思います。あの悍ましさからすると、十中八九障《さわ》りを受けます。最悪、死ぬかも」

「死ぬ、か……」

葉月の表情に変化はなかった。危機意識が共有できているのか不安になる。

「断言はできませんけど、そのくらい危険ってことです」

霊障の度合いは、原因となる霊的存在だけではなく、受ける方の個人差もあるので、倭文も正確なところは判断できない。極端な話、守り袋や御札を持っているか否かでも、大きな差が生じる。ちなみに、倭文たち変調課のメンバーは心霊現象が起こり易い環境を整えるため、魔除けの類は一切身に着けていない。

「仮に僕たちがここを無事に脱出できたとしても、明日には警察による現場検証が行われる。大勢の人間が開智楼内で作業することになるが、安全性は担保できるんだろうか？」

「知りませんよ、そんなこと。今は自分たちのことでいっぱいいっぱいです」

「しかしな、清流の霊を放置したまま、無防備な人間を現場に入れるわけにはいかないだろ」

「まあ、ハッチさんが責任感じるのはわかりますけど、現状どうしようもないですよ」

「どうにかして清流を鎮めることはできないだろうか？」

「前にもいいましたけど、私にはそういう力はないですからね」

「わかってるさ」

　葉月は苛立たしげに部屋の中を歩きはじめる。また両手で指揮をするようなジェスチャーをして何事か呟いていたが、急に足を止めると、こちらを向いた。

「こういうのはどうだろう。ブンブンが僕の推理の誤りを指摘して、事件が未だに解決していない状態に戻すんだ」

「は？」

　この人は何をいっているのだろうか？

　真剣な表情だから、冗談をいっているわけではないらしい。

「もしも僕の推理が清流の逆鱗《げきりん》に触れたのなら、それ自体を否定して、なかったことにすればいいんだよ」

「いや、だって、ハッチさんの推理って正解なんですよね？」

「物証はないが、僕は概《おおむ》ね間違いないと思ってる」

「その正解の推理を敢えて否定しろってことですか？」

「そうだ」

要は嘘でもよいから、真相の誤りを捜せということか。何となく城平京《しろだいらきょう》の『虚構推理』を思い出した。それはそれで面白いなと思う倭文であったが、冷静に考えて葉月の提案を呑むのは不可能であると判断した。

「そんなの無理です。名探偵の推理を私みたいな凡人が覆せるわけないじゃないですか。それに、そんなことして事件解決が有耶無耶になったら、他の被害者の霊が怒り出しちゃうかもしれませんし」

「あちらを立てれば、こちらが立たぬ、か」

「ここはおとなしく脱出しておきましょう」

しかし、葉月は頑として首を縦に振らなかった。また両手を前に出して、人差し指を振り出す。

「何かないか？　清流に対して効果的な対策は……」

葉月は部屋の中を三歩進んで、「あ……」と声を出した。

「もしかして、何か閃いちゃいましたか？」

「ああ」

正直なところ、倭文はこれ以上余計なことは考えてほしくなかった。しかし、名探偵の思考は止めることができない。

「清流は手記の最後にアンソロジーのプロットの一部を書いているな」

「はい。あの水族館を舞台にした倒叙ミステリですよね」

「そうだ」

倒叙ミステリとは、簡単にいえば犯人の視点で物語が進むミステリのことである。有名なのはアメリカで制作され、日本でも放映された「刑事コロンボシリーズ」だろう。ちなみに、倭文が好きな倒叙ミステリは、テレビドラマでは三谷幸喜《みたにこうき》の「古畑任三郎《ふるはたにんざぶろう》シリーズ」、小説では大倉崇裕《おおくらたかひろ》の「福家《ふくいえ》警部補シリーズ」だ。

清流が手記に記していたプロットは、確か次のようなものであった。

犯人は水族館で働く飼育員の女性。彼女は自分を捨てて若い娘に走った元恋人に復讐するため、殺人計画を立てる。ターゲットとなる元恋人は同僚で、やはり飼育員をしている。

彼女が考えた計画は非常にシンプルだ。仕事中にターゲットに接触し、制服に銀色のシールを貼っておく。但し、シールは背中ではなく、正面に貼る必要がある。この点は作中で何らかの工夫が必要だろう。

「あのプロットは、問題編のみが書かれているだけで、解決編の内容は全く書かれていない。恐らく、それを書く前に、清流が殺害されたためだろう」

「そうでしょうね。でも、解決編についてはもう答えらしきものが出てるじゃないですか」

この三十年の間、清流の手記が出版されたこともあって、短編のプロットの内容も多くの人々が知ることとなった。その結果、ミステリ作家やミステリ愛好家によって、あのプロットの先のストーリーが推理されている。

ヒントとなったのは、手記に書かれた「シールは背中ではなく、正面に貼る必要がある」という部分とそれ以降に書かれていた「ここでの意外な凶器はシールになるが、もう一つ水族館ならではの凶器が用意されている」という文章である。様々な議論を経た結果、現在では清流が書こうとしていたであろうストーリーは、大凡《おおよそ》の見当がつけられている。

「彼女はそれを知らないはずだ」

葉月は扉に顔を向ける。

その先には、まだ清流の霊の気配があった。

「まあ、それはそうでしょうけど……」

この場で清流に対し、あのプロットの続きが推理されていると伝えた者は誰もいないのではないかと思う。

「だったら、僕たちが教えてあげようじゃないか」

「へ？」

「作家・清流和泉が最期に残した物語のプロットが、世の中でどんな評価をされているのかを」

「それは……」

倭文は僅かな間、思案する。

葉月の提案は、現状を打破するには有効な手段かもしれないとは思う。しかし、一歩間違えば状況を更に悪化させる危険性も孕《はら》んでいる。

「事態がもっと悪くなる可能性もありますよ」

念のためにそういった。

しかし、葉月は鼻で笑う。

「今だって最悪じゃないか」

「それはそうですけど……」

刹那、トランシーバーから上司の声が聞こえた。

「こちら征木。事務所でロープを見つけた。すぐにそちらへ戻る」

「了解です」

そう応じたのは、葉月である。

「これで脱出は可能になったな」

「はい」

「ブンブンのいうように、もしも事態に収拾がつかなくなったら、いつでも逃げられる」

それだけでも、かなり安堵感があった。とはいえ、できることなら、そんな事態に陥るのは勘弁してほしい。

「それじゃ、早速試してみるか」

そういうと、葉月はさっさと朱雀の間から廊下に出る。

「ちょ、ちょっとハッチさん！」

こっちはまだ心の準備ができていないというのに。

倭文は慌てて先輩の背中を追った。

葉月は部屋を出てすぐの場所で、螺旋階段を睨むように立つ。

その視線の僅かにズレた位置には、先程の生首のイメージではなく、首のない女性が立っているのが見えた。グレイのシャツに黒っぽいスカートという地味な装いで、螺旋階段の前に佇んでいる。

「ブンブン、見えるか？」

「はい。ハッチさんの見てる場所より、ちょい右です」

「この辺？」

「ええ。あと、今は生首じゃなくて、胴体部分が立ってます」

葉月は「なるほどね」と頷くと、背筋を伸ばした。

「さて、清流さん。これからあんたが書こうとしていたミステリ小説のトリックについて解説しようと思う。とはいえ、まず断っておきたいのは、今から話す内容は僕の考えたものではないということだ。これは長い歳月をかけて、様々な識者や好事家たちが導き出した答えであり、当然ながら多くの人々に検証もされている。僕としても、これから話す推理は、あんたが書こうとしていた作品に限りなく近いものだったと思っている」

今のところ、清流の霊が襲ってくるような様子はない。しかし、相変わらず禍々しい瘴気を放っているので、倭文は頭痛と吐き気を堪えるので必死だった。何も感じない葉月が本当に怨めしい。

「あのプロットで犯人の飼育員が仕組んだのは、プロバビリティーの殺人だ」

葉月がいうプロバビリティーの殺人とは、犯人が直接手を下すのではなく、偶然性などを利用した不確実な方法で、相手を殺害しようとするものだ。例えば、殺したい相手が通りそうな場所に転倒を誘発するようなアイテムを仕掛け、事故死を起こそうとするようなものが挙げられる。

「犯人は銀色のシールを貼るだけで、自分の手は下さずに、ターゲットを死に至らしめようとした。そして、この殺人計画に利用されたのは、水族館で飼育されているある生き物だった」

葉月がそこまで話すと、天井からゆっくりと清流の生首が下りてきた。

今度はイメージではない。

倭文の目にはその姿がしっかりと見えている。
「ハッチさん、清流の首が下りてきました」
彼女は片目で葉月に視線を向ける。
それは先程のような虚ろな眼差しではない。
まるで視線で相手を射殺すような、力強いものである。
深い闇を湛えた清流の左の眼窩から、つぅっと赤い血が流れた。
ドーナツ形の廊下のあちこちで、乾いたラップ音が鳴りはじめる。
暗闇が一層濃くなった気がして、倭文は葉月の隣で身構えた。

第六章　五福

1

花車蓮華と枕谷果樹が足洗町に到着したのは、午前一時半を少し過ぎた頃だった。

高速道路を降りてすぐは、大型トラックなど何台かの対向車と擦れ違ったが、街中に入るとほとんど車の通りはなかった。民家の灯りも大抵は消えているから、コンビニの照明がやたらと眩しく感じられる。

ファントム・リサーチを出発してから、枕谷は一度もカーナビを使用していない。しかし、その運転には一切迷いは窺えなかった。

「社長はこの辺りの道にもお詳しいんですか？」

「知ってる道しか知らない程度だよ」

枕谷は大通りから左折して、細い道に入る。

両脇には店舗兼住宅の建物が多い。ちょっとした商店街といったところだろうか。等間隔に立つ街灯のおかげで、大通りよりも明るい。この時間では大体の店のシャッターが閉まっているので、何割の店舗が現在も営業を続けているのか判然としない。案外シャッター通りの可能性もある。スナックらしき小さな店だけが、まだ営業を続けているようだった。

枕谷の車はそこを通り過ぎて、川沿いの道を走ると、一軒の民宿の前に車を停める。

「今夜はここに泊まって、夜が明けてから五福島に渡ろう」

枕谷がスマートフォンで到着した旨を告げると、入口が明るくなって、宿の主人らしき初老の男性が出迎えてくれた。半袖のポロシャツから覗く腕は太く、胸板も厚い。もしかすると本業は漁師なのかもしれない。枕谷とはだいぶ親しい間柄のようで、「久し振りだな」といって背中をバシバシ叩いていた。深夜にも拘わらず宿泊の対応をしてくれるのは、個人的な付き合いがあるからのようだ。

フロントでそれぞれが宿帳に必要事項を記入すると、鍵を渡された。当たり前だが、花車と枕谷は別々の部屋だ。明朝五時にこの場所に集合する約束をして、花車は枕谷と別れた。

用意されていたのは二階の八畳間で、既に蒲団も敷いてあった。浴衣《ゆかた》に着替えて、化粧を落とし、ようやく横になって時刻を確認すると、午前二時十七分だった。草木も眠る丑三つ時である。今からなら二時間程仮眠が取れるだろう。

この数時間の怒濤《どとう》の展開に、身体は悲鳴を上げている。この民宿は海から距離があるので、波音などは聞こえない。すぐ側を流れる川の音もしなかった。大通りから外れていることもあり、とても静かだ。仰向けに横になると、花車はすぐに微睡《まどろ》んだのだが……。

嗚呼、こんな時に……。

不快な音が聞こえたかと思うと、痺れるように身体が硬直する。

金縛りだった。

とはいえ、初めての経験ではないから、然して慌てることもない。

最初に金縛りに遭ったのは、思春期の頃だった。疲労が蓄積している時には、偶《たま》にこのような状態になる。花車にとって金縛りは生理現象という認識である。だから恐れることはない。

勿論、これまで金縛りの最中に誰かが自分の上に伸《の》しかかってくるような感触があったり、部屋の中を歩き回る気配がしたりすることはあった。しかし、それらは単なる幻覚だ。霊的な存在のせいにするなんてナンセンスである。アメリカでは金縛りの最中に地球外生命体の姿を見たと主張する人々もいるという。文化の違いが如実に表れるよい事例だろう。

金縛りというのは、要するに脳は覚醒しているのに、身体が眠っている状態なのだ。だから、身体を起こせば問題は解決できる。花車の金縛り対処法は、身体の一部、例えば、指先を動かすというものだ。これまでほとんどの場合は、この方法で金縛りを解くことができた。だから、今回も早々に右手の指先に意識を集中して動かそうと努めたのだが……駄目だった。

仕方がないので、左手で再挑戦しようとしたところで、部屋の中に人の気配がした。

どうせ幻だと思っているので、恐怖感はない。とにかくこの不快な感覚を解消し、さっさと仮眠を取りたい。

花車が何とかして左手の指先に力を込めようとしている間も、畳の上を摺《す》り足で移動するような音が続く。それは確実にこちらに近付いているようだった。

そして、花車の傍らまで来ると、ぴたりと止まった。

顔面に冷たい息がかかって、思わず目を開ける。

枕元に、龍崎陽雨が立っていた。

感情の籠もらない虚ろな眼差しで、じっとこちらを見下ろしている。

これも幻覚なのだろうか？

それにしては、妙に現実感がある。

部屋の中は真っ暗なのに、龍崎の白い顔貌が明瞭に見えた。

花車は震えることもできずに、しばらく龍崎と見つめ合った。

2

パンッ……パンッ……と断続的にラップ音が響いている。

倭文文と葉月雪桜の眼前には、首の切断された清流和泉の死霊がいる。生首だけが宙に浮いている形だから、倭文は視線を僅かに上に向けていた。一方の葉月は相手のことが見えていないので、胴体に向かって話しかけている。

「あのプロットで、犯人の飼育員が殺人計画に利用しようとしたのはダツだ」

葉月は堂々とした態度でそういった。

清流の霊は……そこで初めて瞬きをした。

ダツは、ダツ目ダツ科の海水魚で、主に食用として捕獲される。背面は暗青色で、腹部は銀白色、大きさは一メートル程の細長い形状をしている。特徴的なのは口だ。上下の顎が伸び、嘴《くちばし》のような形状になっていて、鋭い歯を具《そな》えている。英語ではニードルフィッシュというが、いい得て妙だと思う。

「ダツは小魚を捕食するが、餌となる小魚の鱗《うろこ》に反射した光に反応して、突進する習性がある。

そのため、夜間の船や潜水しているダイバーがライトをつけていると、そこ目がけて突っ込んでくることがあるそうだ。実際に死亡事故も起きている。あんたのプロットは、そのダツの習性を利用したものだった。犯人はターゲットに銀色のシールを貼って、水槽にいるダツに襲わせようとしたんだ」

つまり、シール以外のもう一つの意外な凶器とは、魚だったのである。

「あんたが今もあの世に行けない理由の一つは、あのプロットを作品として発表できなかったことかもしれない。だが、あんたが生きていたとしても、あのプロットがアンソロジーに採用されることはなかったんだ。何故なら、あのプロットには色々と問題があるからだ」

そう。実は、清流が最期に記したプロットは、余り芳しい評価を得ていないのだ。葉月はその事実を彼女の霊に突き付けることで、事態を打開しようとしているらしい。巧くいけばよいとは思う。しかし、逆に清流を激怒させてしまう可能性もある。その時は一体どんな恐ろしい事態になるのか、倭文も想像できない。

今のところは、清流の表情に目立った変化は見られない。

しかし、心なしか周囲の気温が下がっている気がする。

「あんたが書こうとしたトリックが、ダツを利用したものだというのは、あんたの手記が出版されて間もなく、何人もが推理している。中には非常に独創的なアイディアだと称賛するファンもいたが、それは稀有な存在だった。大部分の読者は、あんたに批判的だったよ。彼らが真っ先に指摘しているのは、『この作品は舞台を水族館にする意味があるのか?』ということだ」

三十年前、清流はリブラの助言に従って、茶室か水族館を舞台にしたミステリのプロットを考えていた。彼女が茶室を舞台にして考えたアイディアは、偽物の不破——茉莉によって「茶室であることが余り生かされていない」と指摘されていた。その結果、清流はアイディアをボツにする決心をしたらしい。実は、同じことが最期のプロットでも問題になっているのである。

「そもそもダツは飼育が難しいから、水族館には滅多にいない。勿論、あくまで小説の話だから、その程度の設定はどうにでもなるとは思う。しかし、あんたが考えたトリックで殺人を行うのなら、釣り船の上でもいいんじゃないか？　むしろダツを使った殺人計画なら、水族館よりも海を舞台にした方が自然なんじゃないか？」

パンッパンッパンッと連続してラップ音がした。

倭文は注意深く清流の霊を見ているが、見た目には変化はない。

「とはいえ、これだけなら然程大きな問題にはならない。あんたが考えたプロットは確かに水族館以外を舞台にしても成立するが、別に水族館を舞台にしてはならないわけではないからだ。しかし、あんたが参加するはずだったアンソロジーの監修者・鮫川哲夫氏はこういっている。『清流君のプロットには致命的な欠陥がある』と」

そうなのだ。清流のプロットに関しては、監修者である鮫川哲夫自身も雑誌の取材に答えているのである。しかもその内容はかなり辛辣《しんらつ》なものだった。どうやら鮫川は清流が小説を書くのに占いに頼っていた点が相当気に入らなかったらしい。

「あんたが考えたプロットは、倒叙ミステリだった。当然、被害者がダツに襲われてから、犯人の前に探偵役の人物が現れる予定だったはずだ。恐らくはそこから犯人と探偵役との駆け引きが描かれるんだろう。だが、鮫川氏は『ストーリーの序盤で意外な凶器が出てしまうのは、アンソロジーの趣旨を理解していない』と憤慨している」

　葉月の言葉を聞いて、清流の生首が静かに揺れはじめた。それがどのような感情の発露なのかはわからない。しかし、清流から発せられる禍々しさは一層増して、倭文の頭痛は酷くなった。

「鮫川氏としては、やはり作品のメインの謎に、意外な凶器が登場してほしいと思っていたようだ。確かに、あんたのプロットはメイントリックに意外な凶器が使われていた。だが、メイントリックはそうであっても、作品上のメインの謎は別だ」

　倒叙ミステリでは、犯人の正体や犯行の様子が最初から読者に明かされた形で物語が進行する。従って、ミステリとして成立させるためには、何らかの工夫が必要になる。例えば、犯人自身が気付いていないミスを最後に探偵役が指摘するとか、使用されたトリックの一部の内容を伏せたままにするとか、探偵役が犯人に対して罠を用意するなどがある。葉月が作品上のメインの謎といっているのは、こうした仕掛けのことを指しているのだろう。

「これは私見だが、倒叙ミステリは、チェスの試合のような魅力があると思う。犯人と探偵役の一進一退の攻防に、読者はわくわくするわけだ。だから、倒叙ミステリなら、犯人に対するチェックメイトになるような証拠こそが、読者に対してメインの謎になっていなければならない。あのプロットだと、遺体が発見された時点で、被害者がシールのせいでダツに襲われたことは明かされてしまう。つまり、意外な凶器がミステリとしての焦点になっていないということだよ。鮫川氏がいう致命的な欠陥とはまさにそのことなのさ」

　葉月の説明に、倭文は意を決して補足をする。

「えっと、鮫川先生のインタビューが掲載された後、あなたのプロットを擁護しようとした人もいたんです。あのプロットは倒叙ミステリじゃなければよかったんじゃないかって。でも、それも駄目なんです。あなたが一番わかってるかもしれませんが、あのプロットは犯人視点だからこそ成立します。そうでなかったら、かなり早い段階で遺体が見つかるから、被害者がダツに襲われたことも、銀色のシールが原因だったことも、すぐにわかってしまう。それじゃミステリとして成立しません」

「まあ、何よりも監修者の鮫川氏が不採用だといっているんだ。あのプロットはボツだよ」

葉月がそういった刹那、二階の廊下中に甲高い悲鳴が谺《こだま》した。

倭文と葉月は前方から激しい力を受けて、背後に飛ばされる。

不意を突かれたので、倭文は床に投げ出された。

葉月も朱雀の間の扉に強かに背中を打ち付ける。

これは事態を悪化させたということだろうか。

そう思って顔を上げると……。

「ハッチさん、やりました！　清流の霊が見えなくなりました！」

「そうか」

葉月は肩を押さえたまま、屈託のない笑みを見せた。これまで見たことのない笑顔だ。

倭文が立ち上がると、トランシーバーを通じて、征木が戻ってきたことを伝えてきた。

「了解しました」

そう返事したのは葉月だ。

早速螺旋階段に歩み寄ろうとする彼を「待ってください！」と制した。

思ったより大きな声が出たので、葉月が背中を震わせる。

「びっくりするじゃないか」

「すみません。あの、清流の霊は今は見えませんけど、別にいなくなったわけじゃないと思うんです。微妙に気配らしきものは感じるんで」

「まだ彼女は成仏できていないというわけか？」

「はい。っていうか、あれだけで成仏させることができるなら、お坊さんは商売あがったりです」

「そう、なのか……」

「言霊の力は偉大ですが、素人の発するものには限界があります。一応、清流の霊を一時的には鎮めることはできていると思いますが、念のためしばらく階段は使わない方がいいと思います」

「わかった」

倭文と葉月は再び朱雀の間に戻り、窓から廻縁に出た。

庭にはロープを担いだ雪だるまのような征木と案山子《かかし》のように痩せた青島がいて、こちらに向かって手を振っている。二人の姿を直接目にしただけでも、倭文はほっとした。

相変わらず玉砂利を踏む音が断続的に聞こえるが、島民の霊らしき姿を見ることはできない。

「事務所に異変はありませんでしたか？」

葉月が尋ねる。

「何もない。私たちが出た時のままだった」

「屍体はだいぶ臭ってたけどな」

青島が顔を顰めていう。

葉月は下の二人に、螺旋階段の清流の霊が見えなくなったことを伝えた。

「でも、ブンブンの判断では、まだ危険かもしれないとのことです」

「わかった。それじゃあ、予定通りロープを使ってそこから脱出しろ」

「了解です」

征木は「行くぞ」といって、束になったロープをこちらに向かって投げた。

ロープは廻縁の手前まで飛んできて、一階の屋根の上に落ちる。透かさず葉月が手摺《てす》りを乗り越えてそれを拾い、戻ってくる。そして手摺りにぐらつきがないことを確認すると、ロープの端を結び付けた。長さは十分で、地面まで届かせてもまだ余裕がある。これなら倭文でも何とか下りられそうだ。

「ブンブンが先に行け」

「え？　ハッチさん一人で大丈夫ですか？」

「わからない。だが、ブンブンを一人にするわけにもいかないだろ」

この人は不器用なだけで、案外、善人なのかもしれない。

龍崎を殺したのは葉月ではないだろう。

具体的な根拠はないけれど、今はそう感じている。

「それじゃあ、お先に失礼しますね」

倭文はロープを摑む前に、朱雀の間に向かってこう叫んだ。

「壺井さん！　ハッチさんのこと頼みます！」

部屋の中から大きなラップ音がする。

葉月はとても厭そうな顔で、「僕は一人でも平気だ」といった。

3

征木の指示で、倭文たちは開智楼の調査を中断し、事務所へ戻って休憩することにした。

「日が昇ってから、改めて中の様子を調べてみよう」

時刻は間もなく午前一時半になろうとしている。征木の話では、日の出は午前四時二十分くらいだというから、三時間弱は休めるということか。

正直なところ、倭文は疲れ切っていた。殊更、精神的な疲労が大きい。霊魂を感知するために神経を張り詰めていたし、三十年前の事件についてもあれこれ思考を巡らした。挙句の果てには、清流和泉の死霊の禍々しい瘴気に晒されたのである。頭痛と吐き気もまだ続いている。

ただ、疲れているのは、他の三人も同様のようだ。口数は極端に少なく、足取りも重い。海岸へ続く坂道を下っていると、案の定、背後から足音が尾いてきたが、最早誰も何の反応も示さなかった。

事務所の玄関前には相変わらず後頭部の陥没した芹澤の遺体があって、倭文は強引に自分が連続殺人事件の渦中にいることを思い知らされた。そう、この島ではもう三人もの人間が無惨に殺害されているのだ。

三十年前の事件の真相が明らかになったことで、何となく使命を全うしたような錯覚に陥っていたが、倭文の眼前には未解決の謎が横たわったままなのだ。

龍崎、芹澤、楢橋を殺したのは、一体誰なのか？

犯人の目的は何なのか？

そして、惨劇はまだ続くのか？

考えなければならないことは山積している。しかし、今はそれらを考える余力がまるでない。今は只々身体が重く、意識もぼやけている。

事務所の中は思った以上に血の臭いが立ち込めていた。仕方がないので、入口は開け放ったままにすることにした。もしも島に第三者が潜んでいるなら、不用心極まりない。だが、最初の犯行から長時間何のアプローチもないところを見ると、その可能性は低いのではないかと思われた。

征木は時計を見ながら、「四時半になったらもう一度開智楼へ行き、状況を確認する」といった。それまでは自由行動で構わないという。

青島は「腹が減った」といって、食堂へ向かった。征木もその後を追っていく。

倭文は取り敢えずトイレに行きたかったのだが、それは葉月も同じだったようだ。幸い個室は幾つかあったので、どちらかが我慢するような事態は避けられた。

それから倭文は二階の女子部屋に移動し、内側から鍵を掛けてベッドに倒れ込んだ。

スマートフォンのアラームを四時十五分にセットして、枕元に置いておく。本当は作業服も脱いでしまいたかったが、そんな気力は残っていない。どうせ数時間後にはまた開智楼に行くのだし、緊急事態が発生した場合にも対処できるから、このままの服装でも構わないだろう。

龍崎が一緒だったら、何というだろうか。きっと倭文の怠惰さを窘《たしな》めるに違いない。

「お龍さん、女子力高いからなぁ」

ふと彼女がもういないことを実感して、とても寂しくなる。

隣のベッドの上には、龍崎の荷物が置かれたままだ。それを眺めながら、いつの間にか倭文は眠ってしまった。


アラームの音で、目を覚ました。

窓の外はまだ薄暗い。

手早く身支度を澄ませると、倭文は食堂へ向かう。短い時間だったが、熟睡できたので、頭の中はスッキリしている。起きる直前まで夢を見ていた気がするのだが、内容は思い出せなかった。

食堂には既に三人が揃っていた。もしかしたら、あれからずっとこの部屋で待機していたのかもしれない。征木と葉月は何事かを相談している様子だったが、青島はテーブルに突っ伏して鼾《いびき》を掻いていた。

「青さん、そろそろ時間ですよ」

葉月に背中を揺すられても、青島はすぐには目覚めなかった。二、三分程してからようやく顔を上げて、傍らにあった眼鏡をかける。顎鬚だけではなく、無精髭が目立っていて、いつもよりもワイルドに見えた。

征木は気合を入れるように手を叩く。

「よし！　それじゃあ出発しよう」

外に出ると、水平線から太陽が覗いていて、辺りはだいぶ明るくなっていた。開智楼へ向かう間に、征木は「玄関だけでも片付けておきたい」といった。

「警察が島に到着して、玄関のあの状態を見たら、流石にこちらも申し開きができないからな」

確かに、警察相手に「幽霊に吹っ飛ばされました」とはいえないだろう。ただでさえ倭文たちは、殺人事件の現場で心霊調査を行っているのだ。警察からすれば、現場を荒らしているようにしか見えないだろう。せめてもの救いは、龍崎の遺体がある談話室にはほとんど立ち入っていないことである。それは設置してあるカメラの映像が証明してくれるはずだ。

ちなみに、二階の手摺りに縛ったままのロープは、そのままにすることになった。征木は「ロープも外そう」といったのだが、葉月が反対したのだ。

「屋根には僕とブンブンの指紋や足跡がついています。ロープを外してしまったら、逆に不審に思われる可能性が高いですよ。いっそ正直に幽霊が出たから二階から脱出したといった方が心証はいいと思います」

心証云々《うんぬん》について倭文は懐疑的だったが、指紋や足跡について変に勘繰られるよりは、殺人現場で心霊調査をしていたことを注意される方がマシだと思った。

朝日を浴びた開智楼は、まるで由緒のある寺院のように荘厳な雰囲気だった。

昨夜までの禍々しさとは大違いだ。これが殺人のために建てられたものだとは信じ難い。庭にも早朝の清澄な空気が漂い、寺院の境内のような静謐《せいひつ》に満ちている。今は島民の霊の気配もないから、不意に玉砂利が鳴ることもない。二階の手摺りからロープが垂れ下がっているのだけが妙に場違いで、滑稽だった。

「ブンブン、建物の中の霊の様子はわかるか？」

そう征木に尋ねられたので、倭文は意識を集中する。

「えっと……まだ中に何人かいるようですけど、現状では危険性はないと思います。少なくとも昨日の午後に調査した時よりも、穏やかというか、静かな感じです」

「では、今の内に屋内の整理と調査を行おう」

征木や青島から聞いてはいたが、玄関の散らかり具合は相当なものだった。

大小六台あるモニターはすべて三和土《たたき》に落ちて、画面には幾つも罅《ひび》が入っていた。小さなプラスチック片もあちこち飛び散っていて、ポルターガイスト現象の凄まじさを物語っている。青島は壊れたモニターを拾い上げながら、「あーあ」と嘆く。一台一台電源を入れて確認したが、半分は完全に故障していた。

四人は手分けして、モニターをリュックに片付けたり、ローテーブルを居間に戻したり、散乱したプラスチック片を拾い集めたりした。

次に、一階から巡回して、昨日の調査結果から変化があるか否かを確認する。計測機器を使って簡易的な調査を行ったが、昨日の段階で温度や電磁波が異常な数値を示していた箇所は、概ね正常な数値か、正常に近い数値に変化していた。また、大雑把な調査ではあったものの、新たに異常数値を示した箇所は見受けられなかった。

青島はカメラを持っていて、螺旋階段の前、厨房、使用人部屋、玄武の間、朱雀の間などで撮影を行ったが、シャッターが切れない場所は皆無であったし、心霊写真の類が撮れることもなかった。

「ブンブンの見解は？」

三階まで見回った後、征木に意見を求められた。

「昨日と違って、強い霊的な力は感じられません。ただ、みんな消えてしまったわけではなくて、それぞれが亡くなった場所では気配は残っているんですけど、なんていうか、主張が弱いというか、ただその場に留まっているだけというか、そういう感じです」

「そうか。それなら寺に頼んで供養すれば何とかなるかもしれないな」

征木は満足そうにそういった。

倭文たち四人が庭に出たのは、六時十分前のことである。

梅雨だというのに、今日も雲間からは青空が覗き、気温も高かった。そういえば、先日テレビで見た天気予報で、今年の夏は猛暑になるといっていたのを思い出す。倭文は作業服の袖を捲りながら、「これからどうするんです?」と上司の判断を仰いだ。

「早ければ午前中の内に救助が来るはずだ。それまではまた事務所で待機する」

「あの……」

「どうした、ハッチ?」

「事務所に戻る前にもう一箇所確認したい場所があるのですが」

「それは構わないが、何処に行くつもりだ?」

葉月は開智楼の背後に聳える岩山を指差す。

「あの天辺です」

青島は呆れた様子で、「マジかよ」といった。

「マジです」

葉月が至極真面目な表情だったので、倭文は思わず笑ってしまった。

「何が可笑しい?」

「あ、いえ、すみません」

葉月は鼻を鳴らしてから説明をはじめる。

「わたしの予想が当たっているなら、この島で起こる怪異の根幹にはあの天辺にある祠が関わっています。その推測を確かめるためにも、直接祠を調べる必要があるんです」

異議を申し立てる者は皆無だった。現段階で葉月にどんな考えがあるのかはわからない。しかし、彼が犯罪捜査ではなく、怪異の解決に向けてこんなにも熱意を見せているからには、何らかの根拠があるのだろう。

全員で東側にある裏木戸から出ると、雑木林に足を踏み入れた。

清流の手記で読んだ通り、小道には砂利が敷かれていたが、長らく手入れを怠っているようで、あちこちに窪みができ、雑草も生え、半ば林と同化していた。それでも一応、道としての機能は果たしているので、移動するのは随分と楽である。

朝の雑木林は湿気を多く含んでいて、土の匂いが濃密だった。このロケーションならば、小鳥の囀《さえず》りが聞こえるのが普通だが、辺りは不自然なくらいに静かだ。五福島には動物はいないというのは、どうやら本当のようだ。見た目は単なる雑木林だったが、ここまで静寂な空間だと人間が足を踏み入れてよい場所なのか不安になる。

だから、古い鳥居の向こうに続く急な石段を見た時、倭文は帰りたくなった。ここから先は完全に異界だ。進んでしまえば、人の理《ことわり》は通用しない。そんな気がした。

しかし、葉月はそんな倭文の思いなどまるで気にかけていない様子で、先頭に立ってさっさと鳥居を潜る。

「ちょっと待ってくれ」

青島が立ち止まった。

「わりぃけどこの斜面じゃ、俺は上まで行ける自信ないわ」

その弱音に同意したのは征木である。

「私も体力的に無理だと思う」

「それじゃ、先生と青さんはここで待っていてください。そんなに時間はかからないと思います。何かあったらシーバーで連絡するんで」

葉月はそういって石段を上りはじめた。

倭文も本音をいえば下で待機していたい。しかし、どんな危険が待ち受けているのかわからないのに、葉月を一人で行かせるわけにはいかないだろう。霊的な存在を感知する必要があるかもしれないし、体力だけなら自分の方が勝っている。倭文は征木と青島に「行ってきます」といって、葉月の後を追った。

「ブンブン、くれぐれも無理はするなよ」

「怪我しねぇようにな」

二人の声援を背中に受けながら葉月の背中を見上げると、もうかなり先まで上っている。

「マジか……」

葉月はまるで何かに取り憑かれたかのように、一心不乱に石段を上って行く。倭文もできるだけ葉月との距離を縮めようと、ペースを上げた。とはいえ、ずっとこの調子で進むのは無理があるだろう。

「ハッチさん、もうちょっとペース落とさないと危ないですよ！」

下から注意すると、葉月は一応「了解！」と返事はする。しかし、一向に速度を緩めることはなかった。彼の華奢で狭い背中が木々の合間に入って見えなくなると、とても不安な気持ちになった。

これまで倭文は、葉月はもっと冷静沈着なタイプの人物だと思っていた。だが、昨夜の清流の霊に向かって行く度胸といい、今の無鉄砲さといい、直情的な一面も持ち合わせているようだ。

頂上の手前の岩壁まで辿り着くと、葉月は肩で息をしていた。ようやく追いついた倭文は「大丈夫ですか？」と声をかける。

「ああ。何とか」

「ハッチさん、わかってると思いますけど、下に戻る体力も残しておいてくださいね。流石の私もハッチさんをおんぶしてこの斜面を下りるのは無理ですからね」

「わかってるさ」

葉月はそういって苦笑したが、本当にわかっているのか否かは疑問だ。

頂上から下がっている鎖は、錆びてはいるようだったが、然程古いものには見えなかった。もしかすると、誰かが新しいものと交換したのかもしれない。それがリブラ財善なのか、宙野観光なのかはわからないが、その人物にとって上に行くことは重要な意味を持っていたはずだ。

葉月は何度か鎖を引っ張って強度を確かめてから、岩壁に足をかけて上りはじめた。倭文は揺れる鎖を下で支えながら、葉月が頂上へ辿り着くのを見届ける。

それから、自分も鎖を摑んで、岩壁を攀《よ》じ上った。下からだとかなり急峻で上るのが困難なように見えたが、実際には足場となる窪みがあちこちにあって、存外にスムーズに頂上まで進むことができた。

凡《およ》そ五メートル四方の岩盤の上、葉月はそのほぼ中央にいた。

古惚けた祠の前に佇んで、合掌しながら経文のようなものをぶつぶつと呟いている。葉月がそんなに信心深いとは意外だ。倭文が思っているよりも、名探偵は複雑な人格を持っているのかもしれない。

最初の内、祠からは強い威圧感と同時に、複数の存在の気配が感じられた。しかし、葉月が何事かを唱えていると、徐々に存在感が稀薄になっていく。

何となく近寄り難くて、葉月が祈り終えるのを待ってから隣に進んだ。

「ハッチさん、さっきは何を唱えてたんですか？」

「内緒」

葉月は無表情にそういいながら、躊躇《ちゅうちょ》なく祠の板戸を開いた。

「やっぱり」

倭文も脇から中を覗き込む。

祠の奥には、木製の台が設《しつら》えてあり、小さな像が五つ並んでいた。暗いので細かいところまでは見えないが、仏像ではないことはわかる。像の服装は古代中国の役人のようだから、恐らく神像なのだろう。倭文は雛人形の五人囃子《ばやし》を連想した。

「これって御神体ですよね？」

「そう。五瘟神《ごおんしん》。或いは、五瘟使者とか五福大帝とも呼ばれる疫病神だ」

「五福……」

それはこの島の名前ではないか。

「古代の中国では、非業の死を遂げた人間の霊魂や死後に祀り手のいない霊魂が疫病を起こすと信じられていた。まあ、日本の御霊《ごりょう》信仰も似たようなものだけどね」

御霊信仰とは、非業の死を遂げた者の霊や、激しい怨みを残して死んだ者の霊を御霊として祀ることで、その霊威にあやかろうとする信仰である。初出文献は『日本三代実録』で、貞観《じょうがん》五年（八六三）に京都市の神泉苑《しんせんえん》で御霊会が開かれた記述がある。これは疫病が流行し、多くの死者を出した原因は、冤罪で死んだ崇道《すどう》天皇（早良《さわら》親王）、伊予《いよ》親王、藤原《ふじわら》夫人、観察使《かんさつし》、橘逸勢《たちばなのはやなり》、文《ふん》室宮田麻呂《やのみやたまろ》の六人の御霊によるものとされ、その鎮魂をはかるための法会であった。葉月のいうように、こうした御霊信仰は古代中国の疫病神や疫鬼の思想と通じるものがあるだろう。

「この五瘟神は、六朝《りくちょう》時代から唐《とう》にかけて生まれたものだ。道教の経典である『女青鬼律《じょせいきりつ》』には、東方の劉元達《りゅうげんたつ》、南方の張元伯《ちょうげんぱく》、西方の趙公明《ちょうこうめい》、北方の鍾《しょう》士《し》季《き》、中央の史文業《しぶんぎょう》がそれぞれ鬼たちを率いて疫病を流行らせるって記述がある。それから元《げん》の時代の『三教捜神大全《さんきょうそうしんたいぜん》』っていう道教、儒教、仏教の神々について書かれた本には、五瘟使者は、春瘟が張元伯、夏瘟が劉元達、秋瘟が趙公明、冬瘟が鍾仕貴、総管の中瘟は史文業と書いてある。細かいことをいうと、『女青鬼律』では鍾士季の『し』は武士の『士』で『き』は季節の『季』だけど、『三教捜神大全』では仕事の『仕』と貴い方の『貴』と記されている」

本当に細かい説明だ。倭文は音だけで聞いているので、別にどちらでも構わない。それよりも五柱の神の中に聞き覚えのある名前があった。

「あの、趙公明って、『封神演義《ほうしんえんぎ》』に出てくる趙公明ですか？」

「そう。その趙公明。ブンブンは『封神演義』を読んでいるの？」

「いえ、原典は読んでませんけど、母が藤崎竜《ふじさきりゅう》の『封神演義』の大ファンだったものですから」

『封神演義』は『封神伝』ともいい、明《みん》代に成立した長編小説である。周の武王《ぶおう》が、殷の紂王《ちゅうおう》を討つ戦いを記したものだが、仙人、道士、妖怪たちが壮絶なバトルを繰り広げる内容で、エンターテインメント性が非常に高い。歴史的な事実や古代の神話伝説を題材としているが、大半はフィクションだ。

また、藤崎竜の『封神演義』はこれを基にしたマンガであり、集英社の『週刊少年ジャンプ』に一九九六年から二〇〇〇年まで連載された。原作を忠実にマンガ化したわけではなく、作者が独自に改変した部分も多く、一層エンターテインメント性が高くなっている。アニメ化やゲーム化もされ、倭文の母親の世代では大変な人気だったそうだ。今でも実家の押し入れの中には、母親がコミケで購入した『封神演義』の同人誌が大量に保管されている。

「趙公明は、現代では武神や財神としてのイメージが強いけど、古代には疫病神の性格もあったようだ」

「そうなんですね」

葉月がこんなにも古代中国の神々に詳しいとは思わなかった。まるで龍崎と会話しているかのような錯覚を覚える。

「かつてこの島が五福島ではなく、五隠島と呼ばれたっていうのは事前に調べたよね？」

「はい」

「あの『隠』っていう文字は、鬼を表していたんじゃなくて、元々は五瘟神の『瘟』だったんじゃないかと思う。それに五福島っていう名前も、『書経』の五福じゃなく、五福大帝からきているのかもしれない。つまり、この島は元々五瘟神の島だったんだよ」

「どういう意味ですか?」

「これは何の証拠もないから想像になるけど、古代にはこの島は疫病になった患者を閉じ込めておく島だったんじゃないかと思う。そして、ここに隔離された人々が病の平癒を願って、五瘟神を祀りはじめた。やがて時が経つと、島に流れ着いた漁師や外国人が住み着くようになって、隔離のための島っていう機能は失われた。五瘟神への信仰も、疫鬼の伝承へと姿を変えることになる。人々は漁で生計を立て、忌まわしい過去と決別した。そこで島の名を不吉な五隠島から五福島にした」

「それなのに、今度は島の中で疫病が流行ってしまったんですね」

「そう。しかし、それは外から齎されたものではなかった」

「どういうことですか?」

「最初一つ目五人は五瘟神の信仰が零落したものだと思っていた。後世になって一目五先生の知識を持った人物が介在し、それが五瘟神信仰と混ざり合った結果、一つ目五人の伝承が生まれたのではないかと推測したんだけど……」

「違うんですか?」

「うん。この祠を見て、すべてがわかったよ。ブンブンも中をよく見てみるといい」

葉月はポケットから懐中電灯を出すと、祠の内部を照らした。

それを見て、倭文は絶句した。

台の上に並んだ五柱の神々、その顔面は荒々しく削り取られていたのである。

真ん中に鎮座している像の顔にだけ、一つ目のような穴が穿《うが》たれていた。

「これって……」

「まさに一目五先生といえるね」

「でも、どうしてこんなこと？」

像の色合いや細工を見る限り、最初から顔が削られた状態ではなかったことはわかる。誰かが故意に像を損傷させたのだ。

「これをやった奴がどういう意図だったのかはわからない。単なる悪戯だったのか、積極的な呪いだったのか。ただ、どちらにせよ、その結果として五瘟神の祟りが起こった。そして、島に疫病が蔓延したんだ。島民たちの霊が未だにこの島に囚われているのも、きっと五瘟神の影響なんだと思う。工事関係者の原因不明の病も、この神が原因だ」

「え、でも、幾ら殺人計画のためとはいえ、リブラ財善はこんな場所に別荘を作って大丈夫だったんですか？」

「彼女は五瘟神の祟りを回避するため、色々な策を講じたんだ。一つは、こうやって改めて祠を作って、きちんと祭祀《さいし》した。もう一つは、完全な形の五瘟神の像を作り直して、自ら祀ったんだよ」

「そんなものありましたっけ？」

「今はもうない。五瘟神の像は門の中にあったんだ」

そういえば、清流の手記で、門の中に行った木場寅太が「仏像みてぇなもんが祀られてるだけだった」といっていた。どうやらそれが五瘟神の像だったようだ。

「島民の霊が開智楼の敷地内に入れなかったのも、門に五瘟神が祀られていたからだよ。彼らは死して尚、五瘟神の力を恐れたんだ」

刹那、倭文は自分たちが何者かに囲まれているように感じた。

一瞬で空気が重苦しいものに変わり、不快な臭いもする。

直感的に危険が迫っているのがわかった。

これは五瘟神……否、最早神というより、疫鬼と化した存在だ。

葉月が顔を顰めて、舌打ちした。

「思ったより早かったな。ここはわたしが食い止める。ブンブンはハッチと一緒に早く逃げな」

そういった葉月の身体から、影のようなモノがすぅっと抜けた。

途端に葉月は膝をつく。

「大丈夫ですか？」

「ああ。さっさと退散するぞ」

葉月はそういって、倭文の手を引いて走り出した。

「先に下りろ！」

「は、はい！」

葉月の勢いに押されるようにして、倭文は鎖を摑んで、岩盤を滑るように下りた。葉月もすぐに追って来る。倭文が立ち止まって葉月を待とうとすると、「いいから、さっさと下りろ！」と物凄い剣幕で怒鳴られた。

倭文は転倒しないように、後ろ向きになって急な斜面を下りていく。下から見たら随分と愉快な恰好をしていることだろう。葉月が上からずっと急かし続けるので、倭文は土で汚れるのも気にせずに、全身を使って、半ば滑るように下りていった。鳥居が見える頃には傾斜がやや緩くなるので、立ち上がって石段を駆け下りる。

倭文たちの只ならぬ様子に、征木と青島は慌てた。

「どうした？」

「何があった？」

疑問はもっともである。しかし、倭文とて余り状況は呑み込めていない。

葉月が「早くここから離れましょう」と二人に走るように促した。

雑木林を抜けて、開智楼の敷地内に戻ってから、葉月がおもむろに自身の体験を語り出した。屋内を調べ終えて外に出る直前、龍崎陽雨の霊に憑依《ひょうい》されたのだという。

「身体に何かが入ってくるような感覚があって、頭の中にお龍さんの声がしました」

「少しの間、身体を借りるね」

龍崎はそういったらしい。

征木と青島は戸惑ったような表情だったが、倭文はそれを聞いて納得した。葉月が突然岩山の天辺を目指したのは、龍崎の影響だったのだ。あの古代中国の神々についての蘊蓄《うんちく》も、龍崎の知識だったのなら頷ける。

「お龍さんに憑かれている間も、意識はありました。自分の身体が勝手に動いているのを眺めている感じでしたけど。だから、これまで何があったのかは、きちんと覚えています」

葉月はそこで岩山の天辺にある祠について、征木と青島に簡潔に説明した。

「祠の中を調べるために、お龍さんは五瘟神の動きを一時的に封じたのですが、僅かな時間しか拘束することはできなかったようです。最後は僕とブンブンを守るために、お龍さんが上に留まってくれました」

そうか。あの時、葉月から抜け出た影のようなモノが龍崎だったのか。

倭文はそっと岩山を見上げる。彼女は今もまだ、あそこで異形の神々と対決しているのだろうか。

「この島の怪異の元凶は、五瘟神です。ですから、改めてあの祠を丁寧に祀り直すか、別の場所に移動させれば、恐らく問題は解決できると思います。勿論、それなりに力のある宗教者の協力は必要でしょうが」

「わかった。対処法がそれだけ明らかになっているのなら、先方にも報告できる。ハッチ、ブンブン、よくやった」

「いえ、僕じゃなくて、お龍さんです」

「そっか。そうだな」

征木は寂しそうな顔で、開智楼を見る。

青島は俯き加減で、足下の砂利を蹴っていた。

4

時刻は六時半を回っていた。

倭文たちは、今度こそ事務所に戻ることにした。調査に区切りがついたということもあるが、何より五瘟神の祟りが及ぶのが恐怖だったので、全員ができるだけ岩山から離れたいと思ったのである。

開智楼から続く石畳の坂道を下っていると、青島が海の方を指差した。

「あれ、救助の船じゃねぇか？」

若干高さがあるので、ここからだと沖まで視野に入る。青島のいう通り、一隻の漁船が五福島に向かってきていた。

「思ったより早いな」

征木がいった。

倭文も上機嫌で「これで一安心ですね」と微笑む。

しかし、上司は渋い表情だった。

「いや、これからが大変だぞ。警察に通報したら、私たちはしばらくこの島から出られないだろう。何度も事情聴取をされるだろうし、場合によっては容疑者扱いされるかもしれない。殺人のあった後に、調査もしてるからな。警察からは白い目で見られるのは間違いない」

果たして今日の内に島から出ることが叶うのか、倭文は心配になってきた。

「もう一泊なんてことあるんでしょうか？」

「それはない」

即答したのは、葉月だった。

「警察が到着すれば、そんなに時間はかからないで、僕たちは自由になれるよ」

「どうしてです？」

「僕には誰がお龍さんたちを殺したのか、もうわかっているからさ」

「え？　だ、誰が犯人なんですか？」

「それよりも、船の出迎えが先だ」

葉月はそういうと、逃げるように坂を下っていった。

またか。名探偵の勿体振った態度には、毎度苛つかされる。

「私たちも急ごう」

征木と青島も小走りになって、船着き場へ向かって行く。

倭文は三人の後ろ姿を眺めながら考える。

一体、龍崎たちを殺したのは、誰なのか？

青島には、ビデオを撮影していたという明確なアリバイがある。撮影された映像も、葉月によって確認されているから、これは間違いない。従って、青島は容疑者から除外できる。

葉月はどうだろうか？　探偵役が犯人であるというミステリ作品は存在するものの、倭文は葉月が犯人だとは思えなかった。勿論、これはあくまで主観的な感想である。昨夜一緒に死霊たちと奮闘し、葉月の人間味に触れたことで、彼への疑いが稀薄になっているだけである。だが、もう一つ、葉月を犯人とは思えない根拠がある。自分を殺した相手に、龍崎が憑依するとは考え難いのだ。

残るは征木だけだが、これも消去法によって導き出されただけであって、彼が犯人だという積極的な証拠は存在しない。

葉月に真相がわかったということは、既に手掛かりは出揃っているということだろうか？　否……。

そこで倭文はある可能性に思い至った。

葉月は先程まで被害者である龍崎に取り憑かれていたのだ。もしかしたら、その時に犯人についての情報を知り得たのではないだろうか。だとしたら、倭文が幾ら知恵を振り絞っても、犯人の正体には辿り着けないだろう。

何だか急にやる気が失せた。

それに、いつの間にか葉月への対抗意識も弱くなっている。

やはり今の自分では名探偵には敵《かな》わない。内心ではそう思いはじめているのかもしれない。

船着き場に行くと、桟橋に花車蓮華と枕谷果樹が立っていた。その傍らで船主らしき初老の男性が、漁船を舫っている。アロハシャツ姿の枕谷が、蒼穹《そうきゅう》と海を背景に立つ姿は、リゾート感が満載だ。まさか社長直々に自分たちを助けに来るとは思ってもみなかったので、倭文は俄かに緊張した。

「あれ？　龍崎さんは？」

枕谷は丸眼鏡の奥の瞳を細めて首を傾げた。

征木が代表して、島で起こった殺人事件について報告をはじめる。征木の話に耳を傾ける枕谷の脇を抜けて、花車がこちらにやって来た。寝不足なのか、目の下に隈があって、平素よりも窶《やつ》れて見えた。

「ブンちゃん大丈夫だった？」

「うん。何とか。花ちゃんも来てくれたんだね。ありがとう」

「何かなりゆきで来ることになっちゃって。でも、無事でよかったよ」

やはり同期はよいものだ。倭文がしみじみそう思っていると、葉月が二人の間に割って入ってきた。

「ハッチさん、どうしました？」

怪訝に思ってそう尋ねたが、葉月の視線は真っ直ぐ花車に向けられていた。

「まさか君が来るとはね。社長も味な真似をしてくれる」

花車の瞳に、僅かに警戒感が滲んだ。

「昨夜ブンブンは青さんが犯人だと推理した時、こういったな。『お龍さんを殺すなら、こんな隔離された環境じゃなくて、都内のもっと開放的な場所で実行する方が疑われない』と」

「はい」

確かにそういった。

「そして、犯人が敢えて五福島で犯行に及んだ理由として、『その方が自分への嫌疑を逸らすことができる』ともいった」

「よく覚えていますね」

「なかなか鋭い洞察だと思ったからな。記憶に留めておいた」

「えっと……ありがとうございます。でも、まあ、間違ってたわけですけど」

「ブンブンが指摘した犯人は、確かに誤りだった。だが、方向性は正しかったんだ」

「え？」

「この島で殺人が起きた場合、最も疑われないのは、島の外にいるはずの人間だ」

それは……その通りだろう。

「しかし、実際には外にいると思っていた人間が、こっそりと島を訪れていたとしたら？」

まさか……。

倭文は唇を花車を見る。

彼女は唇をきつく結んでいた。

「お龍さん、芹澤さん、楢橋さんの三人を殺したのは、花、君だな？」

「何をいってるんです？」

花車はそう惚《とぼ》けたが、明らかに動揺しているように見えた。

「昨日、花は自分で船を操縦して、五福島を訪れた。島での調査のタイムスケジュールは花も把握していたから、僕たちが開智楼の調査をはじめる頃に島へ上陸できるように、時間を調整していたはずだ。そして、事務所を訪れ、衛星携帯電話と船の鍵を奪うと同時に、自分を目撃した芹澤さんと楢橋さんを口封じのために殺害したんだ」

気が付くと、青島も近くにいて、葉月の推理を聞いている。

「それから花は開智楼へ行き、僕たちがヘッドマウントディスプレイを装着している隙を狙って、お龍さんを殺した。更に、リュックから会社の携帯電話を抜き出す。あとは船で島から逃げながら、奪ったものを海に投げ捨てるだけだ」

葉月の一方的な態度に、倭文は「ちょっと待ってください」といった。

「ハッチさんの推理なら、花ちゃんにも犯行が可能だったのはわかります。でも、それはあくまで花ちゃんも犯人の可能性があるっていうだけで、具体的な証拠は何処にもないじゃないですか。それに、どうして花ちゃんがお龍さんを殺すんです？　私の知ってる限り、花ちゃんとお龍さんって、殺意が芽生える程、深い付き合いはなかったと思うんですけど」

「ブンブンのいう通り、僕の推理には今のところ物的な証拠はない。しかし、日本の警察は優秀だ。鑑識作業を行えば、花が足を踏み入れたことのないはずの開智楼や事務所から、花の毛髪や組織片が見つかる可能性は十分にあると思う。それから動機についてだが、花にはお龍さんを殺す明確な理由があったんだ」

「何です？　その理由って」

「花は、リブラ財善の孫で、茉莉の娘だ」

余りの衝撃に、倭文は「まったまた〜」とお道化《どけ》てしまった。場違いな反応だとは思ったが、葉月の言葉が信じられなかったのだ。

「花ちゃんがリブラの孫なら、どうして変調課が五福島の調査に行くって決まった時点で、そのことを黙ってたんですか？」

「それは本人に訊いてみないとな。僕と先生は事前に三十年前の事件を調べていた段階で、花がリブラの孫だと知った。しかし、花が自分からそのことを話さないことから、周囲には知られたくないのかと判断したんだ。だから、敢えてこの事実は他のメンバーには知らせなかった。実際問題として、調査には関係ない情報だからな」

「花ちゃん、ハッチさんのいったことってホントなの？　ホントに花ちゃんは、リブラ財善の孫？」

花車は何もいわずに、こくんと頷いた。

「でも、花ちゃんがリブラの孫で、茉莉の娘だと、どうしてお龍さんを殺さなきゃならないんですか？」

「花は霊能者であるお龍さんが、被害者たちの霊から三十年前の事件の犯人を聞き出すと考えたんだろう。もしも過去の事件の真相が明らかになれば、家族が罪に問われることになるかもしれない。だから、そうなる前に、花はお龍さんを殺したんだ」

「あれ？　だったら、何でハッチさんは無事なんですか？　ハッチさんの話だと、花ちゃんは三十年前の事件の謎が解かれるのを阻止しようとしたんですよね？　だったら、真っ先に殺されるのは、名探偵のハッチさんじゃないんですか？」

「ブンブンのその指摘こそ、花が犯人であることを示している」

「どういうことです？」

「花が変調課に入ってから、まだ一年ちょっとしか経っていない。仕事の内容も庶務だから、僕たちとは余り親しい間柄ではなかった。だから、花は僕が社内で名探偵と呼ばれているのを知らなかったんだよ。もしも花がそのことを知っていたら、ブンブンのいう通り、僕も殺されていただろうな」

倭文は花車を見る。彼女は口を真一文字に結んで、何も反論しない。

「お前がお龍ちゃんを殺したのか？」

青島のその問いにも、花車は答えない。

「もしかして、そのために俺にあの装置のアイディアを？」

「何の話ですか？」

葉月が尋ねる。

「あのヘッドマウントディスプレイを使った装置のアイディアは、元々は花のもんなんだ。こいつは自分の殺人計画を遂行するために、俺にあの装置を作らせたんだよ！」

興奮する青島を前に、葉月は冷静に「それは違うでしょう」といった。

「青さんがあの装置を作っている段階では、まだ宙野観光からの依頼は受けていません。従って、花も別に殺人の計画のためにアイディアを提供したわけではなかったと思います」

「でもよぉ、俺があんなもん作らなきゃ、お龍ちゃんは死ななかったんじゃねぇのか？」

「青さん、落ち着いてください。もしもあの装置がなかったとしたら、きっと花は別の方法でお龍さんを狙ったと思います」

それでも青島は自責の念が強いらしく、「クソッ！」と悪態を吐いた。それから花車に向かって詰め寄ろうとする。

葉月は華奢な体軀で、それを制した。

騒ぎを聞きつけて、征木と枕谷もこちらへやって来る。

「おい！　花！　お前、何とかいえよ！」

花車は何かを堪えるような表情で、沈黙を続けた。

「彼女にも黙秘権がある」

そういったのは、枕谷だ。まるでこれまでの葉月の謎解きの内容を了解しているような口振りだ。恐らく、枕谷は花車の家族の情報を事前に知っていたのだと思う。この島に花車を同行させたのも、彼女に不審なものを感じたからなのかもしれない。

いつの間にか、青島の啜《すす》り泣きが聞こえる。

花車はそれでも自分から口を開こうとはしなかった。

しかし、ふと視線を遠くに投げかけた途端、怯えたような表情になった。

倭文がその視線の先を追うと……。

「お龍さん……」

開智楼へ続く石畳を背にして、龍崎陽雨が立っていた。

カーキ色の作業服姿で、じっとこちらを見つめている。

倭文が龍崎の名を口にしたので、男性たちも皆、そちらを見た。

「お龍ちゃんが……いるのか？」

どうやら青島には見えていないようだ。

征木と枕谷も視線を彷徨わせているから、やはり見えないのだと思う。

葉月は一応龍崎の立っている場所を向いてはいるが、彼女の姿が見えているか否かはわからない。

次の瞬間、龍崎は倭文のすぐ隣、花車の眼前に移動していた。

花車は短い悲鳴を上げる。

龍崎の横顔は白く、怖いくらいに、美しい。

「絶対に許さないから」

龍崎はそういって、花車に微笑んだ。

エピローグ

五福島の事件から、凡そ二箇月が経過した。

盆休みも終わって、倭文文は茹《う》だるような熱気の中をファントム・リサーチへ向かう。まだ朝だというのに陽光は眩しく、肌をちりちりと焼いていく。アスファルトの路面には蟬《せみ》が仰向けに転がっていた。倭文が近くを通ると、羽を鳴らして動き出す。半ば予想はしていたけれど、実際に動き出されるとつい驚いてしまう。

島から帰還した直後、倭文と葉月雪桜は高熱を出して、一週間入院した。検査の結果、新型コロナウイルスもインフルエンザも陰性で、担当医も原因がわからないと首を傾げていた。自分では記憶にないのだが、一時は意識を失ってしまって、かなり危険な状態だったそうだ。家族も医師から「最悪の場合もあり得るので、覚悟してください」といわれたらしい。しかし、龍崎陽雨の師匠である南雲から御札が差し入れられると、程なくして熱は下がり、あっという間に体調は快方へ向かった。恐らく、五瘟神から受けた障りだったのだろう。

現在は後遺症もなく、問題なく日常生活を送ることができている。

自宅マンションから職場までは徒歩でも然程の時間はかからないが、その間にも全身に汗が滲んでくる。「暑い」という言葉が、無意識に何度も出た。

一方で、会社は冷房が効き過ぎている。殊に変則的現象調査課のある地下二階は、半袖では寒いくらいだ。最初は空調の設定が悪いのかと思っていたのだが、どうも資料室に収められている曰く付きの代物が、室温を下げている原因らしい。倭文は更衣室のロッカーに薄手のパーカーを用意していて、出社するとすぐにそれを羽織った。

自宅が近いから、事務室へは大抵一番乗りだ。以前は花車蓮華が先に出勤していて、二人で分担して朝の清掃を行っていた。ほんの少し前の日常なのに、随分と遠くに感じてしまう。

花車のデスクは、今もまだ誰も使っていない。そもそも人員の補充があるのか否かも不明である。私物はすべて整理して、家族の許へ送ってあるから、寂しげな様子だ。

対照的なのは、龍崎のデスクである。そこには彼女の写真が置かれ、毎日、生花とコンビニスイーツが供えられていた。事務室では今も度々龍崎らしき女性の姿が目撃されている。倭文は元より、葉月も見ているらしい。

どうやら龍崎はまだ、ここにいるようだ。彼女のことだから、きっと自分のタイミングでいつでもあちらの世界に旅立つことはできるのだと思う。龍崎にとっては、今はまだその時ではないらしい。

結局、花車は自らの罪を認めた。あれだけ龍崎にプレッシャーをかけられたのでは、白を切り続けるのも難しかったのだろう。現場検証の結果、開智楼の内部と事務所から花車の毛髪も見つかっているし、千葉県内にある花車の家族が所有するクルーザーが使用された形跡も確認されている。港付近の防犯カメラには、花車の姿が映っていたそうだ。

花車は警察の取り調べには比較的素直に応じているらしいが、動機に関してのみ、曖昧な供述を続けていると聞いた。やはり家族が過去に犯した罪を庇ってのことだと推察される。

その三十年前の五福島殺人事件についても、葉月の助言を受けて、捜査が再開された。聞くところによれば、警察は三十年前に茉莉のアリバイ作りのために京都旅行へ同行した弟子を捜しているらしい。リブラ財善やその家族がボロを出す可能性は低いため、周囲の関係者たちから攻めていく作戦のようだ。

とはいえ、三十年も年月が経過しているため、証拠はほとんど処分されているだろうから、リブラや茉莉の犯罪を立証するのは難しいだろう。しかし、捜査本部には何とか頑張ってもらいたい。それが開智楼で無惨に殺された五人の被害者たちに対しての一番の供養になるはずだ。

ちなみに、今のところ五福島で捜査に当たった警察関係者に、体調不良を訴える者は出ていない。予め枕谷が県警上層部の知り合いに五瘟神の危険性を伝え、南雲の助力も得たらしい。具体的な対処法は聞いていないが、守り袋でも渡したのではないだろうか。

不思議なことに、今回の五福島で起きた連続殺人事件について、マスコミの報道はほとんどなかった。警察から報道に対する規制はなかったのだが、どうやらもっと大きな所からマスコミ各社に圧力がかかったらしい。それが枕谷のコネによるものなのか、リブラ財善の影響力によるものなのかは判然としないのだが、倭文たちにとっては煩いマスコミ関係者に追われることがなかったのは、幸いであった。

征木真円は、倭文と葉月が入院している間に五福島での調査を正式な報告書に纏めて、宙野観光へ提出している。勿論、ファントム・リサーチとしては、社員がクライアント関係者を殺害するという最悪の事態を引き起こしたため、今回の調査についての報酬はない。しかし、征木は変調課としての役目をきちんと果たすべきだと考えたようだ。

あれから宙野観光やユンシー建設との間にどのような話し合いが持たれたのかは知らないが、損害賠償を請求されたというような話は、倭文の耳には入ってきていない。

掃除をしている内に、征木と青島群青も出勤してきた。平素なら二人よりも葉月の方が早いので、倭文は気になった。葉月のことだから寝坊はあり得ない。電車でも遅延しているのだろうか。

全員のデスクを拭き終えて、一段落がついた時、スマートフォンに着信があった。相手は葉月である。

遅刻か病欠の連絡だろうか？

でも、何故、倭文のスマホに？

怪訝に思ったが、取り敢えず電話に出ることにする。

「おはようございます」

「ブンブン、今は会社か？」

「はい」

「悪いが頼みたいことがある」

葉月は切迫した口調で、至急最寄りのコンビニに来るようにいってきた。

「さてはハッチさん、財布を忘れましたね」

「いいから、早く来てくれ」

そういって葉月は一方的に電話を切ってしまった。

倭文は征木に事情を説明すると、再び炎天下の屋外へ出ることになった。

折角、出勤時に掻いた汗が引いたと思ったのに、また汗だくになる。何も考えずに指定されたコンビニに行くと、イートインスペースに葉月がいた。傍らにはスポーツドリンクのペットボトルが二本置かれている。

財布を忘れたわけではないのか？

「ハッチさん……」

声をかけると、葉月の隣に座っていた女性が立ち上がった。

ストレートの白髪をお河童《かっぱ》にして、黒地に小さな白い花の刺繍《ししゅう》が施されたワンピースを着ている。サングラスにマスクをしているので顔はわからないが、こちらに向かって会釈する仕草は上品なものだった。

「リブラ財善さんだ」

葉月はそう紹介した。

「え……」

倭文は驚愕の余り声を失う。

「うちの倭文です。すみません。こうした場に慣れていないもので」

「構いませんよ。倭文さんのお話は、蓮華からも聞いております。同期で仲良くしてくださったようですね。私からもお礼を申し上げます」

彼女が本物のリブラならば、既に八十歳に近いはずだ。しかし、その声音は若々しく、とても高齢者のものとは思えなかった。

「い、いえ、そんな……」

「取り敢えず、座りましょうか」

そういってリブラは椅子に腰かける。

「ブンブンもここに座れ」

いわれるまま、倭文は葉月の隣に座った。

葉月が手許のペットボトルを一本こちらに差し出した。倭文は丁度喉が渇いていたので、早速一口飲んでから、「これってどういう状況ですか?」と小声で葉月に訊いた。

「僕にもわからない。出勤途中にこのコンビニの前で呼び止められたんだ」

二人のやり取りを聞いていたリブラは、こちらに身体を傾ける。

「お忙しいところ本当にごめんなさいね。葉月さんと倭文さんにどうしてもお話ししておきたいことがありますの」

「その前に、僕から質問させていただいても宜しいでしょうか?」

「どうぞ。私で答えられることなら、何でもお話ししますよ」

「三十年前、どうしてあの五人は殺されなければならなかったのでしょうか? 僕なりにあの事件の動機について調べましたが、どうしてもわかりませんでした。彼らと貴女《あなた》との間に一体何があったのですか?」

「特に何も。皆さん常連のお客様だったというだけです」

「では、何故?」

「お二人は獬豸《かいち》という神獣をご存じかしら?」

倭文は「いいえ」と即答した。字面すら浮かばない。

「獬豸は、生まれながらにして、罪のある者を見分けることができるという一本角の羊です。青い毛をしていると書いてある文献もあります。簡単にいえば、正義を司る神獣ですね。開智楼の『かいち』は本来神獣の獬豸を意味しています。あの別荘は正義を執行するために建てたものなのです」

正義を執行？

やはり倭文たちが知らないだけで、被害者たちは何らかの罪を犯していたのか？

葉月は眉間に皺を寄せて、「仰ってる意味がわかりません」といった。

「警察だけではなく、僕も殺された五人の過去を詳しく調べました。しかし、彼らが罪を犯していた事実はありませんでしたよ」

「あの五人の罪は、過去ではなく、未来にあったのです」

「未来？　どういうことです？」

「あの五人の運勢を占った結果、私は看過できない未来を知ってしまったのです。不破茜さんは大学在学中にとある新興宗教団体に入信し、数年後に爆発物を使ったテロの実行犯になることが決まっていました。それにより、数百名もの尊い人命が失われることになっていたのです。風祭昇平さんは、将来自分の勤務する中学校の給食に毒物を混入し、生徒と教職員合わせて二百名以上の死傷者を出すところでした」

リブラはすらすらと彼らが未来に犯すはずだった犯罪について語る。

倭文はその様子に、うすら寒いものを感じた。

「木場寅太さんは、職業上知り得た個人情報を悪用し、常習的な女性に対する性的暴行や連続強盗殺人を行う未来が待っていました。壺井ルキさんは、ある映画監督と不倫関係に陥ったことが原因で、撮影現場で刃物を持って暴れ回り、子役を含めた出演者とスタッフの二十名以上が犠牲になるはずでした。そして、清流和泉さんは、自身の考案したトリックを使い、連続殺人を実行してしまう」

黙って話を聞いていた倭文は、段々苛々してきた。

「占いってそんなに詳しく未来がわかるものなんですか？　それってリブラさんの妄想じゃないんですか？」

「妄想ではありません。私の占いは霊感のような閃きとは違います。きちんと作法に則って、暦や道具を使って鑑定しているのです。とはいえ、流石に一度占っただけでは、先程申し上げたような細かい情報まではわかりません。ですから、私はお一人お一人の運勢について、四柱推命や六壬推命を中心に、様々な方法を使って鑑定しました。気になる運勢が出たら、その都度適した占術を選び、じっくりと詳細を明らかにしていったのです。仕事の合間を使った作業でしたから、すべての結果が出るまで一年半もかかりました」

リブラの口調からは、自分の占いに対する絶対的な自信が感じられた。かつてリブラは占いによって大きな災害や事故が起こることを的中させている。実績があるからこそ、彼女は自分の出した鑑定結果を信じ切っているのだろう。そして、未然に犯罪が起こるのを防ぐために、五人もの人間を殺害する計画を立てたのだ。

彼女には彼女なりの正義があるのだろう。それはわかる。しかし、そのよりどころが占いの結果だという点については、倭文には全く理解できない。客観的な根拠が何も存在しないのに、五人もの人間を殺害しようと思い立つのは、やはり異常だと思う。そこまで自身の占いに狂信的になれる精神状態も恐ろしい。

しかし、そのことを指摘したとしても、彼女には何も伝わらないような気がする。異次元といったらいい過ぎかもしれないが、リブラが生きている世界は、倭文の知っている世界とは、遠く隔たっているに違いない。だからこそ、倭文は腹が立った。

「リブラさんのいう通りなら、あの五人はまだ犯していない罪で裁かれたってことですか？」

「ええ」

「それって凄く理不尽だと思います」

てっきり反論されるかと思ったが、リブラは「倭文さんの仰る通りです」と頷いた。

「私も理不尽だと思いました」

「だったら、どうして？」

「ですから、一度に全員を葬ってしまうような乱暴なことは考えませんでした。大量殺戮を行う危険のある不破さんと風祭さんだけは別でしたが、残りの方々には猶予を与えたのです」

何だか話が嚙み合わない。倭文は居心地の悪さを覚える。

「猶予ってどういう意味です？」

「未来は様々な要因で、常に変化しています。ですから、彼ら自身が殺人事件に巻き込まれ、極限状態に陥ることで、未来の犯罪に対する抑止力になるのではないかと考えたのです」

「それは未来が変わる可能性があったってことですか？」

「その通りです。一応小道具など全員殺害するための準備はしましたけど、あの方々の未来が変われば、悲しい結末を防ぐことはできるはずでした。ですから、現場では状況に変化がある毎に、娘が生き残った方々について改めて占って、未来に変化がないか確かめていました。但し、壺井さんの殺害についてはイレギュラーな要素もあったと聞いていますけど。それから四凶の知識をお持ちの清流さんには見立てを指摘していただくために、最後まで生き残っていただく予定でした」

「何故四凶を見立てに選んだんです？」

「顔がないといえば、真っ先に渾沌が思い浮かんだからですよ」

リブラの説明を聞いても釈然としない倭文に対して、葉月は「なるほど」と頷いた。

「だから、わざわざ見立て殺人によって、不破茜と茉莉さんが入れ替わったんですね」

「ハッチさん、それってどういうことですか？」

「いいかい。そもそも最初から全員が殺害される計画だったのなら、不破と茉莉さんが入れ替わる意味はなくなる。何故なら、偽物を見た人間は全員死んでしまうんだからね。しかし、殺害される人数がその都度変化するのなら、茉莉さんは臨機応変な態度を取ることになる。もしも生存者の未来が変わったのなら、茉莉さんはその時点で本物の不破の遺体を取り出して、島から逃げ出してしまえばいい」

倭文は考える。仮に風祭が殺された後、木場、壺井、清流の未来が変わり、未来で起こる犯罪を止めることができたとする。犯人である茉莉はこれ以上の殺人を行う必要がなくなるため、予め殺害していた不破の遺体を使用人部屋に用意し、顔を潰す。そして、自分は島から逃走する。残された三人は、不破が第二の被害者だと思い込むというわけだ。これは、どの段階で未来が変化しても対応できる交換トリックである。

「え、でも、それだと生き残った人たちはいずれ自分たちの出会った不破が偽物だったって気付きますよね？」

「ああ。でも、その偽物が茉莉さんだということは、彼らは知らない。加えて、茉莉さんにはこの人と一緒に京都にいたという偽のアリバイもある」

「娘は、もしも生存者が出た場合は、素直に自首を考えていたようです」

「しかし、結果的に島を訪れた全員を殺害することになった」

「残念なことです」

リブラの口調には感情が籠もっていたけれど、倭文はそれを素直に信じることができない。

「もしかして、遺体が一つ目五人にも見立てられていたのは、突発的なことだったのですか？」

葉月が尋ねる。

「そう。あれは結果的に五人全員を殺害せざるを得なくなった時、娘が咄嗟に考えたことのようです。不破さんのお顔だけを損壊させたのでは、警察に入れ替わりに気付かれてしまうのではないかと心配になったようで」

さっきは生存者が出た時は自首するつもりだったという話だったが、結局、茉莉は保身に走ったということか。そもそも茉莉もリブラの歪んだ正義の執行者として五人を殺害したわけだから、必ずしも罪の意識があったかどうかもわからない。

彼らの内面を推し量ろうとすると、得体の知れない底なし沼に踏み込んでいるようで、不安と同時に不快さが肥大する。ともあれ入れ替わりトリックの当初の計画については、一応納得はできた。

その上で、倭文には根本的な疑問があった。

「あの、開智楼が建てられた時点では、不破はまだリブラさんのお客じゃありませんでしたよね？」

「はい」

「それなら、開智楼を建設する計画の段階では、彼女は殺される予定ではなかったということになりますよね？」

「そうですよ。ですから、開智楼の客室は四つなのです。最初から五人を招待するなら、建物の形も変わっていたでしょうし、計画の内容も違っていたと思います」

リブラはそういったが、倭文は疑わしいと思っている。この伝説的占い師がどの程度先の未来まで知ることができたのかは未知数だ。ひょっとしたら、開智楼の設計段階で、いずれ不破と出会うことも予見していたかもしれない。

そこまで想像して、倭文は厭な可能性に気付いてしまった。

「リブラさん、もしかして私たちの調査にヘッドマウントディスプレイを導入した方がいいっていうのは、花ちゃんのアイディアではなく、あなたのアイディアだったのではないですか？　あなたが花ちゃんを通して、青さんに装置のことを伝えたんですよね？」

リブラは落ち着いた物腰で「よくおわかりになりましたね」といった。

やっぱりそうか。

倭文は頭に血が上っていくのがわかる。

この占い師は最低だ。

「どういうことだ？」

葉月はまだ状況がわかっていないらしい。

「ハッチさん、この人は三十年前の事件だけじゃなくて、この前の事件でも、裏で糸を引いていたんですよ。花ちゃんを通して青さんを利用し、殺人を実行し易いようにお膳立てしたんです」

「いや、待て。その時点ではまだ宙野観光からの依頼はなかったんだぞ」

「信じたくないですけど、この人の前では時間は意味を成さないんです。青さんがあの装置を作る前に、この人は私たちが五福島へ調査に赴くことを知っていたんです。でも、わからないことがあります」

「何かしら？」

「あなたがそこまで未来を知ることができるのなら、どうしてハッチさんを殺さなかったのですか？」

そうなのだ。もしも、過去の犯罪を隠蔽したいのならば、真っ先に殺されるべきは名探偵の葉月である。花車は葉月が名探偵だと知らなかったから手を下さなかった。しかし、リブラはその事実を知っていたはずだ。知っていて尚、孫にはそのことを伝えなかった。倭文にはその理由がわからない。

「よい質問ですわね。そのことこそ、本日お二人にお話ししたいことなのです」

葉月は「伺いましょう」と居住まいを正した。心なしか緊張しているように見えるのは、自分が殺されなかった理由を聞こうとしているからだろうか。

「あなた方には、これからなすべき使命があります」

「使命？」

「えっと、それはハッチさんだけではなく、私にもってことですか？」

「そうです。だから、葉月さんに頼んで、わざわざ倭文さんにもいらしていただいたのですよ」

急にコンビニ内の冷房が寒く感じられた。

まるで未来を見る目を持っているかの如きリブラは、三十年前には娘を操り、この前は孫を操った。そして今、倭文と葉月も運命を翻弄《ほんろう》されようとしている。将来に対して何も見えない自分たちは、リブラによって示された方へ向かうしかないのだろうか。

これではまるで、一目五先生みたいじゃないか。

「お二人はこれから八箇所の忌まわしい場所で起こる事件を解決し、多くの人々を救わなければなりません」

「それはいつ、何処で起こるのですか？」

葉月が尋ねる。

「時が来ればわかります」

リブラはそういって立ち上がった。

気付かない内に、白い日傘を手にしている。

「あ、あの。どうして五福島を選んだのですか？」

倭文は慌てて尋ねた。

清流の手記には、不破茜――茉莉の話として、リブラが五福島を購入した理由は曰く付きで価格が安かったからだと書かれていた。しかし、倭文にはどうしてもそんな理由でリブラが五福島を選んだとは思えない。

「殺人の計画を実行するなら、他にも候補地はあったと思うんです。でも、あなたは敢えてあの島を選ばれた。そこには何か特別な理由があるのではないですか？」

「あの島に呼ばれた気がしたのです」

「それって……」

「実は、私の先祖はあの島の出身なのです。疫病が流行る前に、島を抜け出したようなのですが」

倭文はまた気分の悪い想像をする。

流行病が起こる前に島を脱出できたというのは、余りにも都合がよ過ぎる。もしやそのリブラの先祖こそ、五瘟神の像を使って島を呪った人物なのではないか。だからこそ、リブラは五瘟神の祟りを抑える術も心得ていたのではないか。

問い質したい気持ちはある。

しかし、倭文は何故かそれを確かめることができない。そこまで暗い深淵を覗き込んでしまったら、きっと自分は今のままではいられなくなる。そんな恐怖感があった。

倭文が黙っていると、リブラが何かを思い出したように「そうそう」といった。

「これから三年後のことですけど、宙野観光は五福島で幽霊見学ツアーをはじめますよ」

「え？」

「宙野観光はあの島の霊を供養する気はないようです」

「どうしてです？」

変調課の報告書は先方に渡っているはずだ。島で発生する怪異は、適切な処置を施せば解消することができるはずである。

「だって、連続殺人事件が二度も起こった島ですよ。普通の観光施設では商売になりません。最近は心霊スポットを巡るツアーもありますでしょう？　怪異も娯楽として消費される時代なのです。ただ……」

そこでリブラは言葉を切る。

「……いつか手痛い竹篦《しっぺ》返しがあると思いますけれど。では、私はこれで」

軽く一礼するリブラに、倭文は「最後にもう一つだけ！」といった。

「何でしょうか？」

リブラは上品に首を傾げる。

「クリスティーの『そして誰もいなくなった』ってお読みになったことありますか？」

倭文の質問に、葉月は怪訝な表情を浮かべる。

しかし、これはずっと気になっていたことなのだ。

「大好きな作品ですよ。普段は小説って滅多に読まないのですけれど、清流さんが『是非に』と薦めてくださったものですから」

そういって微笑むと、リブラは「では、これで」と再び一礼して、コンビニから出て行った。

その間、倭文も、葉月も、全く動くことができなかった。

白い日傘を差したリブラは、コンビニの前を通り過ぎ、やがて視界から消える。

やはり三十年前の事件が『そして誰もいなくなった』を彷彿とさせていたのは偶然ではなかったのだ。リブラはあの作品に影響を受けて、殺人計画を立てた可能性が高い。しかもきっかけを作ったのが清流和泉とは皮肉なものである。

倭文が鬱々としながらスポーツドリンクを飲んでいると、葉月が「八箇所か……」と呟く。

「なんか地獄巡りみたいですね」

無意識にそんな言葉が出た。

仏教では、等活《とうかつ》地獄、黒縄《こくじょう》地獄、衆合《しゅごう》地獄、叫喚《きょうかん》地獄、大《だい》叫喚地獄、焦熱《しょうねつ》地獄、大焦熱地獄、阿鼻《あび》地獄（無間《むけん》地獄）という八種類の地獄があり、八大地獄と呼ばれている。これらは焰熱《えんねつ》によって苦を受けるので八熱地獄ともいうが、死者を寒さや氷で苦しめる八寒地獄というものもあるらしい。

「不吉なことをいうな」

葉月は心底厭そうな顔をした。

「ハッチさん、さっきの会話って録音してありますか？」

「勿論だ。まあ、何の証拠にもならないだろうが、リブラ自ら動機について語っているのは貴重だろう」

リブラとの突然の邂逅《かいこう》は、倭文にとって白昼夢のような出来事だった。

しかし、変調課に戻った倭文を待っていたのは、その体験を易々と凌駕《りょうが》する衝撃であった。

「ブンブン、ハッチ、さっき社長から連絡があったんだが、昨日の夜、リブラ財善が死んだそうだ」

征木の話では、リブラは末期の膵臓癌《すいぞうがん》でしばらく前から入院していたそうだ。数日前からは意識もなくなり、いつ亡くなっても可怪しくない状態だったらしい。

「事件についてては何にも話さねぇでくたばったみてぇだぜ」

青島は吐き捨てるようにそういった。

倭文はゆっくりと葉月の顔を見る。

名探偵は珍しく動揺した表情を浮かべていた。

二人で先程のリブラとの会話の録音を再生してみるが、そこには耳障りな雑音と時折倭文や葉月の声が入っているだけだった。

倭文たちがコンビニで会ったのが、リブラ財善の幽霊だったのか、それともリブラに変装した別人だったのか、それはわからない。

ただ、一つだけわかっているのは、もうリブラの罪を糾弾することはできなくなったということだ。

溜息を漏らすと、視界の片隅に白っぽい服装の龍崎の姿が見える。

課内に漂う陰鬱な空気を打ち消すように、部屋の中央付近でデスクを叩くような大きな音が鳴った。

「流石はお龍さんだ」

葉月はそういって、少しだけ笑った。

主な参考文献

ＮＨＫスペシャル取材班『超常現象　科学者たちの挑戦』新潮文庫
袁珂　鈴木博訳『中国神話・伝説大事典』大修館書店
笠原敏雄『超心理学ハンドブック』ブレーン出版
アガサ・クリスティー　青木久恵訳『そして誰もいなくなった』ハヤカワ文庫
篠田耕一『幻想世界の住人たちⅢ〈中国編〉』新紀元社
多田克己『百鬼解読』講談社ノベルス
羽仁礼『永久保存版　超常現象大事典』成甲書房
福田アジオ・神田より子・新谷尚紀・中込睦子・湯川洋司・渡邊欣雄編『精選　日本民俗辞典』吉川弘文館
前野直彬訳『中国古典文学大系42　閲微草堂筆記　子不語　述異記　秋燈叢話　諧鐸　耳食録』平凡社
水木しげる画　村上健司編著『改訂・携帯版　日本妖怪大事典』角川文庫
山口建治「瘟神の形成と日本におけるその波紋――オニ（鬼）の発生と怨霊・御霊――」『年報　非文字資料研究』第９号

本作品は書下ろしです。

＊本作品はフィクションであり、実在の人物・団体・作品・事件・場所等とは一切関係がありません。

大島清昭（おおしま・きよあき）
1982年、栃木県生まれ。
筑波大学大学院修士課程修了後、妖怪研究家として研究・執筆・講演を行う。2007年、『現代幽霊論―妖怪・幽霊・地縛霊』を上梓。2020年、「影踏亭の怪談」で第17回ミステリーズ！新人賞を受賞し、2021年、連作短編集『影踏亭の怪談』で小説家デビュー。以後、『赤虫村の怪談』『最恐の幽霊屋敷』『地羊鬼の孤独』などホラーミステリーの書き手として注目を集める。近著は『バラバラ屋敷の怪談』。

一《いち》目《もく》五《ご》先《せん》生《せい》の孤《こ》島《とう》

2024年11月30日　初版1刷発行

著　者　大《おお》島《しま》清《きよ》昭《あき》

発行者　三宅貴久

発行所　株式会社光文社
〒112-8011 東京都文京区音羽1-16-6
電話 編集部 03-5395-8254 書籍販売部 03-5395-8116 制作部 03-5395-8125
URL 光文社　https://www.kobunsha.com/

組　版　萩原印刷

印刷所　新藤慶昌堂

製本所　国宝社

ISBN978-4-334-10478-8